CB055820

ROSTO DE CAVEIRA, OS FILHOS DA NOITE E OUTROS CONTOS

O meu sonho com o rosto de caveira conseguiu cruzar aquele abismo normalmente intransponível que existe entre o encantamento do haxixe e a realidade cotidiana. Eu estava sentado com as pernas cruzadas em uma esteira no Templo dos Sonhos de Yun Shatu e tentava reunir as últimas forças do meu cérebro cansado para executar a tarefa de recordar eventos e rostos.

ROSTO DE CAVEIRA, OS FILHOS DA NOITE E OUTROS CONTOS

ROBERT E. HOWARD

Tradução e notas:
BÁRBARA GUIMARÃES

MARTIN CLARET

SUMÁRIO

13 Apresentação

ROSTO DE CAVEIRA

23 Capítulo 1
O rosto na névoa

26 Capítulo 2
O escravo do haxixe

32 Capítulo 3
O mestre do destino

38 Capítulo 4
A aranha e a mosca

46 Capítulo 5
O homem do divã

52 Capítulo 6
A jovem dos sonhos

55 Capítulo 7
O homem da caveira

61 Capítulo 8
O saber tenebroso

66 Capítulo 9
Kathulos, do Egito

75 Capítulo 10
A casa escura

86 Capítulo 11
Quatro e trinta e quatro

89 Capítulo 12
A batida das cinco horas

96 Capítulo 13
O mendigo cego que
andava de carro

98 Capítulo 14
O império negro

111 Capítulo 15
A marca do tulwar

118 Capítulo 16
A múmia que ria

124 Capítulo 17
O morto que veio do oceano

134 Capítulo 18
A garra do escorpião

147 Capítulo 19
A fúria sombria

156 Capítulo 20
O horror da antiguidade

170 Capítulo 21
A corrente rompida

OS FILHOS DA NOITE
E OUTROS CONTOS

183 Na floresta de Villefore

190 Cabeça de lobo

227 A serpente do sonho

238 A hiena

258 A maldição do mar

270 O aterrorizante toque da morte

279 Os filhos da noite

APRESENTAÇÃO
FANTASIA E MISTÉRIOS

LILIAN CRISTINA CORRÊA*

Antes de iniciar as leituras de *Rosto de caveira*, *Os filhos da noite e outros contos*, cabe saber um pouco mais sobre o universo em que estão inseridas estas narrativas: um mundo mágico de sagas e mistérios, com personagens características de uma realidade fantástica, repleta de simbologia e curiosidades que se abrem a partir dos títulos e da trajetória de seu autor.

Robert Ervin Howard (1906–1936), autor desses e de inúmeros outros textos, é comumente relacionado a um tipo de gênero literário chamado fantasia e aventura histórica ou, mais especificamente, *sword and sorcery*,[1] caracterizado por aventuras fantasiosas,

---

* Mestre e Doutora em Letras (Mackenzie), professora dos cursos de graduação e pós-graduação *lato sensu* da Universidade Presbiteriana Mackenzie, nas áreas de língua e literaturas em língua inglesa, tradução e metodologias do ensino de língua inglesa.
[1] Espada e feitiçaria.

com lutas violentas e o surgimento de entes sobrenaturais. Howard tem, dentre as suas diversas criações no universo literário, a composição de inúmeras realidades históricas, nas quais insere suas personagens — é a partir dele, por exemplo, que surge o termo Era Hiboriana, um período histórico que contempla um tempo anterior à própria Terra. O interessante é que a cada Era criada por Howard há um conjunto de personagens e elas não se contradizem nem apresentam memória umas das outras, ainda que os períodos históricos criados para abrigá-las tenham coerência cronológica e conteudística.

Se a criação desse universo, por si já parece interessante, mais interessante ainda é saber que há personagens que ultrapassaram seu próprio âmbito e se tornaram famosas, como o Rei Kull, o aventureiro puritano Salomão Kane, as guerreiras Dark Agnes de la Fere e Red Sonya de Rogatino, esta última serviu de inspiração para a personagem Red Sonja, da Marvel Comics. Certamente, entre todas as personagens que tomaram um vulto maior está Conan, o Bárbaro, que saiu da narrativa padrão, já revolucionária para o momento em que foi composta, para ser relida por inúmeras outras mídias, como os quadrinhos e o cinema.

É viável dizer que Howard se tornou base de influência para o gênero entre tantos outros, como J.R.R. Tolkien, por exemplo, assim como também pode ser mencionado com relação à presença do horror e do sobrenatural encontradas em algumas de suas composições, compactuando com as ideias de H. P. Lovecraft, grande expoente do gênero. E como relacionar tanta riqueza de detalhes ao fato de que Howard explora, em suas narrativas, o universo da literatura fantástica? O que há de tão extraordinário em tudo isso?

O termo "fantástico" remete a uma faceta da literatura, um gênero literário que remonta, em última instância, ao romance gótico que surgiu no século XVIII. O fantástico foi depurado ao longo do século XIX, tornando-se receptível à inquietação perante os avanços científicos e tecnológicos do período, criando efeitos que abrangem um amplo leque de reações, como o incômodo, a surpresa, o estranhamento, a dúvida, a total aversão ou, em contrapartida, o encantamento.

Independentemente de sua contextualização histórica ou social, a narrativa que trata do fantástico propõe uma forma de reavaliar a realidade, provocando questionamentos acerca de sua identidade e, por conta disso, apresenta a dúvida quanto ao que realmente significa compreendê-la através da percepção de sentidos. Tal situação traz à tona a incerteza e o desconforto diante do que se considera ou se considerava familiar, como menciona Sigmund Freud em seu ensaio intitulado *O estranho*:

> De início, abrem-se dois rumos. Podemos descobrir que significado veio ligar-se à palavra "estranho" no decorrer de sua história; ou podemos reunir todas aquelas propriedades de pessoas, coisas, impressões sensórias, experiências e situações que despertam em nós o sentimento de estranheza, e inferir, então, a natureza desconhecida do

estranho a partir de tudo o que esses exemplos têm em comum. Direi, de imediato, que ambos os rumos conduzem ao mesmo resultado: o estranho é aquela categoria de assustador que remete ao que é conhecido, velho, e há muito familiar. (1976, p. 277).

É possível dizer, então, que a narrativa fantástica, ao invés de apresentar mundos novos, dissociados da realidade, faz uso da vida cotidiana, apresentando sua problemática através da abordagem do comportamento humano. O gênero percorreu fases distintas entre os séculos XVIII e XX, lançando mão de diferentes formas de criar a hesitação que, segundo Tzvetan Todorov, em *Introdução à literatura fantástica* (1975), deve instaurar uma relação entre o leitor e o mundo das personagens, constituindo a primeira condição do fantástico em face de um acontecimento aparentemente estranho ou sobrenatural.

Inicialmente, no século XVIII, o insólito era produzido no nível semântico; entre os séculos XVIII e XIX, exigia a presença de um elemento sobrenatural, sendo que o medo era provocado a partir da figura de um monstro ou um fantasma, demonstrando que a angústia sempre habitava o ambiente externo; no século XIX, a dimensão psicológica das personagens passou a ser mais explorada e o sobrenatural foi substituído por imagens assustadoras advindas da loucura, de alucinações ou pesadelos, sendo que a angústia habitava o interior do próprio sujeito e, finalmente, no século XX, o fantástico infiltrou-se no nível sintático, criando incoerências entre elementos da vida comum, com a angústia frente ao surgimento do absurdo.

Segundo Karin Volobuef, no ensaio *O fantástico em duas vias* (2002),

> A constante transformação por que passa a literatura fantástica deve-se ao fato de ela sempre constituir uma resposta ao complexo de preceitos, hábitos e convenções dominantes no meio social em que foi criada: pode-se entender essa categoria literária como um instrumento a serviço da rebeldia espiritual, social e artística. Assim, nascida numa época (século XVIII) que descobriu a importância do indivíduo e viu despontar diversos elementos basilares para a modernidade — como a declaração dos direitos humanos, o acesso universal à educação e consequente ampliação do público leitor, a transformação da arte em mercadoria e o surgimento da literatura de massas — a narrativa fantástica impõe-se como veículo de expressão do sujeito (que se sobrepõe aos ditames de classe) e mecanismo de crítica e transgressão da situação vigente. (p. 3)

Ainda de acordo com Volobuef, o alcance crítico e estético do fantástico atinge diversos níveis: tratar de temas considerados "tabus" de forma velada, como a sensualidade do ato amoroso em *Drácula* (1897), de Bram Stocker, ou atos impulsivos e repulsivos (como em *O médico e o monstro* (1886), de Stevenson ou *O coração denunciador* (1843), de Poe; substituir o mundo considerado real por uma realidade alternativa, com a inserção de mitos, símbolos e metáforas como em *A vênus de Ille* (1837), de Prosper Mérimée; o terror liberado face à morte e ao nada e a consequente anulação do indivíduo em *O retrato de Dorian Gray* (1890), de Oscar Wilde; o absurdo e a ausência de sentido na vida representados por situações insólitas e ilógicas que colocam em teste a capacidade racional de compreender a realidade como em *Teleco, o coelhinho* (1965), de Murilo Rubião além da exploração dos limites da ficcionalidade, através da sobreposição ou decomposição dos elementos narrativos como abordado em *A continuidade dos parques* (1956), de Julio Cortázar.

Com base nesses temas, é possível concluir que a narrativa fantástica mescla elementos do real e do mimético e afirma como real o que narra, apoiando-se para tal, nas convenções do mundo real e não da própria ficção.

Entretanto, rompe com esse "suposto real" à medida que introduz aquilo que é manifestadamente irreal, um mundo estranho, que invariavelmente provoca o questionamento acerca da natureza daquilo que se vê e registra como real. Seus temas estão ligados, de maneira geral, à invisibilidade, à transformação, ao duplo e à luta entre as forças opostas, gerando uma grande quantidade de motivos recorrentes como figuras fantasmagóricas ou monstruosas, duplos, reflexos etc.

O elemento fantástico surge, então, para indicar o início de uma nova etapa, pois altera a trajetória da personagem e, com isso, apresenta dupla função: psicológica e narrativa. O surgimento desse elemento estranho, insólito, representa uma ruptura, uma vez que provoca uma quebra da "ordem" por certo momento, até que tudo volte ao normal: esse é o percurso do herói na narrativa fantástica, pois após a ruptura, ele já não é mais o mesmo, devido à experiência pela qual passou e é com base nestes traços todos que se torna possível, a partir de agora, caro leitor, ter uma visão e um entendimento mais abrangentes dos textos com os quais você tomará contato em seguida.

Boa Leitura!

REFERÊNCIAS

CORRÊA, L. C. **O fantástico e o estranho em O coração denunciador, de Edgar Allan Poe**. Revista Pandora Brasil - Edição Especial Nº 6 - Maio de 2011 - ISSN 2175-3318 - "O insólito e suas fronteiras".

FREUD, S. **O Estranho**. In: Coleção Standard das Obras Completas de Sigmund Freud. Vol. VXII. Rio de Janeiro: Imago, 1976.

TODOROV, T. **Introdução à literatura fantástica**. São Paulo: Perspectiva,1975.

VOLOBUEF, K. **O fantástico em duas vias**. Disponível em <http://volobuef.tripod.com/ff_fantastico.htm>. Acesso em 08/12/06.

ROSTO DE CAVEIRA

Capítulo 1
O ROSTO NA NÉVOA

*Não somos mais do que uma fileira em movimento
De sombras mágicas que vêm e vão.*

OMAR KHAYYAM

O horror tomou forma concreta para mim pela primeira vez em meio à menos concreta das coisas — um sonho de haxixe. Eu estava ausente, em uma jornada onde não havia tempo nem espaço, vagando pelas terras estranhas que pertencem a esse estado de consciência, a um milhão de quilômetros da Terra e de todas as coisas terrenas. Contudo, de repente tomei consciência de que alguma coisa estava cruzando aquele vazio desconhecido — algo que rasgava implacavelmente as cortinas divisórias dos meus devaneios e se imiscuía em minhas visões.

Não voltei precisamente à vida normal, desperta, mas estava consciente de uma visão e de um reconhecimento desagradáveis, e que não pareciam pertencer ao sonho que eu estava desfrutando naquele momento.

Para quem nunca conheceu os deleites do haxixe, minha explanação deve parecer caótica e impossível. Mas eu estava consciente de uma abertura na névoa, e então o Rosto entrou em minha visão. No começo pensei ser apenas uma caveira; depois percebi que em vez de ser branca era dotada de uma cor amarela assustadora e tinha alguma terrível forma de vida. Olhos cintilavam no fundo das covas, e as mandíbulas se mexiam, como se falassem. O corpo, exceto pelos ombros altos e finos, era vago e indistinto, mas as mãos, que flutuavam na névoa adiante e atrás da caveira, eram horrivelmente vívidas e me enchiam de pavor. Eram como as mãos de uma múmia, longas, magras e amarelas, com juntas nodosas e dedos como garras curvadas, cruéis.

Então, para completar aquele horror vago que estava rapidamente tomando conta de mim, ouvi uma voz... Imaginem um homem morto há tanto tempo que o seu aparelho vocal tenha se tornado entorpecido e desacostumado a falar. Esse foi o pensamento que me tomou e fez a minha pele se arrepiar enquanto eu ouvia.

É um animal forte e que pode vir a ser útil de alguma forma. Cuide para que ele receba todo o haxixe de que precisa.

Eu me sentia o objeto da conversa, mas o rosto começou a se afastar enquanto ainda falavam; as névoas giraram e começaram a se fechar novamente. Mas, por um instante, uma cena se distinguiu com uma clareza assombrosa. Eu ofeguei — ou tentei fazê-lo, pois acima dos altos e estranhos ombros da aparição um outro rosto se revelou claramente por um momento, como se estivesse olhando para mim. Lábios vermelhos, entreabertos, cílios longos e escuros, olhos vívidos e sombreados, uma nuvem reluzente de cabelos. Por sobre o ombro do Horror, uma beleza de tirar o fôlego olhou para mim por um instante.

Capítulo 2
O ESCRAVO DO HAXIXE

*Desde o centro da Terra até o Sétimo Portal
Subi e no Trono de Saturno me sentei.*

OMAR KHAYYAM

O meu sonho com o rosto de caveira conseguiu cruzar aquele abismo normalmente intransponível que existe entre o encantamento do haxixe e a realidade cotidiana. Eu estava sentado com as pernas cruzadas em uma esteira no Templo dos Sonhos de Yun Shatu e tentava reunir as últimas forças do meu cérebro cansado para executar a tarefa de recordar eventos e rostos.

Esse último sonho havia sido tão completamente diferente de todos os que eu tivera antes que a minha débil força moral foi estimulada a ponto de querer descobrir qual a sua origem. Quando eu começara a experimentar haxixe tentara entender os fundamentos físicos ou psíquicos para os incríveis voos da imaginação gerados por ele, mas ultimamente me dava por feliz em desfrutá-los, sem me preocupar com causas e efeitos.

De onde vinha essa inexplicável sensação de familiaridade em relação àquela visão? Segurei a minha cabeça palpitante entre as mãos e lutei para encontrar uma pista. Um morto-vivo e uma jovem de rara beleza que me olhava por cima do ombro dele. Então me lembrei.

No passado da névoa de dias e noites que turva a memória de um viciado em haxixe, o meu dinheiro havia acabado. Parecia ter sido há anos, ou até mesmo séculos, mas a minha razão embotada me disse que provavelmente havia sido apenas alguns dias antes. De qualquer forma, eu tinha me apresentado no sórdido antro de Yun Shatu, como sempre, e me jogaram para fora quando ficaram sabendo que não tinha dinheiro.

Com o meu universo se estilhaçando sobre mim e os nervos tensos como cordas de piano esticadas, diante daquela necessidade vital para mim, eu me agachei na sarjeta e balbuciei bestialmente, até Hassim sair, com ar de superioridade, e calar os meus lamentos com um golpe que me derrubou no chão, semi-inconsciente.

Então, enquanto eu finalmente me erguia, cambaleante, sem pensar em nada além do rio que corria com um murmúrio frio tão perto de mim... enquanto me erguia, uma leve mão pousou em meu braço, como o toque de uma rosa. Virei-me, num sobressalto, e fiquei enfeitiçado com a visão encantadora que se revelou ao meu olhar. Olhos escuros e límpidos me encaravam com compaixão e a mãozinha na minha manga esfarrapada me conduziu na direção da porta do Templo dos Sonhos. Retrocedi, mas uma voz baixa, suave e melodiosa estimulou-me e, tomado por uma estranha confiança, segui adiante, trêmulo, com a minha linda guia.

Hassim nos recebeu à porta, as mãos cruéis levantadas e a testa franzida com expressão sombria, mas quando me encolhi, esperando um golpe, ele se deteve diante da mão erguida da jovem e do seu comando, dado com um tom imperioso. Não compreendi o que ela havia dito, mas vi vagamente, como em uma névoa, que ela deu dinheiro ao homem e me conduziu até um divã, onde me reclinou e ajeitou as almofadas como se eu fosse o rei do Egito, e não um andrajoso e sujo renegado que vivia apenas para o haxixe. A sua mão fina ficou por um momento na minha testa, acalmando-me, e então ela se foi e Yussef Ali chegou trazendo a substância pela qual minha alma clamava... e logo eu estava novamente vagando por aquelas terras estranhas e exóticas que apenas os escravos do haxixe conhecem.

Agora, sentado na esteira e refletindo sobre o sonho com o rosto de caveira, fiquei ainda mais curioso. Desde que a jovem desconhecida me reconduzira ao antro, eu voltara a entrar e sair como antes, quando ainda tinha dinheiro bastante para pagar Yun Shatu. Alguém com certeza estava pagando por mim, e embora o meu subconsciente tivesse dito que era a garota, meu cérebro entorpecido não havia compreendido esse fato por completo, e não me perguntava o porquê daquilo. Para que entender? Se alguém pagava e os sonhos ultracoloridos continuavam, para que me preocupar? Mas agora eu me perguntava, pois a jovem que havia me protegido de Hassim e trazido o haxixe para mim era a mesma que eu vira no sonho com o rosto de caveira.

Rasgando o embrutecimento da minha degradação, a sedução daquela jovem me feriu como uma faca, atravessando o meu coração e me fazendo reviver estranhamente as lembranças dos dias em que eu era um homem como os outros — e não aquele acabrunhado e encolhido escravo dos sonhos. Dias então distantes e indistintos, ilhas trêmulas na névoa dos anos... e separados de mim por um mar terrivelmente sombrio.

Olhei para a minha manga esfarrapada e para a mão suja que saía dela, com unhas como garras; passeei o olhar pela fumaça suspensa que enevoava aquele aposento sórdido, pelos beliches baixos ao longo das paredes, nos quais estavam deitados sonhadores de olhares vazios — escravos, como eu, do haxixe ou do ópio. Vi os chineses com as suas sapatilhas andando suavemente de lá para cá, carregando cachimbos ou assando bolinhas de purgatório concentrado sobre minúsculos braseiros. Olhei para Hassim, parado de pé ao lado da porta, braços cruzados, como uma grande estátua de basalto negro.

Estremeci e escondi o rosto com as mãos, porque com o débil início do retorno da minha consciência eu soube que esse último e mais cruel dos sonhos era inútil. Eu havia cruzado um oceano através do qual nunca conseguiria retornar — havia me excluído do mundo dos homens e das mulheres normais. Agora só me restava submergir esse sonho, como havia feito com todos os outros, rapidamente e com a esperança de poder alcançar logo o Oceano Derradeiro que fica além de todos os sonhos.

Assim são esses fugidios momentos de lucidez, de anseio, aquele deitar de lado os véus que todos os escravos das drogas conhecem — momentos inexplicáveis, e sem nenhuma esperança de realização. Então voltei para os meus sonhos vazios, para a minha fantasmagoria de ilusões; mas às vezes, como uma espada cortando uma bruma, através das montanhas e planícies e oceanos das minhas visões, flutuava como uma música quase esquecida o brilho de olhos escuros e cabelos reluzentes.

Vocês podem se perguntar como eu, Stephen Costigan, americano, um homem de certo talento e cultura, fui parar estirado em um antro imundo do bairro chinês de Limehouse, em Londres. A resposta é simples, e não, eu não era nenhum devasso entediado, buscando novas sensações nos mistérios do Oriente. Eu respondo: Argonne![1] Céus, que profundezas e cúmulos de horror se escondem nessa simples palavra! Arrasadores, destruidores. Dias eternos, noites

---

[1] Batalha da Floresta de Argonne, na Primeira Guerra Mundial, em que tropas americanas se juntaram ao exército francês e a forças do Reino Unido e de outros países do *Commonwealth*, contra os inimigos alemães.

sem fim e um inferno sangrento ribombando sobre a Terra de Ninguém onde tombei, reduzido a um corpo ensanguentado e dilacerado por tiros e cortes de baioneta. O meu corpo se recuperou, não sei como; minha mente nunca conseguiu.

E no meu cérebro atormentado as chamas saltando e as sombras fugidias foram me fazendo descer cada vez mais as escadas da degradação, desamparado, até que afinal encontrei alívio no Templo dos Sonhos de Yun Shatu, onde sufoquei os meus sonhos sangrentos em outros sonhos — os sonhos do haxixe, nos quais um homem pode descer até os mais profundos abismos dos infernos mais terríveis ou planar nas alturas inomináveis onde as estrelas são diamantes minúsculos sob os seus pés.

As minhas visões não eram as de um bêbado, de um bruto. Alcancei o inalcançável, fiquei cara a cara com o desconhecido e, na calma do cosmos, conheci o inimaginável. E fui quase feliz, até que a visão de uma cabeleira reluzente e de lábios escarlates varreu o meu universo feito de sonhos e me deixou em meio a suas ruínas, tremendo.

Capítulo 3
O MESTRE DO DESTINO

E Ele, que o derrubou no Campo de Batalha,
Ele sabe de tudo — Ele sabe! Ele sabe!

OMAR KHAYYAM

Uma mão sacudiu-me asperamente quando eu estava emergindo do meu último sonho vicioso.
O Mestre quer você. De pé, suíno!
Era Hassim quem me sacudia e assim me falava.
Para o inferno com o Mestre! — respondi, pois odiava Hassim... e o temia.
Levante agora ou não vai mais conseguir haxixe — foi a resposta brutal, que me fez erguer rapidamente, trêmulo.
Segui aquele homem enorme que me conduziu até os fundos do lugar, esgueirando-se entre os desgraçados sonhadores deitados no chão.
Toda a tripulação, já para o convés! — falou sonolento um marinheiro estirado em um beliche. — Toda a tripulação!

Hassim abriu a porta nos fundos da sala com um empurrão e me fez sinal para entrar. Eu nunca tinha passado por aquela porta antes, e imaginava que ela levava aos aposentos particulares de Yun Shatu. Mas a única mobília do lugar era uma cama de lona, algum tipo de ídolo de bronze diante do qual havia incenso queimando, e uma mesa maciça.

Hassim me lançou um olhar sinistro e segurou a mesa como se fosse virá-la. Então a girou como se estivesse sobre uma plataforma móvel e uma parte do piso girou junto, revelando uma passagem oculta, onde alguns degraus afundavam na escuridão.

Hassim acendeu uma vela e, com um gesto brusco, me convidou a descer. Eu o fiz, com a obediência morosa dos viciados em drogas, e ele me seguiu, fechando a porta sobre nós por uma alavanca de ferro presa ao lado inferior do piso. Descemos os degraus instáveis — uns nove ou dez, eu diria — na semiescuridão, até que surgiu uma passagem estreita.

Ali Hassim voltou a seguir na minha frente, segurando a vela no alto, diante de si. Eu mal conseguia ver as laterais daquela passagem que mais lembrava uma caverna, mas sabia que ela não era muito larga. A chama tremeluzente mostrava que ali não havia nenhum mobiliário além de muitos cofres de aspecto estranho, alinhados nas paredes — receptáculos contendo ópio e outras drogas, pensei. Um contínuo ruído de patinhas correndo e o vislumbre ocasional de olhinhos vermelhos entre as sombras denunciava a presença de um vasto número daquelas ratazanas robustas que infestavam as margens do Tâmisa naquela área.

Então, mais uma escada surgiu na escuridão em frente a nós, quando a passagem chegou abruptamente ao seu final. Hassim subiu na frente e no topo da escada bateu quatro vezes contra o que parecia ser o lado de baixo de um assoalho. Uma porta secreta se abriu e uma luz suave, enganadora, passou pelo vão. Hassim me falou asperamente para subir e fiquei parado, piscando, em um cenário como eu jamais vira parecido, nem nos maiores voos das minhas visões. Estava em uma floresta de palmeiras na qual serpenteava um milhão de dragões de cores intensas! Então, à medida que os meus olhos se acostumaram com a luz, vi que não havia sido subitamente transportado para outro planeta, como pensara a princípio. As palmeiras e os dragões continuavam lá, mas as árvores eram artificiais e estavam em enormes vasos. Já os dragões serpenteavam em pesadas tapeçarias que recobriam as paredes.

A habitação era por si só algo monstruoso — as suas proporções não pareciam humanas. Uma fumaça densa, amarelada e que fazia pensar nos trópicos, parecia perpassar tudo, ocultando o teto e frustrando olhadas para cima. Essa fumaça, percebi, emanava de um altar em frente à parede à minha esquerda. Tive um sobressalto: através da névoa ondulante e cor de açafrão, dois olhos, espantosamente grandes e vívidos, encaravam-me, brilhantes. O vago perfil de algum ídolo bestial assumiu uma forma indistinta. Dei uma olhada inquieta em torno de mim, observando os divãs e as liteiras orientais e o mobiliário exótico, e então meus olhos se detiveram, pousando em um biombo laqueado bem diante de mim.

Não me era possível passar por ele e nenhum som vinha dali de trás, mas eu sentia que alguém me examinava através dele com olhos que pareciam me queimar a alma. Uma estranha aura demoníaca emanava daquele biombo, com seus entalhes bizarros e decorações profanas.

Hassim fez uma reverência profunda, em estilo árabe, diante do biombo e então, sem falar nada, retrocedeu e cruzou os braços, parado como uma estátua.

De repente uma voz quebrou o silêncio pesado, opressivo.

Você, que hoje é um suíno, gostaria de voltar a ser um homem?

Eu me assustei. O tom era frio, não era humano — e mais, parecia indicar que o trato vocal não era usado há muito tempo; era a voz que eu ouvira no meu sonho!

Sim — respondi, como se estivesse em transe. — Gostaria de voltar a ser um homem.

Seguiram-se alguns instantes de silêncio. Depois a voz retornou, envolta em um murmúrio baixo e sinistro, como o som de morcegos voando por uma caverna.

Eu posso fazer você voltar a ser homem porque sou um amigo para todos os homens arruinados. Não ajudarei em troca de nenhuma quantia, nem por gratidão. E lhe darei um sinal para selar a minha promessa e o meu voto. Passe a mão através do biombo.

Fiquei perplexo com essas palavras estranhas e quase ininteligíveis, e assim, quando a voz invisível repetiu o último comando, dei um passo adiante e enfiei a mão por uma fenda que se abriu silenciosamente no biombo. Senti o meu punho preso em um aperto férreo e algo sete vezes mais frio do que gelo tocou a palma de minha mão. Então meu pulso foi solto, recolhi a mão e vi um símbolo estranho traçado em azul perto da base do meu polegar — algo parecido com um escorpião.

A voz soou novamente, em uma linguagem sibilante que não entendi, e Hassim avançou com deferência. Passou a mão por sobre o biombo e depois se voltou para mim, segurando um cálice com um líquido cor de âmbar, que me ofereceu com uma reverência irônica. Eu aceitei, com certa hesitação.

Beba e nada tema — disse a voz invisível. — É apenas um vinho egípcio com qualidades revigorantes.

Então ergui o cálice e o esvaziei. O gosto não era desagradável, e quando devolvi o recipiente para Hassim pareceu-me já sentir nova vida e vigor correndo por minhas veias fatigadas.

Permaneça na casa de Yun Shatu — disse a voz. — Você receberá comida e uma cama até estar forte o bastante para trabalhar. Não usará haxixe, nem precisará dele. Vá!

Em estado semelhante ao torpor, segui Hassim de volta pela porta escondida, descendo as escadas, passando pelo corredor escuro e subindo pela outra porta, que nos levava de volta ao Templo dos Sonhos.

Quando saímos do quarto dos fundos para o aposento principal, ocupado pelos sonhadores, voltei-me para Hassim, curioso.
Mestre? Mestre de quê? Da vida?
Hassim soltou uma risada cruel e sardônica.
Mestre do Destino!

Capítulo 4
A ARANHA E A MOSCA

*Havia uma porta, mas não consegui
encontrar sua chave;
Havia um Véu através do qual eu não
conseguia enxergar.*

OMAR KHAYYAM

Sentei-me nas almofadas de Yun Shatu e ponderei a situação com uma clareza mental nova e estranha para mim. Aliás, todas as minhas sensações eram novas e estranhas. Eu sentia como se tivesse acordado de um sonho monstruosamente longo, e mesmo que os meus pensamentos ainda fossem lentos, a sensação era que as teias de aranha que os haviam atado por tanto tempo tinham sido parcialmente varridas.

Passei a mão pela testa e notei quanto tremia. Eu estava fraco e agitado e sentia a urgência da fome — não de drogas, mas de comida mesmo. O que haveria na bebida que eu tomara na câmara do mistério? E por que o "Mestre" escolhera a mim, dentre todos os desgraçados da casa de Yun Shatu, para ser regenerado?

E quem era aquele Mestre? A palavra soava algo familiar; esforcei-me para me lembrar. Sim... eu ouvira falar dele, deitado nos beliches ou no chão num estado quase desperto, sussurrada em tons sibilantes por Yun Shatu, por Hassim ou por Yussef Ali, o mouro, mencionada em conversas em voz baixa e sempre misturada a palavras que eu não conseguia compreender. Então Yun Shatu não era o senhor do Templo dos Sonhos? Eu tinha achado, assim como os outros viciados, que o mirrado chinês possuía um poder incontestável sobre aquele reino torpe e que Hassim e Yussef Ali eram seus criados. E que os quatro rapazes chineses que queimavam o ópio com Yun Shatu — assim como Yar Khan, o afegão, e Santiago, o haitiano, e Ganra Singh, o renegado sikh — eram todos pagos por Yun Shatu, atados ao senhor do ópio pelos laços do ouro ou do medo.

Acontece que, no bairro chinês de Londres, Yun Shatu era poderoso, e eu ouvira dizer que seus tentáculos cruzavam os mares e chegavam a lugares importantes, potentes, de línguas misteriosas. Seria ele atrás do biombo laqueado? Não... eu conhecia a voz do chinês, e além disso o havia visto ocupado na parte da frente do Templo no momento em que passamos pela porta de trás.

Ocorreu-me outro pensamento. Muitas vezes, quando eu estava deitado naquele típico torpor, no final da noite ou às primeiras luzes do alvorecer, vira homens e mulheres que entravam sigilosamente no Templo e cujas vestimentas e condutas pareciam estranhas àquele lugar. Homens altos, aprumados, em geral em trajes de noite, com chapéus bem abaixados sobre a fronte, e elegantes damas de rosto velado, vestindo sedas e casacos de pele. Nunca vira dois deles chegarem juntos; sempre vinham separados e, escondendo o rosto, apressavam-se para a porta nos fundos do aposento, pela qual entravam e mais tarde saíam, às vezes demorando-se por horas. Sabendo que o anseio pelas drogas algumas vezes encontra adeptos em pessoas de altas posições, eu nunca tinha pensado muito sobre aquilo, supondo que eram homens e mulheres da sociedade que haviam se tornado vítimas daquele anseio e que, em algum lugar nos fundos da construção, havia um aposento privativo para eles. Mas então comecei a pensar... algumas vezes essas pessoas haviam permanecido lá apenas por alguns momentos. Será que vinham sempre pelo ópio ou também teriam atravessado aquela estranha passagem e conversado com o Ser atrás do biombo?

Divaguei um pouco em torno da ideia de ele ser um grande especialista a quem todas as classes de pessoas buscavam para conseguir se libertar do hábito da droga. Mas soava estranho que um especialista assim escolhesse um ponto de venda de drogas para trabalhar — e também era estranho que o proprietário da casa aparentemente o reverenciasse tanto.

Desisti de pensar no assunto porque minha cabeça começou a doer, como resultado do esforço mental do qual havia me desacostumado, e gritei pedindo comida. Yussef Ali trouxe-a para mim em uma bandeja, com uma prontidão que me surpreendeu. E mais: ao sair, ele me saudou com um salamaleque, o que me deixou matutando sobre a estranha mudança no meu *status* naquele Templo dos Sonhos.

Comi, perguntando-me o que o Ser do biombo queria comigo. Nem por um instante supus que suas ações tivessem sido motivadas pelas razões que ele alegara; a vida no submundo me havia ensinado que nenhum dos seus habitantes tem inclinações filantrópicas. E aquele aposento misterioso, mesmo com sua natureza requintada e excêntrica, com certeza pertencia ao submundo. E onde estaria situado? Que distância eu teria percorrido através daquela passagem? Encolhi os ombros, perguntando-me se tudo não seria apenas um sonho induzido pelo haxixe; então o meu olhar recaiu sobre a minha mão — e o escorpião desenhado nela.

— Reúnam a tripulação! — falou sonolento o marinheiro no beliche. — Toda a tripulação!

Contar em detalhes o que aconteceu nos dias seguintes seria enfadonho para todos que não tenham provado a terrível escravidão das drogas. Fiquei esperando que a ânsia pelo haxixe tomasse conta de mim novamente — esperando com uma amarga desesperança. O dia inteiro, a noite inteira... e mais outro dia... e então minha mente incrédula foi forçada a acreditar no milagre. Contrariando todas as teorias e supostas verdades da ciência e do senso comum, a dependência daquela droga havia me deixado de maneira repentina e absoluta, como se fosse um sonho ruim que chega ao fim! No começo eu não conseguia crer nos meus sentidos; achava que ainda estava preso a algum pesadelo de haxixe. Mas era verdade. Desde o momento em que bebi o conteúdo daquele cálice no quarto misterioso não senti mais o mínimo desejo da substância que havia sido como vida para mim. Uma sensação indistinta me dizia que havia algo de maligno naquilo e, com certeza, contrário a todas as leis da natureza. Se o ser assustador que ficava atrás do biombo tinha descoberto o segredo para quebrar o terrível poder do haxixe, que outros segredos monstruosos ele teria descoberto e qual seria o seu inimaginável domínio? A ideia do mal se insinuou em minha mente como uma víbora.

Permaneci na casa de Yun Shatu, passando o tempo ociosamente em um beliche ou em almofadas espalhadas sobre o chão, comendo e bebendo sempre que queria. Mas, agora que estava começando a me sentir de novo um homem normal, aquele ambiente se tornava muito repugnante para mim, e a visão daqueles miseráveis se contorcendo em seus sonhos me trazia lembranças desagradáveis do que eu mesmo havia sido, e a cena toda me repelia, me dava náuseas.

Então, um dia, quando não havia ninguém me vigiando, eu me levantei, saí para a rua e caminhei pelo porto. O ar, mesmo carregado de fumaça e odores desagradáveis, encheu os meus pulmões com um estranho frescor e despertou uma nova energia naquele que já tinha sido um corpo vigoroso. Fui tomado por um novo interesse pelos sons dos homens que ali viviam e trabalhavam, e a visão de um navio sendo descarregado em um dos atracadouros realmente me fez vibrar. Os estivadores não estavam dando conta do serviço, e logo me vi alcançando as cargas e erguendo e carregando caixas e, mesmo com o suor escorrendo pela testa e os lábios tremendo com o esforço, eu me senti exultante com o pensamento de que afinal era capaz de trabalhar novamente, não importando quão humilde ou banal fosse o trabalho.

Quando cheguei à porta da casa de Yun Shatu naquela noite, profundamente cansado, mas com a revigorante sensação de virilidade que vem de um trabalho pesado e honesto, Hassim estava me esperando.

Onde você foi? — ele me interpelou, asperamente.

Estava trabalhando nas docas — respondi brevemente.

Você não precisa trabalhar nas docas — ele disse de um jeito brusco. — O Mestre tem um trabalho para você.

Ele indicou o caminho e atravessei novamente a escuridão das escadas e da passagem subterrânea. Dessa vez minhas faculdades estavam alertas e julguei que o corredor não teria mais de dez ou doze metros de extensão. Mais uma vez parei em frente ao biombo laqueado e mais uma vez ouvi a voz inumana daquele morto-vivo.

Eu posso lhe dar um trabalho — disse a voz. — Você está disposto a trabalhar para mim?

Concordei de imediato. Afinal, apesar do medo que aquela voz me inspirava, eu tinha uma enorme dívida com seu dono.

Ótimo. Pegue isto.

Quando comecei avançar na direção do biombo um comando seco me deteve, e Hassim se adiantou e pegou o que era oferecido. Era um pacote, aparentemente contendo fotografias e papéis.

Estude isso — disse o Ser atrás do biombo — e aprenda tudo o que puder sobre o homem nessa descrição. Yun Shatu lhe dará dinheiro. Compre roupas como as que os marinheiros usam e alugue um quarto na parte da frente do Templo. Ao final de dois dias, Hassim o trará novamente até mim. Vá!

A última impressão que tive, quando a porta secreta se fechou atrás de mim, foi que os olhos do ídolo, cintilando através da fumaça perpétua, me encaravam com ar zombeteiro.

A parte da frente do Templo dos Sonhos consistia em quartos para alugar, encobrindo o verdadeiro propósito do imóvel sob o disfarce de uma pensão nas docas. A polícia já havia feito várias visitas a Yun Shatu, mas nunca conseguira evidências que o incriminassem. Assim, instalei-me em um desses quartos e comecei a trabalhar, estudando o material que me fora entregue.

Todas as fotografias eram de um homem, um homem grande, de forma geral não muito diferente de mim em constituição física e traços do rosto, com a exceção de que usava uma barba espessa e o seu cabelo tendia ao loiro, ao passo que o meu é escuro. O seu nome, conforme estava escrito nos papéis que também estavam no pacote, era Fairlan Morley, major e comissário especial da colônia de Natal e do Transvaal. Esse trabalho e esse título eram novos para mim, e fiquei pensando qual seria a ligação entre um comissário que servia na África e uma casa de ópio às margens do Tâmisa.

Os papéis continham dados abundantes, evidentemente copiados de fontes autênticas, e todos relacionados ao major Morley, além de uma série de documentos confidenciais, bastante esclarecedores, sobre a vida privada do major. Havia também descrições exaustivas da aparência pessoal e dos hábitos daquele homem, algumas das quais me pareceram bastante sem importância. Perguntei-me que propósito teria aquilo tudo e como o Ser atrás do biombo obtivera informações de natureza tão íntima.

Não consegui encontrar nenhuma pista para responder a essa pergunta, mas concentrei todas as minhas energias na tarefa que me fora confiada. Eu tinha uma profunda dívida de gratidão com o homem desconhecido que me ordenara isso, e estava determinado a retribuir da melhor forma que pudesse. Naquela época, nada poderia me sugerir uma armadilha.

Capítulo 5
O HOMEM DO DIVÃ

*Que chuva de lanças te fez avançar ao
amanhecer para zombar da Morte?*

KIPLING

Quando o prazo de dois dias expirou, Hassim me acenou quando eu me encontrava na sala do ópio. Avancei com passos ágeis e joviais, confiante que havia assimilado tudo o que importava dos documentos sobre Morley. Eu era um novo homem; minha agilidade mental e minha disposição física me surpreendiam — às vezes pareciam anormais.

Hassim me olhou com as pálpebras semicerradas e me sinalizou que o seguisse, como de costume. Quando cruzamos a sala, meu olhar caiu sobre um homem deitado em um divã perto da parede, fumando ópio. Não havia absolutamente nada suspeito em suas roupas esfarrapadas, descuidadas, no seu rosto sujo e barbado ou em seu olhar perdido, mas minha percepção, aguçada a um ponto anormal, registrou uma relativa incoerência em suas mãos bem-cuidadas que as vestes desmazeladas não conseguiam esconder.

Hassim me chamou, impaciente, e eu me virei. Entramos no quarto da parte dos fundos e quando ele fechou a porta e se voltou para a mesa ela se moveu sozinha e uma figura emergiu pela passagem secreta. O sikh, Ganra Singh, um gigante esguio de olhos sinistros, saiu e seguiu até a porta para a sala do ópio, onde permaneceu até termos descido e fechado a passagem secreta. Mais uma vez fiquei parado em meio à fumaça amarela ondulante e ouvi a voz escondida.

Você acha que sabe o suficiente sobre o major Morley para se passar por ele com sucesso?

Surpreso, respondi:

Sem dúvida poderia fazer isso, a menos que encontre alguém que tenha mais intimidade com ele.

Eu cuidarei disso. Ouça bem. Amanhã você zarpará no primeiro navio para Calais. Lá, encontrará um agente meu que o abordará no instante em que você pisar no cais e lhe dará mais instruções. Você viajará na segunda classe e evitará conversas com estranhos ou com qualquer pessoa. Leve os documentos com você. O agente vai ajudá-lo a adaptar sua aparência e o seu disfarce já começará em Calais. Isso é tudo. Vá!

Saí, com a curiosidade atiçada. Toda aquela história com certeza tinha um sentido que, no entanto, eu não conseguia compreender. Quando retornamos à sala do ópio, Hassim me mandou sentar nas almofadas e esperar pelo seu retorno. Quando perguntei por que, ele respondeu com um grunhido dizendo que, conforme lhe havia sido ordenado, estava saindo para comprar minha passagem no navio *Channel*. Ele saiu e eu me sentei, apoiando as costas na parede. Enquanto remoía aqueles pensamentos, de repente senti que alguém tinha os olhos cravados em mim com uma tal intensidade que perturbou meu subconsciente. Dei uma rápida olhada para cima, mas não parecia haver ninguém me encarando. A fumaça vagava pelo ambiente quente, como de costume. Yusuf Ali e os chineses andavam de um lado para o outro, atendendo às demandas dos sonhadores.

De repente, a porta do quarto dos fundos se abriu e uma figura estranha e furtiva surgiu, mancando. Nem todos os que tinham acesso ao quarto dos fundos de Yun Shatu eram aristocratas e membros da sociedade. Aquele homem era uma das exceções, e de quem eu me lembrava por suas frequentes entradas e saídas de lá. Era um sujeito alto e esquelético, com andrajos disformes e esfarrapados e o rosto inteiramente oculto. Melhor mesmo esconder a face, pensei, porque sem dúvida todos aqueles restos de pano ocultavam uma visão horrível. O homem era um leproso que de alguma forma havia conseguido escapar da atenção dos guardas e às vezes era visto vagando pelas zonas mais degradadas e misteriosas do East End. Um mistério até mesmo para os mais degenerados moradores da região de Limehouse.

De repente, minha mente hipersensível tomou consciência de uma súbita tensão no ar. O leproso cruzou a porta, mancando, e a fechou atrás de si. Meus olhos buscaram instintivamente o divã onde deveria estar o homem que havia despertado minha suspeita mais cedo. Eu poderia jurar que olhos frios e duros me encararam de maneira ameaçadora por um instante, antes de se fechar. Fui até o divã em uma só passada e me inclinei sobre o homem prostrado. Alguma coisa no seu rosto não parecia natural... tive a impressão de que por baixo da sua palidez havia um bronzeado saudável.

Yun Shatu! — gritei. — Há um espião na casa!

As coisas então aconteceram em velocidade vertiginosa. O homem no divã se ergueu de um salto, movendo-se como um tigre, e um revólver reluziu em sua mão. Um braço vigoroso me empurrou para o lado quando tentei segurá-lo e uma voz seca e decidida vibrou acima do murmúrio que despontava.

Você aí! Alto! Alto!

A pistola na mão do estranho estava apontada para o leproso, que tentava alcançar a porta a passos largos! Tudo por ali virou uma confusão. Yun Shatu gritava sem parar na sua língua e os quatro rapazes chineses e Yussef Ali chegaram de todos os lados, com facas reluzentes nas mãos.

Enxerguei a cena toda com uma clareza anormal, mesmo sem tirar os olhos do rosto do estranho. Como o leproso em fuga não deu nenhuma mostra de se deter, vi aqueles olhos se endurecerem até chegar ao ponto máximo de determinação, mirando sobre o cano do revólver — as feições dominadas pelo inflexível propósito do assassino. O leproso estava quase chegando à porta de saída, mas a morte o derrubaria antes que ele pudesse alcançá-la.

Então, no exato momento em que o dedo do estranho puxou o gatilho, eu me atirei para frente e meu punho direito golpeou fortemente seu queixo. Ele caiu no chão como se tivesse sido atingido por um martelo e o revólver disparou para cima um tiro inofensivo. Naquele instante, com o lampejo de clareza absoluta que às vezes nos atinge, eu soube que o leproso na realidade era o Ser Atrás do Biombo!

Inclinei-me sobre o homem caído que, mesmo não completamente inconsciente, por ora havia sido subjugado por aquele meu soco impressionante. Ele estava se esforçando ao máximo para se levantar, mas eu o empurrei bruscamente de volta ao chão e, agarrando a falsa barba que ele usava, arranquei-a. Surgiu uma face magra e bronzeada, de traços fortes, que nem a sujeira artificial, nem a maquiagem oleosa haviam conseguido alterar.

Yussef Ali se curvou sobre o homem, com a adaga na mão, os olhos espremidos por um ódio assassino. A mão morena e vigorosa se ergueu... e eu a detive pelo punho.

Calma lá! O que você vai fazer?

Este é John Gordon — falou ele, furioso —, o maior inimigo do Mestre! Ele tem de morrer, maldito!

John Gordon! O nome me era um tanto familiar, mas eu não conseguia estabelecer nenhuma relação entre ele e a polícia londrina e nem era capaz de explicar sua presença no antro de drogas de Yun Shatu. Entretanto, de uma coisa eu estava certo.

Seja como for, você não o matará. Levante-se, vamos! — essa última frase fora para Gordon, que se colocou em pé com minha ajuda, ainda muito atordoado.

Aquele soco teria derrubado um touro — disse eu, admirado. — Não sabia que tinha essa capacidade.

O falso leproso havia desaparecido. Yun Shatu ficou me encarando com um olhar fixo, imóvel como uma estátua, as mãos dentro das largas mangas de sua veste. Yusuf Ali retrocedeu, resmungando ameaças num tom sanguinário e passando o polegar pelo fio da adaga, enquanto eu conduzia Gordon para fora da sala do ópio e através do bar de aparência inocente entre a sala e a rua.

Quando chegamos ao lado de fora eu disse a ele:

Não faço ideia de quem é você ou o que está fazendo aqui, mas, como pode ver, é um lugar bem pouco saudável para você. Daqui por diante, siga o meu conselho e fique longe daqui.

A única reação do sujeito foi me lançar um olhar inquiridor, e depois ele se virou e subiu a rua, andando rapidamente, ainda que a passos vacilantes.

Capítulo 6
A JOVEM DOS SONHOS

Cheguei recentemente a estas terras
Vindo de uma sombria e distante Thule.[2]

EDGAR ALLAN POE

Passos suaves ecoaram do lado de fora do meu quarto. A maçaneta girou devagar, com cuidado e a porta se abriu. Levantei de um salto, ofegando. Lábios vermelhos entreabertos, olhos escuros como límpidos mares mágicos, um cabelo abundante e brilhante — ali estava a jovem dos meus sonhos, emoldurada pelo umbral da porta!

Ela entrou e, girando o corpo em um movimento sinuoso, fechou a porta. Avancei de um salto, as mãos estendidas; depois me detive, quando ela colocou um dedo sobre os lábios.

---

[2] Em inglês: "From an ultimate dim Thule", referência à "Ultima Thule", nome dado na época medieval ao extremo norte da Europa.

— Não fale alto — ela praticamente sussurrou. — Ele não disse que eu não podia vir aqui, mas...

Sua voz era suave, melodiosa, com um leve sotaque estrangeiro que achei delicioso. Da mesma forma que a jovem em si, cada entonação, cada movimento falavam do Oriente. Ela era uma brisa perfumada do Leste. Desde o cabelo negro como a noite, preso no alto da cabeça e expondo a testa branca como alabastro, até os pezinhos calçados com sapatilhas pontiagudas de salto alto, ela retratava o mais alto ideal da beleza asiática — um efeito ainda mais acentuado do que diminuído pela blusa e a saia inglesas que estava vestindo.

— Você é linda! — disse eu, atônito. — Quem é você?

— O meu nome é Zuleika — respondeu ela com um sorriso tímido. — Eu... eu fico feliz em saber que lhe agrado. E fico feliz por você não ter mais sonhos de haxixe.

Era estranho sentir como uma coisa tão pequena quanto a que ela havia dito podia fazer meu coração disparar enlouquecido!

— Devo tudo a você, Zuleika — disse eu com voz rouca. — Se não tivesse sonhado com você o tempo todo desde que você me levantou da sarjeta, teria perdido a força até mesmo para ter esperança de escapar da minha maldição.

Ela corou lindamente e entrelaçou os dedos brancos, como se estivesse nervosa.

— Você deixará a Inglaterra amanhã? — disse ela de repente.

Sim. Hassim não voltou com a minha passagem... hesitei de repente, lembrando da ordem de silêncio.

Sim, eu sei, eu sei — sussurrou ela prontamente, arregalando os olhos. E John Gordon esteve aqui! Ele viu você!

Sim!

Ela se aproximou de mim com um movimento rápido e ágil.

Você vai se fazer passar por outro homem! Escute bem: enquanto estiver fazendo isso, não deixe que Gordon o veja, jamais! Ele o reconhecerá, não importa qual seja o seu disfarce. Ele é um homem terrível!

Não entendo — disse eu, completamente desorientado. — Como o Mestre me libertou da dependência do haxixe? Quem é esse Gordon e por que ele veio aqui? Por que o Mestre sai disfarçado como leproso? Quem é ele? E, acima de tudo, por que devo fingir ser um homem que nunca vi nem ouvi falar?

Eu não posso... não me atrevo a lhe contar! sussurrou ela, empalidecendo. Eu...

Em algum lugar da casa soou o suave tilintar de um gongo chinês. A jovem se sobressaltou com uma gazela assustada.

Eu preciso ir! *Ele* está me chamando!

Zuleika abriu a porta e passou por ela, apressada, parando por um instante para me eletrificar com uma exclamação ardente:

Oh, *sahib*, tenha cuidado, tenha muito cuidado!

E então ela sumiu.

Capítulo 7
O HOMEM DA CAVEIRA

Qual o martelo? Qual a corrente?
Em que fornalha foi forjado o seu cérebro?
Qual a bigorna? Que garra assustadora
Ousou impor os seus terrores implacáveis?

BLAKE

Depois que a minha linda e misteriosa visitante partiu fiquei algum tempo sentado, refletindo. Acreditei, de certa forma0, ter encontrado uma explicação para parte do enigma. Esta foi a conclusão a que cheguei: Yun Shatu, o senhor do ópio, era simplesmente o representante ou o criado de alguma organização ou indivíduo cujo trabalho abrangia uma escala muito maior do que apenas fornecer drogas para viciados no Templo dos Sonhos. Esse homem — ou esses homens — precisava de colaboradores entre todos os tipos de pessoas; em outras palavras, eu estava sendo introduzido em um grupo de contrabandistas de ópio em uma escala gigantesca. Gordon sem dúvida andava investigando o caso e a sua simples presença mostrava que aquele não era um assunto banal, pois eu sabia que ele ocupava uma alta posição no governo britânico, embora não me lembrasse qual.

Tratando-se ou não de ópio, eu estava determinado a cumprir o meu dever para com o Mestre. O meu senso moral havia sido embotado pelos caminhos sombrios que eu havia trilhado, e a ideia de um crime desprezível sequer passou pela minha cabeça. E mais, a mera dívida de gratidão havia sido ampliada mil vezes pela lembrança da jovem. Eu devia ao Mestre o fato de ser capaz de ficar de pé e olhar naqueles olhos límpidos como um homem deve fazer. Então, se ele queria que o servisse como contrabandista de drogas, assim seria. Sem dúvida eu iria me fazer passar por um homem de tão alta conta para o governo que as ações usuais dos oficiais da alfândega seriam consideradas desnecessárias; será que eu traria para a Inglaterra algum raro "gerador de sonhos"?

Esses pensamentos estavam na minha cabeça enquanto eu descia as escadas, mas por trás deles brotavam outras suposições, mais sedutoras: qual a razão da presença da jovem ali, naquele antro vil, como uma rosa em um monte de lixo... e quem era ela?

Assim que entrei no bar da frente Hassim chegou, franzindo as sobrancelhas em uma careta de raiva e, acredito eu, de medo. Carregava na mão um jornal dobrado.

Eu disse para você esperar na sala do ópio — rosnou ele.

Você esteve fora por tanto tempo que subi para o meu quarto. Trouxe a passagem?

Ele apenas grunhiu alguma coisa e, afastando-me para o lado, passou apressado, indo para a sala do ópio. De pé sob o umbral da porta, vi-o cruzar o aposento e desaparecer no quarto dos fundos. Fiquei parado ali, ainda mais confuso, pois quando Hassim passara por mim eu notara um artigo na capa do jornal contra o qual ele pressionava fortemente o polegar negro, como se para marcar aquela coluna de notícias.

E, com a extraordinária rapidez de ação e julgamento de que eu parecia estar dotado naqueles dias, em um rápido instante consegui ler:

COMISSÁRIO ESPECIAL NA ÁFRICA ENCONTRADO ASSASSINADO!

O corpo do major Fairlan Morley foi descoberto ontem em Bordeaux, no porão de um navio abandonado...

Não pude ler mais detalhes, mas aquilo já bastava para me fazer pensar! O caso parecia estar tomando um aspecto ruim. Mas...

Outro dia se passou. Diante de minhas perguntas, Hassim rosnou que os planos haviam mudado e que eu não iria mais para a França. Depois, tarde da noite, ele veio me levar uma vez mais para o quarto misterioso. Fiquei diante do biombo laqueado com aquela fumaça amarela ardendo em minhas narinas, os dragões retorcendo-se nas tapeçarias, as palmeiras se erguendo de forma compacta e opressiva.

Houve uma mudança nos nossos planos — disse a voz escondida. — Você não vai viajar de navio, como fora decidido antes. Mas tenho outro trabalho que lhe convém. E talvez esse seja mais adequado às suas capacidades, pois admito que você me desapontou um pouco no que diz respeito à sutileza. Outro dia você interferiu de uma maneira tal que sem dúvida me causará grandes inconvenientes no futuro.

Eu não disse nada, mas uma sensação de ressentimento começou a surgir em mim.

Mesmo depois da afirmação de um dos meus serviçais de maior confiança — prosseguiu aquela voz desprovida de modulações, sem nenhum sinal de emoção exceto uma leve subida de tom —, você insistiu em soltar o meu inimigo mais mortal. Seja mais prudente no futuro.

Eu salvei a sua vida! — disse eu, com raiva.

E só por esse motivo eu deixei passar o seu erro... desta vez!

Uma fúria lenta de repente irrompeu em mim.

Desta vez! Aproveite-a bem, pois eu lhe asseguro que não haverá uma próxima. Tenho consigo uma grande dívida, que nunca poderia esperar pagar, mas isso não me torna seu escravo. Salvei a sua vida; a minha dívida está tão paga quanto poderia ser por qualquer humano. Siga o seu caminho e eu sigo o meu!

A resposta foi uma risada baixa, horrível, como o sibilar de um réptil.

Seu tolo! Você me pagará com o trabalho da sua vida inteira! Você diz que não é meu escravo? Eu digo que é, assim como Hassim, aí ao seu lado, é meu escravo... assim como a jovem Zuleika, que o enfeitiçou com sua beleza, é minha escrava.

Essas palavras fizeram uma onda de sangue quente subir à minha cabeça, e tive consciência de que por um momento um mar de fúria engolfou por completo a minha razão. Assim como o meu ânimo e os meus sentidos pareciam estimulados e exagerados naqueles dias, a explosão de raiva naquele instante transcendeu todos os momentos de ira que eu havia sentido antes.

Espírito dos infernos! — gritei. — Seu demônio! Quem é você e que poder tem sobre mim? Vou ver o seu rosto, ou morrer!

Hassim saltou sobre mim, mas eu o lancei para trás e com uma única passada cheguei até o biombo e o joguei para o lado, com uma força inacreditável. Então retrocedi com as mãos abertas, tremendo. Uma figura alta, descarnada, estava de pé diante de mim; uma figura envolta grotescamente em uma túnica de seda brocada que descia até o chão.

Das mangas dessa túnica despontavam mãos que me despertaram um terror absoluto — mãos longas, predatórias, com dedos finos e ossudos e unhas como garras curvadas, a pele enrugada como um pergaminho ocre —, mãos como as de um homem morto há muito tempo.

As mãos... mas, ó, meu Deus, o rosto! Uma caveira onde não parecia restar nenhum vestígio de carne, mas que era recoberta por uma pele ocre e esticada, registrando cada detalhe daquela terrível cabeça de cadáver. A testa era alta e, de certa forma, grandiosa, mas a cabeça era curiosamente afilada nas têmporas, e debaixo dos proeminentes supercílios brilhavam grandes olhos, como piscinas de fogo amarelo. O nariz era arqueado desde o alto e muito estreito; a boca era uma mera abertura descorada entre lábios finos e cruéis. Um pescoço longo e ossudo sustentava essa visão assustadora e completava o efeito demoníaco com algo de reptiliano que houvesse brotado de algum inferno medieval. Eu estava cara a cara com o homem do rosto de caveira dos meus sonhos!

Capítulo 8
O SABER TENEBROSO

O pensamento, uma ruína rastejante,
A vida, uma lama respingante.
Um coração partido no seio do mundo
E o fim do desejo de existência.

CHESTERTON

Por um momento, aquele espetáculo terrível afastou da minha mente toda ideia de rebelião. O meu sangue congelou nas veias e eu não conseguia me mover. Ouvi Hassim soltar uma risada sinistra atrás de mim. Os olhos do rosto cadavérico me encaravam de forma demoníaca, e a fúria satânica e concentrada que havia neles me fez empalidecer. Então o horror deu uma risada sibilante.

Eu lhe darei uma grande honra, senhor Costigan. Muito poucos, mesmo dentre os meus servos, podem dizer que viram o meu rosto e viveram. Acho que você será mais útil para mim vivo do que morto.

Eu estava calado, completamente aturdido. Era difícil acreditar que aquele homem estivesse vivo, pois sua aparência com certeza desmentia tal noção. Ele guardava uma semelhança assustadora com uma múmia. Ainda assim, seus lábios se moviam quando ele falava e seus olhos ardiam com uma sinistra vitalidade.

Você fará o que eu digo — disse ele abruptamente, e sua voz havia adquirido um tom de comando. — Sem dúvida você conhece *sir* Haldred Frenton, ou já ouviu falar dele.

Sim.

Qualquer homem de cultura na Europa ou nos Estados Unidos estava familiarizado com os livros de viagem de *sir* Haldred Frenton, autor e aventureiro.

Esta noite você irá até a propriedade de *sir* Haldred...

E?

E o matará!

Eu vacilei, literalmente. Aquela ordem era inacreditável — era terrível! Eu havia descido muito baixo, baixo o bastante para traficar ópio, mas para matar deliberadamente um homem que nunca vira, um homem conhecido por suas boas ações! Aquilo era monstruoso demais para ser sequer cogitado.

Você não vai se recusar a fazê-lo?

Recusar? — gritei, afinal, recobrando a voz. — Recusar? Seu demônio encarnado! É claro que me recuso! Você...

Algo na firmeza fria do seu comportamento me fez parar — congelou-me em um silêncio de apreensão.

Seu tolo! — disse ele calmamente. — Quebrei as correntes que o prendiam ao haxixe... mas você sabe como? Em quatro minutos saberá, e amaldiçoará o dia em que nasceu! Você não achou estranho ver como sua mente estava rápida e o corpo, ágil? Uma mente que deveria estar entorpecida e lenta, um corpo que deveria estar fraco e moroso, depois de anos de excessos? Aquele golpe que derrubou John Gordon... você não refletiu sobre o significado daquela força? A facilidade com que você assimilou os registros sobre o major Morley... você não refletiu sobre isso? Seu tolo, você está preso a mim por correntes de aço, sangue e fogo! Eu o tenho mantido vivo e saudável. Eu! O elixir vital lhe foi servido todos os dias, misturado ao seu vinho. Você não conseguiria viver e manter a lucidez sem ele. E somente eu sei o segredo do elixir, mais ninguém!

Ele olhou para um estranho relógio que estava sobre uma mesa ao seu alcance.

Desta vez eu fiz com que Yun Shatu não lhe desse o elixir... Já previa a sua rebelião. A hora está próxima... Ah! Agora!

Ele disse mais alguma coisa, mas eu não escutei. Não enxergava, nem sentia nada, no sentido humano da palavra. Estava me contorcendo aos pés dele, gritando e balbuciando, mergulhado nas chamas de um inferno com o qual os homens não poderiam sequer sonhar.

Sim, agora eu sabia! Ele apenas me havia dado uma droga tão poderosa que suplantava o haxixe. As minhas habilidades excepcionais agora estavam explicadas — eu simplesmente agia sob o estímulo de alguma coisa que misturava na sua fórmula ativadora todos os infernos, algo como a heroína, mas cujo efeito não era percebido pela vítima. O que era, eu não fazia ideia, nem acreditava que alguém soubesse, além do ser demoníaco parado diante de mim, observando-me com um deleite cruel. Mas a droga também havia tomado conta da minha mente, infiltrando no meu organismo a necessidade de tê-la, e agora uma ânsia ardente e assustadora dilacerava minha alma.

Nunca, nos meus momentos de neurose pós-guerra ou de anseio por haxixe, havia vivenciado algo como aquilo. Eu ardia com o calor de mil infernos e tremia com um frio cem vezes maior do que o gelo. Despenquei até os mais profundos abismos de tortura e subi aos mais altos rochedos do tormento. Um milhão de demônios estridentes me cercava, gritando e me golpeando. Osso por osso, veia por veia, célula por célula, senti meu corpo se desintegrar e se dispersar em átomos sangrentos por todo o universo... e cada célula era em si um sistema inteiro de nervos que estremeciam e gritavam. E elas se juntaram, vindas de vazios distantes, e se reuniram para tornar o meu tormento ainda pior.

Escutei a minha voz gritando através de terríveis brumas sangrentas, em um lamento repetitivo. Então, com olhos dilatados, vi entrar no meu campo de visão um cálice dourado, segurado por uma mão que mais parecia uma garra — um cálice cheio de um líquido cor de âmbar. Com um grito bestial, agarrei o cálice com ambas as mãos, quase sem perceber que o metal da sua base cedia sob os meus dedos, e o levei aos lábios. Bebi com uma pressa frenética, o líquido escorrendo e caindo sobre o meu peito.

Capítulo 9
KATHULOS, DO EGITO

*Para você, a noite será três vezes mais longa,
E o céu, uma abóboda de ferro.*

CHESTERTON

O Ser de Rosto de Caveira permanecia parado, observando-me com olhar crítico, enquanto eu ofegava sentado em um divã, totalmente exausto. Ele pegou o cálice e examinou sua base dourada, esmagada a ponto de ficar totalmente deformada. Eu havia feito isso com os dedos, enlouquecido, quando fora beber.

Uma força sobre-humana, até para um homem nas suas condições — disse ele sibilando, com certo pedantismo. — Duvido que até mesmo Hassim pudesse fazer igual. Está pronto para receber suas instruções agora?

Concordei, sem palavras. O poder demoníaco do elixir já estava correndo em minhas veias, renovando minhas forças esgotadas. Fiquei pensando quanto tempo um homem poderia viver como eu estava vivendo, sendo constantemente extinguido e artificialmente recomposto.

Você receberá um disfarce e irá sozinho à propriedade de Frenton. Ninguém suspeita de planos contra *sir* Haldred e sua entrada na propriedade e na casa será relativamente fácil. Você não colocará o disfarce, que será de uma natureza muito singular, até estar pronto para entrar no local. Então deverá seguir até o quarto de *sir* Haldred e matá-lo, quebrando-lhe o pescoço com as próprias mãos. Isso é fundamental...

A voz prosseguiu, sempre no mesmo tom, dando as ordens terríveis de uma maneira assustadoramente casual, como se fosse simples trivialidade. Um suor frio brotava em minha testa.

Depois você deixará a propriedade, tomando o cuidado de deixar a impressão da sua mão em algum lugar bem visível, e um automóvel estará esperando por você em algum lugar seguro nas proximidades para trazê-lo de volta para cá. Mas antes retire o disfarce. Para o caso de eventuais complicações, tenho um bom número de homens que jurarão que você passou a noite inteira no Templo dos Sonhos, sem sair em nenhum momento. Mas ninguém pode descobri-lo lá! Tenha cuidado e execute sua tarefa com segurança, pois já sabe o que acontecerá se não o fizer.

Não retornei à casa de ópio; fui levado por corredores sinuosos, forrados por grossas tapeçarias, até um quartinho que continha apenas um divã em estilo oriental. Hassim me deu a entender que deveria ficar ali até depois de anoitecer, e então foi embora. A porta estava fechada, mas sequer tentei descobrir se havia sido trancada. O Mestre de Rosto de Caveira me aprisionara com obstáculos mais poderosos do que travas e ferrolhos.

Sentado no divã em meio ao cenário bizarro de um aposento que poderia ter sido um quarto de uma zenana indiana, analisei friamente os fatos e decidi lutar. Ainda restavam em mim vestígios de humanidade... mais do que aquele demônio havia suposto. E, além disso, um desespero e uma desesperança imensos. Defini um plano e me aferrei a ele.

De repente a porta se abriu, suavemente. Alguma intuição me disse quem esperar, e não me desapontei. Zuleika estava ali parada, uma visão gloriosa diante de mim — uma visão que iludia, que tornava o meu desespero ainda pior, e mesmo assim me fazia vibrar com um anseio intenso e uma alegria irracional.

Ela trazia uma bandeja de comida que colocou ao meu lado, e então se sentou no divã, os grandes olhos cravados no meu rosto. Ela era uma flor em uma toca de serpente, e a sua beleza tomara posse do meu coração.

Steephen — sussurrou, e eu tremi quando ela falou o meu nome pela primeira vez.

Os seus olhos luminosos subitamente brilharam com lágrimas e ela colocou a mãozinha no meu braço. Eu a segurei com as minhas duas mãos grosseiras.

Eles lhe deram uma tarefa que você teme e abomina! — disse ela, titubeante.

Sim — disse eu, com um meio sorriso —, mas vou enganá-los! Zuleika, diga-me, o que significa tudo isso?

Ela olhou em torno de si, temerosa.

Eu não sei de tudo... — ela hesitou. — O que você está passando é por minha culpa. Mas eu... eu tinha esperança... Steephen, eu o observei por meses, todas as vezes que você vinha à casa de Yun Shatu. Você não me viu, mas eu o via, e enxergava em você não o bêbado arruinado que as suas roupas esfarrapadas indicavam, mas uma alma ferida, uma alma terrivelmente machucada nas trincheiras da vida. E tive pena, do fundo do meu coração. Então, quando Hassim maltratou você naquele dia — as lágrimas voltaram aos seus olhos —, eu não pude suportar. E sabia como você estava sofrendo com a falta do haxixe. Por isso paguei Yun Shatu e, indo até o Mestre, eu... eu... ah, você vai me odiar por isso! — soluçou ela.

Não... não... nunca...

Eu disse que você era um homem que poderia ser útil para ele e supliquei que fizesse Yun Shatu lhe dar o que você precisava. Ele já havia reparado em você, pois tem olho de traficante de escravos, e o seu mercado é o mundo inteiro! Então ele mandou Yun Shatu fazer o que eu pedia; e agora... seria melhor que você tivesse permanecido como estava, meu amigo.

Não! Não! — exclamei. — Eu vivi alguns dias de recuperação, mesmo que falsa! Estive diante de você como um homem, e isso vale mais do que qualquer coisa!

E tudo o que eu sentia por ela deve ter ficado evidente nos meus olhos, pois ela abaixou os seus e corou. Não me perguntem de que forma o amor invade um homem, mas eu sabia que amava Zuleika — havia amado aquela misteriosa jovem oriental desde a primeira vez que a vira —, e de alguma forma sentia que ela retribuía em parte a minha afeição. Perceber isso tornou ainda mais negro e árido o caminho que eu havia escolhido. Mesmo assim — pois o amor puro sempre fortalece um homem — impeliu-me a fazer o que era preciso.

Zuleika — disse eu, falando apressadamente —, o tempo voa e há coisas que preciso entender. Diga-me: quem é você e por que permanece neste antro de Hades?

Eu sou Zuleika... isso é tudo que sei. Sou circassiana de sangue e nascimento. Quando era muito pequena fui capturada durante uma invasão turca e cresci em um harém em Istambul; como eu ainda era muito nova para me casar, meu dono me deu de presente para... para *Ele*.

E quem é ele, esse homem com rosto de caveira?

Ele é Kathulos, do Egito. Isso é tudo o que sei. Meu senhor.

Um egípcio? Então o que ele está fazendo em Londres? Por que todo esse mistério?

Ela entrelaçou as mãos, nervosa.

Steephen, fale mais baixo, por favor; em todos os lugares sempre há alguém escutando. Eu não sei quem o Mestre é, por que ele está aqui ou por que faz essas coisas.

Juro por Alá! Se soubesse, contaria para você. Algumas vezes homens de aparência distinta vão até o aposento onde o Mestre os recebe, que não é aquele onde você o viu, e ele me faz dançar na frente deles e depois flertar um pouco. E eu sempre devo repetir exatamente o que me é mandado dizer. Isso é o que preciso fazer, sempre... na Turquia, nos Estados Bárbaros, no Egito, na França e na Inglaterra. O Mestre me ensinou francês e inglês, e me educou de muitas formas. Ele é o maior feiticeiro do mundo inteiro; tem total conhecimento das magias antigas e tudo o mais.

Zuleika — disse eu —, logo começará a minha corrida, mas deixe-me tirá-la daqui! Venha comigo e eu juro que a levarei para longe desse demônio!

Ela estremeceu e escondeu o rosto.

Não, não, eu não posso!

Zuleika — perguntei gentilmente —, que poder ele tem sobre você, pequena, é também o da droga?

Não, não! — protestou ela. — Eu não sei... não sei... mas não posso... nunca conseguirei escapar dele!

Fiquei sentado, atônito, por alguns momentos, e depois perguntei:

Zuleika, onde nós estamos agora?

Esta construção é um depósito abandonado, nos fundos do Templo dos Sonhos. — Foi o que pensei. O que há nos cofres no túnel?

Eu não sei.

Então ela subitamente começou a chorar baixinho.

Você também se tornou escravo, como eu... você, que é forte e bom... oh, Steephen, eu não posso suportar isso!

Eu sorri.

Chegue mais perto de mim, Zuleika, e lhe direi como vou enganar esse Kathulos.

Ela olhou para a porta, apreensiva.

Fale baixo. Eu vou me reclinar no seu peito e enquanto finge me acariciar, sussurre para mim o que está pensando em fazer.

Ela deslizou para um abraço e ali, naquele divã decorado com um dragão, naquela casa de horrores, senti pela primeira vez a delícia da forma delgada de Zuleika aninhada nos meus braços — do seu rosto macio encostado em meu peito. Seu perfume entrava pelas minhas narinas, o seu cabelo era tudo o que eu via, e os meus sentidos pareciam inebriados. Então, com os lábios escondidos no seu cabelo sedoso, sussurrei apressadamente:

Primeiro irei avisar *sir* Haldred Frenton, depois encontrarei John Gordon e lhe contarei sobre este covil. Trarei a polícia até aqui, e você precisa tomar muito cuidado e estar preparada para se esconder *dele*... até que possamos invadir a casa e matá-lo ou capturá-lo. Então você será livre.

Mas você! — arquejou ela, empalidecendo. — Você precisa tomar o elixir, e só ele...

Eu sei como vou acabar com isso, minha pequena — respondi.

Ela empalideceu a ponto de me dar pena, e sua intuição feminina foi direto à resposta certa.

Você vai se matar!

Por mais que me doesse ver a sua dor, mesmo assim senti uma tortuosa emoção ao perceber que ela se importava tanto comigo. Os seus braços enlaçaram meu pescoço com mais força.

Não, Steephen! — implorou ela. — É melhor viver, mesmo...

Não. Não, a esse preço. É melhor sair dessa situação limpo, enquanto ainda me resta alguma humanidade.

Ela me olhou por alguns momentos, transtornada; depois, subitamente, encostou os lábios vermelhos nos meus, levantou-se de um saldo e saiu correndo do quarto. Estranhos, tão estranhos são os caminhos do amor. Como dois navios à deriva nas margens da vida, havíamos flutuado até nos encontrar, e ainda que nenhum de nós tivesse falado de amor, reconhecêramos o coração um do outro — mesmo com a sujeira e os farrapos, mesmo com os paramentos da escravidão, desde o primeiro momento nós havíamos reconhecido o coração um do outro e nos amado de uma forma tão pura e natural como se isso estivesse planejado desde o começo dos tempos.

A vida começava agora, e ao mesmo tempo se acabava para mim, pois assim que eu completasse minha tarefa, e antes que começasse a sentir novamente os tormentos de minha maldição, o amor, a vida, a beleza e a tortura seriam apagados, de uma só vez, pelo disparo de uma bala de revólver, despedaçando o meu cérebro putrefato. Melhor uma morte limpa do que...

A porta se abriu novamente e Yussef Ali entrou.

Chegou a hora de você partir — disse ele brevemente. — Levante-se e me siga.

Eu não fazia ideia, é claro, de que hora era. No quarto onde estava não havia janelas; na realidade, não vira nenhuma janela por ali. Os aposentos eram iluminados por velas em incensórios que desciam do teto. Quando me levantei o jovem e delgado mouro lançou um olhar sinistro na minha direção:

Isso fica entre nós dois — disse ele sibilando. Somos servos do mesmo Mestre... mas isto só diz respeito a nós. Mantenha distância de Zuleika; o Mestre prometeu-a para mim quando chegarem os dias do império.

Os meus olhos se estreitaram até parecerem fendas quando olhei para o rosto bonito e carrancudo do oriental, e surgiu em mim uma raiva imensa, como poucas vezes na vida eu havia sentido. Meus punhos se abriam e fechavam involuntariamente, e o mouro, percebendo o movimento, deu um passo para trás, com a mão no cinturão.

Agora não. Ambos temos um trabalho a fazer. Mais tarde, quem sabe. — E então, em uma repentina explosão de ódio, exclamou: — Verme! Homem-macaco! Quando o Mestre não precisar mais de você, saciarei minha adaga no seu coração!

Eu ri sinistramente.

Faça isso logo, cobra do deserto, ou eu quebrarei a sua coluna com as minhas mãos.

Capítulo 10
A CASA ESCURA

Contra os grilhões e o inferno criados pelos homens —
Sozinho... afinal... sem auxílio... eu me rebelo!

MUNDY

Segui Yussef Ali pelos corredores serpenteantes, descendo as escadas (Kathulos não estava na sala do ídolo), e pelo túnel, depois pelos aposentos do Templo dos Sonhos e saindo para a rua, onde as lâmpadas dos postes brilhavam lugubremente através da neblina e de uma garoa leve. Do outro lado da rua havia um automóvel estacionado, com as cortinas bem fechadas.

Aquele carro é para você — disse Hassim, que havia se juntado a nós. — Ande com naturalidade. Não aja de forma suspeita. O lugar pode estar sendo vigiado. O motorista sabe o que fazer.

Então ele e Yussef Ali voltaram a entrar no bar e eu dei um passo na direção da calçada.

Steephen!

Uma voz que fazia o meu coração saltar ao pronunciar meu nome! Uma mãozinha branca acenando das sombras de um portal. Andei até lá rapidamente.
Zuleika!
Shhh!
Ela segurou o meu braço e deslizou alguma coisa para a minha mão; vi vagamente um frasquinho de ouro.

Esconda isso, rápido! — sussurrou ela, ansiosa. — Não volte aqui; vá embora e se esconda. Este frasco está cheio de elixir. Vou tentar conseguir mais para você antes que esse acabe. Você precisa descobrir um jeito de se comunicar comigo.

Sim, mas como você conseguiu isso? — perguntei, assombrado.

Eu roubei do Mestre! Agora, por favor, preciso ir... antes que ele sinta a minha falta.

E ela voltou de um salto para o portal e desapareceu. Fiquei parado, indeciso. Tinha certeza de que ela arriscara nada menos do que a própria vida para fazer isso, e o medo do que Kathulos poderia fazer com ela se descobrisse o roubo me dilacerava. Mas retornar à casa do mistério com certeza despertaria suspeitas, e eu precisava seguir com meu plano e realizar o meu ataque antes que o Ser de Rosto de Caveira ficasse sabendo do ardil de sua escrava.

Então atravessei a rua, indo até o automóvel que me aguardava. O motorista era um homem esquálido, de estatura média. Eu o encarei firmemente, imaginando quanto ele teria visto. Ele não deu mostras de ter visto nada, e me dei conta de que mesmo que houvesse me visto recuar e entrar nas sombras, não poderia ter enxergado o que se passara lá nem ter sido capaz de reconhecer a jovem.

Quando entrei no carro, no assento traseiro, ele apenas fez um leve cumprimento com a cabeça, e um momento depois já estávamos correndo pelas ruas desertas e cobertas de neblina. Ao meu lado havia um pacote, que deduzi ser o disfarce que o egípcio mencionara.

Seria impossível reaver as sensações que tive enquanto seguia pela noite chuvosa e enevoada. Sentia-me como se já estivesse morto, e as ruas desertas e lúgubres por onde passava fossem os caminhos da morte pelos quais o meu fantasma havia sido condenado a vagar para sempre. Meu coração se dividia entre uma alegria torturante e um frio desespero, o desespero de um homem condenado. A ideia da morte em si não me era tão repulsiva — as vítimas das drogas morrem muitas vezes para evitar a derradeira —, mas era duro partir justo quando o amor havia entrado na minha vida miserável. E eu ainda era jovem.

Um sorriso amargo passou pelos meus lábios... os homens que haviam morrido ao meu lado na Terra de Ninguém também eram jovens. Puxei as mangas para cima e cerrei os punhos, tensionando os músculos. Não havia nenhum excesso de peso no meu corpo e boa parte da carne firme havia definhado, porém os tendões do forte bíceps permaneciam lá, como nódulos de ferro, parecendo indicar uma força enorme.

Todavia eu sabia que aquele poder era falso, que na realidade eu era o casco quebrado de um homem, tonificado apenas pelo fogo artificial do elixir, sem o qual mesmo uma garota frágil poderia me derrubar.

O automóvel afinal parou, entre algumas árvores. Estávamos nas cercanias de um bairro nobre e afastado da cidade, e já passava da meia-noite. Através das árvores vi o contorno escuro de uma casa grande contra o distante cintilar das luzes noturnas de Londres.

Acendendo apenas um palito de fósforo, para que a luz não pudesse ser vista do lado de fora do carro, avaliei o "disfarce" — e foi difícil reprimir uma risada insana. Era a pele inteira de um gorila! Enrolei tudo, segurei embaixo do braço e me arrastei até o muro que cercava a propriedade de Frenton. Por medida de segurança, achei melhor não passar pelo grande portão de ferro na parte da frente, mas sim pelo muro na lateral, onde não havia portões.

Não vi nenhuma luz acesa dentro da casa. *Sir* Haldred era solteiro e eu tinha certeza de que os serviçais já estariam dormindo há muito tempo. Escalei o muro com facilidade e cruzei o gramado escuro, indo até uma porta lateral, ainda carregando o grotesco "disfarce" sob o braço. A porta estava trancada, como eu já previa, e não queria despertar ninguém antes de estar seguro dentro da casa, onde o som das vozes não poderia chegar até os que talvez tivessem me seguido até ali. Segurei a maçaneta com as duas mãos e, exercendo lentamente a força extraordinária que possuía então, comecei a torcê-la. O eixo girou em minhas mãos e a tranca lá dentro de pronto se partiu, com um barulho que — em meio àquele silêncio — pareceu o disparo de um canhão. Em um instante eu estava dentro da casa e havia fechado a porta atrás de mim.

Dei um único passo na escuridão, na direção que acreditava estar a escada, e de repente fui parado por um feixe de luz direto em meu rosto. Ao lado da luz vi o brilho do cano de uma pistola. E mais atrás, nas sombras, um rosto magro oscilava.

Fique onde está e coloque as mãos para cima!

Ergui as mãos, deixando o pacote cair no chão. Eu só ouvira aquela voz uma vez antes, mas a reconheci de imediato: o homem que segurava a lanterna era John Gordon.

Quantos estão com você?

Seu tom de voz era seco, imperativo.

Estou sozinho — respondi. — Leve-me até um aposento onde a luz não possa ser vista do lado de fora da casa e lhe contarei algumas coisas que você quer muito saber.

Ele ficou em silêncio. Então, mandando-me recolher o pacote que havia caído, deu um passo para o lado e me indicou que seguisse à sua frente até o aposento seguinte. Depois me dirigiu até uma escadaria e no andar de cima abriu uma porta e acendeu as luzes.

Vi-me em um quarto cujas cortinas haviam sido muito bem fechadas. Durante o caminho Gordon não havia baixado a guarda, e agora estava parado de pé, ainda comigo na mira do revólver. Trajando roupas convencionais, ele se revelou um homem alto, esguio, mas de constituição muito forte, mais alto do que eu, porém com menos peso, com olhos cinzentos como aço e traços distintos. Algo me fazia simpatizar com aquele homem, mesmo vendo em sua mandíbula a equimose causada pelo soco que eu lhe dera em nosso último encontro.

Não posso acreditar — disse ele asperamente — que esse aparente desajeitamento e essa falta de sutileza sejam reais. Sem dúvida você tem os seus próprios motivos para querer que eu esteja em um quarto isolado neste momento, mas *sir* Haldred já está eficientemente protegido. Não se mexa.

Com o cano da arma pressionado contra meu peito, ele correu a mão sobre as minhas vestimentas, buscando armas escondidas; surpreendeu-se um pouco quando não encontrou nenhuma.

De qualquer forma — murmurou consigo mesmo —, um homem capaz de quebrar uma tranca de ferro com as mãos não precisa muito de armas.

Você está desperdiçando um tempo precioso — disse eu, impaciente. — Fui mandado aqui esta noite para matar *sir* Haldred Frenton...

Por quem? — a pergunta veio como um disparo.

Pelo homem que às vezes anda disfarçado como leproso.

Ele inclinou a cabeça, com um brilho rápido nos olhos cintilantes.

Então as minhas suspeitas estavam corretas.

Sem sombra de dúvida. Ouça-me com atenção: você deseja a morte ou a prisão daquele homem?

Gordon riu secamente.

A minha resposta seria inútil para alguém que traz a marca do escorpião na mão.

Apenas siga as minhas indicações e conseguirá o que quer.

Os olhos dele se estreitaram, desconfiados.

Então isso explica a sua entrada desprotegida e a falta de resistência — disse ele, lentamente. — A droga que dilata suas pupilas também transtorna a sua mente a ponto de fazê-lo pensar que vai me fazer cair em uma emboscada?

Pressionei as têmporas com as mãos. O tempo estava correndo e cada instante era precioso. Como poderia convencer aquele homem da minha honestidade?

Escute: o meu nome é Stephen Costigan e sou americano. Eu era frequentador do covil de Yun Shatu e viciado em haxixe. Você quase acertou... só que agora sou escravo de uma droga mais forte. Devido a essa escravidão, o homem que você conhece como um falso leproso, a quem Yun Shatu e seus amigos chamam de "Mestre", passou a me dominar, e mandou-me aqui para assassinar *sir* Haldred; por que, só Deus sabe. Mas consegui ganhar algum tempo obtendo um pouco dessa droga da qual preciso para viver, e temo e odeio esse Mestre. Ouça-me e juro por tudo o que há de sagrado e de blasfemo que antes que o sol nasça o falso leproso estará em seu poder!

Pude ver que, mesmo a contragosto, Gordon estava impressionado.

Fale logo! — disse ele, secamente.

Eu ainda podia sentir a sua descrença em mim, e a sensação de que aquilo era inútil começou a me invadir.

Se você não vai agir junto comigo — disse eu —, deixe-me ir e encontrarei alguma forma de chegar ao Mestre e matá-lo. O meu tempo é curto... as minhas horas estão contadas e a minha vingança ainda precisa ser cumprida.

Deixe-me ouvir o seu plano, e fale rápido — respondeu Gordon.

É bem simples. Vou retornar até o covil do Mestre e lhe dizer que fiz o que ele me ordenou. Você precisa me seguir de perto com os seus homens e, enquanto mantenho o Mestre ocupado com essa conversa, vocês cercam a casa. Então, quando chegar a hora, invadam e o matam ou capturam.

Gordon franziu a testa.

Onde é essa casa?

O depósito nos fundos do covil de Yun Shatu foi convertido em um verdadeiro palácio oriental.

O depósito! — exclamou ele. — Como pode ser? Pensei nisso no começo, mas examinei-o cuidadosamente pelo lado de fora. As janelas estão tampadas por completo e aranhas fizeram teias nelas. As portas estão firmemente pregadas pelo lado de fora e os lacres que indicam que o depósito está abandonado nunca foram rompidos ou manipulados de nenhuma forma.

Eles fizeram túneis por baixo dele — respondi. — O Templo dos Sonhos é conectado diretamente com o depósito.

Cruzei o beco entre as duas construções — disse Gordon —, e, como disse, as portas do depósito que se abrem para o beco estavam fechadas com pregos pelo lado de fora, exatamente como os proprietários as deixaram. Aparentemente não há nenhum tipo de saída pelos fundos para o Templo dos Sonhos.

As duas construções são ligadas por um túnel, com uma porta no quarto dos fundos do antro de Yun Shatu e a outra na sala do ídolo, no depósito.

Estive no quarto dos fundos da casa de Yun Shatu e não vi essa porta.

Há uma mesa sobre ela. No centro do quarto, uma mesa pesada, você reparou? Se a tivesse girado teria encontrado a porta secreta no chão. Agora, o meu plano é o seguinte: eu entro no Templo dos Sonhos e vou me encontrar com o Mestre na sala do ídolo. Você terá homens a postos secretamente em frente ao depósito e outros na outra rua, diante do Templo dos Sonhos. O imóvel de Yun Shatu, como você sabe, fica de frente para a margem do rio, ao passo que o depósito, com a fachada na direção oposta, dá para uma rua estreita, paralela ao rio. Quando chegar o momento, faça os homens que estiverem nessa rua quebrarem a porta do depósito e correrem para dentro, e simultaneamente os homens na frente da casa de Yun Shatu invadem pelo Templo dos Sonhos. Eles devem ir para o quarto dos fundos, atirando sem piedade em que tentar detê-los, e lá abrir a porta secreta, da forma que expliquei. Até onde sei não há outra saída pela qual o Mestre possa escapar, então ele e os seus serviçais necessariamente tentarão sair pelo túnel. Dessa forma nós os teremos dominado pelos dois lados.

Gordon ficou pensando no assunto enquanto eu observava o seu rosto, atento a ponto de quase não conseguir respirar.

Isso pode ser uma armadilha — murmurou ele —, ou uma tentativa de me afastar de *sir* Haldred. Mas...

Prendi a respiração.

... eu sou um jogador por natureza — disse ele lentamente. — Vou seguir o que vocês, americanos, chamam de "palpite", mas Deus lhe ajude se você estiver mentindo para mim.

Eu me ergui de um salto.

Graças a Deus! Agora me ajude com esta "roupa" porque preciso estar usando-a quando voltar para o automóvel que está me esperando.

Os olhos de Gordon se estreitaram quando sacudi o horrível disfarce e me preparei para entrar nele.

Isso mostra, como sempre, o toque do Mestre. Sem dúvida você foi instruído a deixar marcas das suas mãos, enfiadas nessas horríveis manoplas, não?

Sim, ainda que não tenha ideia do motivo.

Acho que eu tenho. O Mestre é famoso por deixar pistas falsas nas cenas de seus crimes. Um grande macaco escapou de um zoológico perto daqui hoje de tarde e parece óbvio demais para ser puro acaso, à luz desse disfarce. O macaco teria levado a culpa pela morte de *sir* Haldred.

Não foi difícil entrar no disfarce, e a ilusão de realidade que ele criou foi tão perfeita que me fez estremecer quando vi o meu reflexo em um espelho.

Agora são duas da manhã — disse Gordon. — Contando o tempo que você levará para voltar ao bairro de Limehouse e o que demorarei para posicionar os meus homens, prometo a você que às quatro horas e quinze minutos a casa estará bem cercada. Dê-me uma vantagem; espere que eu saia daqui, assim chegarei lá pelo menos na mesma hora que você.

Ótimo! — apertei a mão de Gordon, impulsivamente. — Com certeza estará lá uma jovem que não tem nenhuma participação nas ações diabólicas do Mestre, é apenas uma vítima das circunstâncias, assim como eu fui. Trate-a com gentileza.

Assim será. Por qual sinal devo aguardar?

Eu não tenho como fazer um sinal para você e duvido que qualquer som dentro da casa possa ser ouvido da rua. Faça os seus homens atacarem quando soarem as cinco da manhã.

Virei-me para partir.

Há um homem esperando por você em um carro, certo? Será que ele pode desconfiar de alguma coisa?

Tenho um jeito de descobrir isso... e se ele tiver desconfiado — respondi sombriamente —, voltarei sozinho para o Templo dos Sonhos.

Capítulo 11
QUATRO E TRINTA E QUATRO

Duvidando, sonhando sonhos que nenhum mortal nunca antes se atrevera a sonhar.

EDGAR ALLAN POE

A porta se fechou suavemente atrás de mim, e o casarão escuro pareceu mais sombrio do que nunca. Inclinei-me e cruzei o gramado molhado correndo, uma figura tão grotesca e assustadora que não tenho dúvida de que se alguém me visse passando juraria se tratar de um macaco gigante, não de um homem. O Mestre havia sido muito hábil no planejamento!

Escalei o muro, saltei para o chão atrás dele e caminhei em meio à escuridão e sob a garoa até o grupo de árvores que camuflavam o automóvel.

O motorista se inclinou e virou para trás no assento dianteiro. Eu estava respirando acelerado e busquei simular de várias formas as ações de um homem que houvesse acabado de matar a sangue-frio e fugir da cena do seu crime.

Você não ouviu nada, nenhum som, nenhum grito? — sussurrei, agarrando seu braço.

Nenhum ruído, exceto um barulhinho quando você entrou na casa — respondeu ele. — Você fez um bom trabalho; ninguém que passasse na estrada poderia suspeitar de nada.

Você ficou no carro o tempo todo? — perguntei. E quando ele respondeu que sim, segurei o seu tornozelo e passei a mão pela sola do seu sapato; estava perfeitamente seco, assim como a barra da sua calça. Se ele tivesse dado um passo na terra, o sapato e a roupa denunciariam isso por meio da umidade.

Ordenei-lhe que não ligasse o carro antes que eu terminasse de tirar a pele de macaco. Depois disso nos lançamos pela noite e me senti vítima de dúvidas e incertezas. Por que Gordon acreditaria na palavra de um estranho e antigo aliado do Mestre? Será que ele não duvidaria da minha história, tomando-a pelo delírio de um viciado em drogas ou por uma mentira para apanhá-lo em uma armadilha ou enganá-lo? Por outro lado... se ele não tinha acreditado em mim, por que me deixara partir?

Tudo o que eu podia fazer era confiar. De toda forma, o que Gordon fizesse ou deixasse de fazer não afetaria muito o meu destino final. Mesmo que Zuleika tivesse me fornecido elixir, ele apenas alargaria um pouco os meus dias de vida. O meu pensamento se centrava nela; a minha esperança de conseguir me vingar de Kathulos me importava menos do que a esperança de que Gordon fosse capaz de salvá-la das garras daquele demônio. Fosse como fosse, pensei inflexivelmente, se Gordon falhasse comigo, eu ainda tinha as minhas mãos, e podia lançá-las sobre o corpo ossudo do Ser de Rosto de Caveira...

Subitamente me peguei pensando em Yussef Ali e em suas estranhas palavras, cuja importância eu só agora me dava conta: *"O Mestre prometeu-a para mim quando chegarem os dias do império!"*.

Os dias do império — o que isso poderia significar?

O automóvel afinal parou em frente à construção que ocultava o Templo dos Sonhos, agora escuro e silencioso. A viagem havia parecido interminável, e quando desci do carro olhei para o relógio no painel. O meu coração deu um pulo — eram quatro horas e trinta e quatro minutos e, a menos que meus olhos estivessem me enganando, eu vira um movimento nas sombras pela rua, fora do alcance das lâmpadas dos postes. Àquela hora da noite isso poderia significar apenas uma de duas coisas: algum serviçal do Mestre vigiando o meu retorno ou então que Gordon havia cumprido a promessa. Abri a porta, atravessei o bar deserto e entrei na sala do ópio. Os beliches e o chão estavam cobertos pelos sonhadores — pois em lugares como esse dia e noite não significam a mesma coisa que para pessoas normais —, mas todos jaziam em profundo estado de torpor. As luzes tremeluziam através da fumaça e um silêncio descia como neblina sobre todo o ambiente.

Capítulo 12
A BATIDA DAS CINCO HORAS

Ele viu os colossais rastros da morte,
E muitas formas de infortúnio.

CHESTERTON

Dois dos rapazes chineses estavam agachados entre os braseiros e me fitaram com olhos vigilantes enquanto eu seguia o meu caminho em meio aos corpos deitados e conseguia chegar até a porta dos fundos. Pela primeira vez atravessei a passagem sozinho, e tive tempo suficiente para pensar outra vez em qual seria o conteúdo dos estranhos cofres que forravam aquelas paredes.

Quatro golpes na parte de baixo do chão e um momento depois eu estava na sala do ídolo. Sobressaltei-me, surpreso; o fato de Kathulos, em todo o seu horror, estar sentado em uma mesa à minha frente não era a causa do meu choque. Com exceção da mesa, da cadeira onde o Ser de Rosto de Caveira estava sentado e do altar — agora desprovido de incensos —, a sala estava completamente vazia! Em vez das tapeçarias caras que eu estava acostumado a ver, o meu olhar encontrou apenas as feias paredes pardas do depósito desativado. As palmeiras, o ídolo, o biombo laqueado... tudo havia desaparecido.

Ah, senhor Costigan, sem dúvida está confuso, não?

A voz sem vida do Mestre interrompeu os meus pensamentos. Os seus olhos de serpente brilhavam de forma maligna. Os longos dedos amarelados se curvavam sinuosamente sobre a mesa.

Sem dúvida você achou que eu fosse um crédulo idiota! — disparou ele subitamente. — Pensou que eu não teria mandado alguém segui-lo? Seu estúpido! Yussef Ali esteve bem atrás de você a cada momento!

Por um instante fiquei mudo, paralisado pelo impacto dessas palavras em minha mente; então, quando me dei conta do que estava acontecendo, atirei-me para frente com um urro. No mesmo momento, antes que os meus dedos estendidos conseguissem se aproximar do horror zombeteiro do outro lado da mesa, surgiram homens de todos os lados. Rodopiei e, com a clareza da raiva, em meio ao turbilhão de rostos selvagens, distingui o de Yussef Ali e detonei o meu punho direito contra a sua têmpora, com toda a força que possuía. Enquanto ele estava caindo, Hassim se lançou contra os meus joelhos, fazendo-me ajoelhar, e um chinês jogou uma rede de corda sobre os meus ombros. Consegui voltar a ficar em pé, rompendo as cordas como se fossem fios, e então um cassetete nas mãos de Ganra Singh me derrubou no chão, atordoado e sangrando.

Mãos finas e fortes me agarraram e amarraram com cordas que machucavam cruelmente a minha pele. Emergindo das brumas da semi-inconsciência, vi-me deitado no altar com Kathulos, mascarado, erguendo-se sobre mim como uma torre de marfim esquelética. Ao meu redor, formando um semicírculo, estavam Ganra Singh, Yar Khan, Yun Shatu e vários outros que eu conhecia como frequentadores do Templo dos Sonhos. Atrás deles — e vê-la me cortou o coração — estava Zuleika agachada no umbral da porta, pálida e com as mãos pressionadas contra o rosto, em uma atitude de terror absoluto.

Não confiei por completo em você — disse Kathulos sibilando —, então mandei Yussef Ali segui-lo. Ele chegou ao grupo de árvores antes de você, seguiu-o até dentro da propriedade e ouviu a sua interessantíssima conversa com John Gordon, pois escalou a parede da casa como um gato e se agarrou à beirada da janela! O seu motorista demorou intencionalmente a chegar aqui para dar tempo a Yussef Ali de retornar antes. De qualquer forma, eu já havia decidido mudar de residência. A minha mobília está a caminho da outra casa e logo que nos livrarmos do traidor, você!, também partiremos, deixando uma surpresinha para o seu amigo Gordon quando ele chegar, às cinco e meia.

O meu coração deu um súbito salto de esperança. Yussef Ali havia entendido errado, e Kathulos permanecia ali, julgando-se seguro, enquanto a força policial de Londres já havia cercado a casa silenciosamente. Olhando sobre o meu ombro vi Zuleika desaparecer do umbral.

Encarei Kathulos, completamente alheio ao que ele estava dizendo. Não faltava muito para as cinco da manhã; se ele se demorasse mais um pouco... Então congelei, ao ver o egípcio dizer uma palavra e Li Kung, um chinês magro, cadavérico, dar um passo adiante no silencioso semicírculo e puxar da manga de sua roupa uma adaga longa e fina. Meus olhos buscaram o relógio que restara sobre a mesa e meu coração se apertou — ainda faltavam dez minutos para as cinco horas. A minha morte não importava muito, uma vez que apenas acelerava o inevitável, mas na minha mente eu via Kathulos e os seus comparsas assassinos escapando enquanto a polícia esperava soarem as cinco horas.

O Rosto de Caveira se deteve no meio de uma fala e ficou parado, como se estivesse escutando com atenção. Acredito que sua intuição nefasta o advertiu do perigo. Ele deu um comando rápido para Li Kung e o chinês saltou para frente, a adaga erguida sobre o meu peito. De repente o ar ficou sobrecarregado com uma tensão absoluta. A ponta aguda da adaga pairava no alto, sobre mim... e então soou, alto e claro, o som do apito de um policial e na sequência um incrível estampido na parte da frente do depósito!

Kathulos deu início a uma atividade frenética. Sibilando ordens como um gato raivoso, correu para a porta oculta, e os restantes o seguiram. As coisas aconteceram com a rapidez de um pesadelo. Li Kung havia seguido os outros, mas Kathulos lançou uma ordem por cima do ombro e o chinês se virou e voltou correndo para o altar onde eu estava deitado, com a adaga erguida e o semblante desesperado.

Ouvi um grito no meio da confusão e, enquanto girava o corpo desesperadamente para evitar a adaga que descia sobre mim, vi de relance Zuleika sendo arrastada para longe por Kathulos. Então, com uma torção desvairada, caí do altar no exato momento em que a adaga de Li Kung, resvalando por meu peito, afundou alguns centímetros na superfície cheia de manchas escuras e ficou ali, vibrando.

Eu havia caído no lado perto da parede e não conseguia ver o que estava se passando no aposento, mas tinha a impressão de ouvir ao longe, de forma indistinta e assustadora, homens gritando. Então Li Kung agarrou sua adaga, soltou-a do altar e saltou como um tigre contornando a ponta do altar. Nesse mesmo instante ouvi o barulho de um tiro de revólver vindo da porta; o chinês deu uma volta completa, a adaga caiu de sua mão e ele desabou no chão.

Gordon veio correndo do umbral onde Zuleika estivera alguns momentos antes, a pistola ainda fumegando na mão. Logo atrás dele havia três homens altos, magros e fortes, vestidos à paisana. Ele cortou as minhas cordas e me colocou em pé.

Rápido! Para onde eles foram?

O aposento estava vazio, exceto por mim, Gordon e seus homens, embora houvesse dois homens mortos estirados no chão.

Encontrei a porta secreta e depois de alguns segundos de busca descobri a alavanca que a abria. Com os revólveres na mão, os homens se agruparam ao meu redor e olharam nervosamente para a escadaria escura. Não se ouvia um único som vindo da escuridão absoluta.

Isso é muito estranho! — murmurou Gordon. — Suponho que o Mestre e seus serviçais seguiram por este caminho quando foram embora da casa, pois com certeza não estão mais aqui agora! E Leary e seus homens deveriam tê-los interceptado ou no próprio túnel ou no quarto dos fundos de Yun Shatu. De qualquer forma, a esta altura já deveriam ter-nos comunicado isso.

Cuidado, senhor! — gritou um dos homens subitamente, e Gordon, com uma exclamação, deu um golpe com o cano de sua pistola e matou uma enorme serpente que havia deslizado silenciosamente pelos degraus que vinham da escuridão subterrânea.

Vamos dar uma olhada nisso — disse ele, aprumando-se.

Mas antes que ele chegasse ao primeiro degrau eu o detive; pois, arrepiado, comecei a ter uma ideia de parte do que havia acontecido. Comecei a entender o silêncio no túnel, a ausência dos detetives, os gritos que eu havia ouvido alguns minutos antes, quando estava deitado no altar. Examinando a alavanca que abria a porta, encontrei outra, menor... e comecei a acreditar saber qual o conteúdo daqueles misteriosos cofres nas paredes do túnel.

Gordon — disse eu, com a voz rouca —, você tem uma lanterna?

Um dos homens me mostrou uma, bem grande.

Aponte a luz para o túnel, mas se dá valor à vida, não coloque o pé nos degraus.

O raio de luz cortou as sombras, iluminando o túnel, e exibiu vivamente uma cena que me assombrará a mente pelo resto da vida. No chão do túnel, entre os cofres que agora estavam abertos, jaziam dois homens, membros do excelente serviço secreto de Londres. Eles estavam deitados com os membros retorcidos e o rosto horrivelmente contraído, e ao redor e por cima deles ondulava, em longas cintilações escamosas, um grande número de répteis medonhos.

O relógio bateu cinco horas.

Capítulo 13
O MENDIGO CEGO QUE ANDAVA DE CARRO

Ele parecia um mendigo, como os ex-condenados
Em busca de cerveja e restos de pão.

CHESTERTON

O alvorecer frio e cinzento já estava se insinuando sobre o rio quando paramos no bar deserto do Templo dos Sonhos. Gordon estava interrogando os seus dois homens que haviam permanecido de guarda do lado de fora da construção, enquanto seus desafortunados companheiros entravam para explorar o túnel.

Assim que ouvimos o apito, senhor, Leary e Murken correram para dentro do bar e invadiram a sala do ópio, enquanto nós esperávamos aqui na porta, como nos fora ordenado. Logo em seguida vários drogados esfarrapados saíram, aos tropeços, e nós os detivemos. Mas não saiu mais ninguém e Leary e Murken não se comunicaram conosco; então ficamos apenas esperando pela sua chegada, senhor.

Vocês não viram o chinês Yun Shatu?

Não, senhor. Depois de algum tempo os patrulheiros chegaram e passamos um cordão de isolamento em torno da casa, mas não vimos ninguém.

Gordon encolheu os ombros; algumas perguntas apressadas o haviam convencido de que os detidos eram drogados inofensivos e ele os havia liberado.

Vocês têm certeza de que não saiu mais ninguém?

Não, senhor; ou melhor... saiu um velho mendigo cego, todo esfarrapado e sujo, guiado por uma jovem também andrajosa. Nós os paramos, mas não detivemos; um infeliz como aquele não poderia ser perigoso.

Não? — disparou Gordon. — Para onde ele foi?

A jovem o guiou rua abaixo, até o outro quarteirão, e então um automóvel parou e eles entraram e foram embora, senhor.

Gordon encarou o homem fixamente.

A estupidez dos detetives londrinos tornou-se piada internacional com razão — disse acidamente. Com certeza não ocorreu a vocês ser estranho o fato de um mendigo do bairro de Limehouse andar por aí no seu próprio automóvel.

Depois, dispensando com um gesto impaciente o homem, que tentava falar mais alguma coisa, ele se virou para mim e vi traços de fadiga em seus olhos.

Senhor Costigan, se vier até o meu apartamento talvez consigamos decifrar mais coisas.

Capítulo 14
O IMPÉRIO NEGRO

*Oh, as lanças novas e encharcadas de sangue
vital enquanto a mulher gritava em vão!
Oh, os dias que antecederam os ingleses!
Quando esses dias voltarão?*

MUNDY

Gordon riscou um palito de fósforo e, distraído, deixou-o queimar. O cigarro turco permaneceu apagado entre os seus dedos.

Essa é a conclusão mais lógica a que podemos chegar — dizia ele. — O ponto fraco da nossa corrente era a falta de homens. Mas, maldito seja, ninguém consegue arregimentar um exército às duas da madrugada, nem mesmo com a ajuda da Scotland Yard. Eu fui para Limehouse, deixando ordens para que muitos patrulheiros me seguissem, assim que conseguissem se organizar, e passassem um cordão de isolamento em torno da casa.

Eles chegaram tarde demais para evitar que os serviçais do Mestre se esgueirassem para fora por portas e janelas laterais, sem dúvida, pois podiam facilmente fazê-lo havendo apenas Finnegan e Hansen de guarda em frente à casa. Entretanto, chegaram a tempo de impedir o próprio Mestre de se safar da mesma forma... sem dúvida, demorou para fabricar o seu disfarce e por isso foi detido. Ele deve sua fuga à sua astúcia e ousadia e ao descuido de Finnegan e Hansen. A jovem que o acompanhava...

Era Zuleika, sem dúvida.

Eu respondi desatento, mais uma vez perguntando-me que correntes a ligavam ao feiticeiro egípcio.

Você deve sua vida a ela — rebateu Gordon, acendendo outro fósforo. — Nós estávamos postados nas sombras em frente ao depósito, esperando pela hora combinada para atacar e, é claro, sem saber o que estava acontecendo dentro da casa, quando uma jovem apareceu em uma das janelas gradeadas e nos implorou pelo amor de Deus para fazermos alguma coisa, pois um homem estava sendo assassinado. Ela disse isso e retrocedeu imediatamente. Entretanto, não estava à vista quando entramos.

Ela sem dúvida voltou para o quarto — murmurei —, e foi forçada a acompanhar o Mestre. Deus permita que ele não saiba nada sobre o que ela fez.

Não sei — disse Gordon, soltando o palito de fósforo queimado — se ela adivinhou quem éramos ou se apenas fez um apelo desesperado. Seja como for, o ponto principal é este: as evidências indicam que, ao ouvir o apito, Leary e Murken invadiram a casa de Yun Shatu pela frente no mesmo momento em que os meus três homens e eu atacamos pelo lado do depósito. Como nos custou alguns segundos arrombar a porta, é lógico supor que eles descobriram a porta secreta e chegaram ao túnel antes que nós conseguíssemos entrar no depósito.

Conhecendo antecipadamente os nossos planos, sabendo que uma invasão seria feita pelo túnel e já tendo tomado providências muito tempo atrás para um caso como esse...

Um arrepio involuntário me fez estremecer.

...o Mestre virou a alavanca que abria os cofres. Os gritos que você ouviu enquanto estava deitado no altar eram os gritos de morte de Leary e Murken. Depois, deixando o chinês para trás para acabar com você, o Mestre e os restantes desceram para o túnel e, por mais inacreditável que possa ser, passaram ilesos entre as serpentes, entraram na casa de Yun Shatu e escaparam dali como já sabemos.

Isso parece impossível. Por que as serpentes não os atacariam?

Gordon finalmente acendeu o cigarro e fumou por alguns segundos antes de responder.

Os répteis talvez ainda estivessem dando sua terrível e total atenção aos moribundos, ou então... Já presenciei em outras ocasiões provas irrefutáveis do domínio que o Mestre exerce sobre feras e répteis, mesmo das categorias mais baixas e perigosas. Como ele e seus escravos passaram ilesos entre esses demônios com escamas permanecerá, por enquanto, um dos muitos mistérios não decifrados em relação a esse homem estranho.

Eu me remexi impaciente na cadeira. Isso trazia à tona o momento certo para o propósito de esclarecer as coisas que me levaram ao apartamento limpo, mas bizarro, de Gordon.

Você ainda não me contou — disse eu, abruptamente — quem é esse homem e qual a sua missão aqui.

Quanto a quem ele é só posso dizer que é conhecido pela forma como você o chama: o Mestre. Nunca o vi sem máscara, nem sei o seu nome real ou sua nacionalidade.

Posso aclarar um pouco esses pontos — interrompi. — Eu o vi sem máscara e ouvi o nome pelo qual os seus escravos o chamam.

Os olhos de Gordon brilharam e ele se inclinou para frente.

O nome dele — continuei — é Kathulos, e ele se diz egípcio.

Kathulos! — repetiu Gordon. — Você falou que ele se diz egípcio... tem algum motivo para duvidar que seja essa a nacionalidade dele?

Ele pode ser egípcio — respondi lentamente —, mas por algum motivo o Mestre é diferente de qualquer humano que eu já tenha visto ou possa ver um dia. A idade avançada pode explicar algumas de suas peculiaridades, mas há certas diferenças que os meus estudos antropológicos me dizem estar presentes nele desde o nascimento, traços que seriam anormais em qualquer outro homem, mas que são perfeitamente normais em Kathulos. Isso soa paradoxal, admito, mas para entender por completo a terrível inumanidade desse sujeito você teria de vê-lo por si mesmo.

Gordon permaneceu sentado, atento, enquanto eu esboçava rapidamente a aparência do egípcio, conforme me lembrava... e aquela aparência estava gravada em minha mente para sempre. Quando terminei ele assentiu.

Como eu disse, nunca vi Kathulos sem que ele estivesse disfarçado como mendigo, leproso ou algo assim... sempre completamente envolto em farrapos. Mesmo assim, também fiquei impressionado com uma estranha diferença que sentia nele... algo que não está presente em outros homens.

Gordon tamborilou os dedos no joelho — um hábito que tinha quando estava profundamente absorto em algum tipo de problema.

Você perguntou qual a missão desse homem — começou ele, lentamente. — Vou lhe contar tudo o que sei.

A minha posição junto ao governo britânico é única e peculiar. Detenho o que pode ser chamado de cargo itinerante, um cargo criado unicamente com o propósito de servir às minhas necessidades especiais. Quando era oficial do serviço secreto, durante a guerra, convenci as autoridades de que esse cargo era necessário e de que eu tinha habilidade para ocupá-lo.

Aconteceu de dezessete meses atrás eu ser enviado à África do Sul para investigar a agitação que estava crescendo entre os nativos do interior desde a Guerra Mundial e que acabara assumindo proporções alarmantes. Foi então que encontrei pela primeira vez os rastros desse homem, Kathulos. Descobri, de forma tortuosa, que a África era um caldeirão fervente de rebelião, do Marrocos à Cidade do Cabo.

Senti que havia um intelecto brilhante e um gênio monstruoso por trás de tudo aquilo, um gênio poderoso o bastante para efetuar essa junção e manter os povos unidos. Trabalhando somente com base em pistas e vagos indícios vindos de boatos, segui a trilha, subindo para a África Central e chegando ao Egito. Lá, afinal, descobri evidências definitivas de que tal homem existia. Os boatos falavam de um morto-vivo... um homem com rosto de caveira. Fiquei sabendo que esse homem fora o alto sacerdote da misteriosa sociedade do Escorpião, da África do Norte. Ele era chamado de várias formas: Rosto de Caveira, Mestre e Escorpião.

Seguindo uma trilha de oficiais subornados e segredos de Estado revelados, afinal o rastreei em Alexandria, onde o vi rapidamente pela primeira vez, em um antro no bairro nativo, disfarçado como leproso. Ouvi como os nativos o chamavam reverentemente de "Poderoso Escorpião", mas ele me escapou.

Depois disso todas as pistas desapareceram; a trilha se desfez por completo, até que chegaram a mim rumores de acontecimentos estranhos em Londres e retornei à Inglaterra para investigar um aparente vazamento de informações no Gabinete da Guerra.

Como eu pensara, o Escorpião havia chegado antes de mim. Esse homem, cuja formação e habilidade transcendem qualquer coisa que eu já tenha conhecido, é simplesmente o líder e o fomentador de um movimento mundial como nunca se viu antes.

Agora entendo o que Yussef Ali quis dizer quando falou nos "dias do império" — murmurei.

Exatamente — exclamou Gordon com uma agitação contida. — O poder de Kathulos é ilimitado e desconhecido. Como um polvo, seus tentáculos se estendem pelas altas esferas da civilização e pelos cantos mais distantes do mundo. E a sua arma principal é... a droga! Ele entupiu a Europa e sem dúvida também a América com ópio e haxixe e, apesar de todos os esforços, tem sido impossível descobrir a falha nas barreiras através das quais essas coisas infernais estão chegando. Com elas ele atrai e escraviza homens e mulheres.

Você me contou sobre os homens e as mulheres da aristocracia que viu entrar no antro de Yun Shatu. Sem dúvida eram viciados em drogas, pois, como eu disse, seu uso chega às altas esferas: detentores de cargos governamentais, sem dúvida, vão lá para obter a droga pela qual anseiam e em troca fornecem segredos de Estado, informações internas e promessas de proteção para os crimes do Mestre.

Uma corrente constante de rifles e munição foi despejada na África Oriental e só foi interrompida quando encontrei a fonte. Descobri que uma empresa escocesa sólida e confiável estava contrabandeando essas armas entre os nativos; e mais: o diretor dessa firma era escravo do ópio. Isso esclareceu tudo. Percebi a mão de Kathulos naquela história. O diretor foi preso e cometeu suicídio em sua cela. Essa é apenas uma das muitas situações nas quais sou chamado a atuar.

Depois, o caso do major Fairlan Morley. Ele, como eu, tinha um cargo muito flexível e havia sido enviado ao Transvaal para trabalhar no mesmo caso. Ele despachou alguns documentos secretos para Londres, para que fossem guardados em segurança. Eles chegaram algumas semanas atrás e foram colocados no cofre de um banco. A carta que os acompanhava dava instruções precisas de que não poderiam ser entregues a ninguém além do próprio major, quando ele os requisitasse em pessoa; e, caso ele morresse, deveriam ser entregues a mim.

Assim que fiquei sabendo que ele saíra da África de navio, mandei homens de confiança para Bordeaux, onde ele deveria fazer a primeira parada na Europa. Eles não conseguiram salvar a vida do major, mas atestaram a sua morte, pois encontraram o seu corpo em um navio abandonado cujo casco encalhara na praia. Fez-se o possível para manter o assunto em segredo, mas de alguma forma a informação vazou para os jornais e como resultado...

Começo a entender por que eu deveria me fazer passar pelo desafortunado major — interrompi.

Exatamente. Usando uma barba falsa e com o cabelo tingido de loiro, você teria se apresentado no banco, recebido os documentos do banqueiro, que não tinha tanta intimidade com o major Morley e seria enganado pela sua aparência, e os documentos teriam caído nas mãos do Mestre.

Quanto ao conteúdo desses documentos, posso apenas fazer suposições, pois logo aconteceram tantas coisas que não pude ir lá reclamá-los e obtê-los. Mas devem tratar de assuntos intimamente relacionados com as atividades de Kathulos. Como o major ficou sabendo deles e o que está estipulado na carta que acompanha os documentos não faço a mínima ideia. Mas, como disse, Londres está repleta de espiões do Mestre.

Em minha busca por pistas, frequentei muito Limehouse, disfarçado como você me viu pela primeira vez. Fui bastante ao Templo dos Sonhos e uma vez cheguei a conseguir entrar no quarto dos fundos, pois suspeitava de algum tipo de local de encontro na parte posterior da construção. A ausência de qualquer saída me enganou e eu não tive tempo de procurar por portas secretas; logo fui lançado para fora do aposento pelo gigante Hassim, que não suspeitava de minha verdadeira identidade. Notei que o leproso frequentemente entrava ou saía da casa de Yun Shatu, e afinal percebi que sem sombra de dúvida esse suposto leproso era o próprio Escorpião.

Naquela noite em que você me descobriu no divã na sala do ópio, eu havia ido lá sem nenhum plano especial em mente. Ao ver Kathulos saindo da casa, resolvi me levantar e segui-lo, mas você estragou tudo.

Ele apalpou o queixo e sorriu amargamente.

Eu fui campeão de boxe amador em Oxford — disse ele —, mas nem mesmo Tom Cribb poderia resistir àquele golpe... ou revidá-lo.

Eu me arrependo daquilo como de poucas coisas na vida.

Não precisa se desculpar. Você salvou a minha vida imediatamente depois. Eu estava desnorteado, mas não a ponto de não perceber que aquele demônio do Yussef Ali estava louco para arrancar o meu coração fora.

Como foi que aconteceu de você estar na propriedade de sir Haldred Frenton? E por que não fez uma busca no antro de Yun Shatu?

Não mandei fazer uma busca porque sabia que de alguma forma Kathulos seria avisado dela e os nossos esforços seriam inúteis. E eu estava na casa de sir Haldred naquela noite porque me dispus a passar ao menos parte das noites lá desde que ele retornou do Congo. Previ que tentariam matá-lo quando fiquei sabendo por sua própria boca que ele estava preparando, com base nos estudos que fizera na sua viagem, um tratado sobre as sociedades secretas nativas da África Ocidental. Ele deu a entender que as revelações que pretendia fazer sobre o assunto seriam no mínimo sensacionais. Uma vez que para Kathulos seria vantajoso destruir os homens capazes de despertar o mundo ocidental para o risco que ele representa, eu sabia que sir Haldred era um homem marcado. Na realidade, tentaram matá-lo duas vezes em sua jornada até a costa, quando veio do interior da África. Então eu coloquei dois homens de confiança de guarda e eles permanecem em seu posto até agora.

Vagando pela casa escura, escutei o barulho que você fez ao entrar e, advertindo os meus homens, esgueirei-me para a parte de baixo da casa para interceptá-lo. Durante a nossa conversa, sir Haldred estava sentado no próprio escritório, no escuro, tendo de cada lado um homem da Scotland Yard portando uma pistola engatilhada. A vigilância desses homens sem dúvida é responsável pelo fracasso do plano de Yussef Ali em cumprir o que lhe mandaram fazer ali.

Apesar de se tratar de você, alguma coisa na sua postura me convenceu — ponderou ele. — Devo admitir que passei alguns maus momentos de dúvida enquanto esperava do lado de fora do depósito, na escuridão antes do alvorecer.

Gordon se levantou de repente, foi até uma caixa-forte que ficava em um canto do aposento e tirou de dentro dela um envelope grosso.

Ainda que Kathulos tenha dado xeque-mate em quase todos os meus movimentos — disse ele —, o meu trabalho não foi completamente inútil. Tomei nota dos frequentadores do antro de Yun Shatu, e assim reuni uma lista parcial dos homens que são braços-direitos do egípcio, e descobri dados sobre eles. O que você me contou permitiu que eu completasse a lista. Como nós sabemos, os partidários dele estão espalhados por todo o mundo, e provavelmente há centenas deles só aqui, em Londres. Entretanto, esta é uma lista daqueles que acredito serem hoje os mais próximos ao Mestre na Inglaterra. Ele mesmo disse a você que poucos dos seus seguidores já o haviam visto sem máscara.

Debruçamo-nos sobre a lista, que continha os seguintes nomes:

Yun Shatu, chinês de Hong Kong, suspeito de contrabando de ópio... proprietário do Templo dos Sonhos... reside em Limehouse há sete anos. Hassim, ex-chefe de uma tribo do Senegal... procurado no Congo Francês por assassinato. Santiago... fugiu do Haiti sob suspeita de atrocidades em cultos vodus. Yar Khan, da tribo afridi, sem registros conhecidos. Yussef Ali, mouro, negociante de escravos no Marrocos... suspeito de ter sido espião para a Alemanha na Guerra Mundial... foi instigador da rebelião dos fellaheen no alto Nilo. Ganra Singh, de Lahorem na Índia, sikh... traficante de armas para o Afeganistão... teve parte ativa nos conflitos de Lahore e Nova Delhi... suspeito de assassinato em duas ocasiões; um homem perigoso. Stephen Costigan, americano, residente na Inglaterra desde a guerra... viciado em haxixe... homem de uma força notável. Li Kung, do norte da China, traficante de ópio.

Linhas riscavam marcadamente três nomes: o meu, o de Li Kung e o de Yussef Ali. Nada estava escrito perto do meu nome, mas em seguida ao de Li Kung fora rabiscado resumidamente na letra sinuosa de Gordon: "Morto com um tiro por John Gordon durante a invasão do antro de Yun Shatu". E, depois do nome de Yussef Ali: morto por Stephen Costigan durante a invasão do antro de Yun Shatu".

Eu ri melancolicamente. Yussef Ali nunca teria Zuleika nos braços, pois nunca se levantaria do lugar onde eu o derrubara.

Gordon deu uma olhada para o relógio.

São quase dez horas. Sinta-se em casa, senhor Costigan, enquanto eu faço uma visita à Scotland Yard e vejo se descobriram alguma pista quanto ao novo refúgio de Kathulos. Acredito que o círculo está se fechando em torno dele e, com a sua ajuda, prometo que nós localizaremos a gangue em no máximo uma semana.

Capítulo 15
A MARCA DO TULWAR[3]

O lobo saciado se aninha ao lado da
sonolenta companheira
Em uma terra bem pisada; mas os
lobos magros esperam.

MUNDY

Fiquei sentado sozinho no apartamento de John Gordon, rindo tristemente. Apesar do estímulo do elixir, a tensão da noite anterior, passada sem dormir e com acontecimentos penosos, estava agindo sobre mim. A minha mente era uma espiral caótica onde os rostos de Gordon, Kathulos e Zuleika rodopiavam com uma rapidez atordoante. Todo aquele volume de informação que Gordon me havia dado parecia desordenado e incoerente. Em meio a esse estado, uma coisa se destacava firmemente. Eu precisava encontrar

---

[3] Tulwar (ou talwar) — sabre antigo usado no subcontinente indiano, encontrado ainda hoje na Índia, no Paquistão e no Afeganistão.

o novo esconderijo do egípcio e tirar Zuleika das mãos dele... se ela ainda estivesse viva.

Uma semana, Gordon havia dito — ri de novo —, uma semana e eu não teria mais condições de ajudar ninguém. Havia descoberto qual a quantidade de elixir que devia usar — qual a quantidade mínima que o meu corpo precisava — e sabia que o líquido no frasco duraria no máximo quatro dias. Quatro dias! Quatro dias para varrer todos os esconderijos de ratos de Limehouse e Chinatown... quatro dias para desentocar, em algum lugar no labirinto do East End, o covil de Kathulos.

Eu ardia de impaciência para começar, mas a natureza se rebelou e, cambaleando até um divã, caí sobre ele e adormeci instantaneamente. Então alguém estava me sacudindo.

Acorde, senhor Costigan!

Eu me sentei, piscando. Gordon estava em pé diante de mim, com uma expressão perturbada.

Isso é coisa do diabo, Costigan! O Escorpião atacou novamente!

Levantei-me de um salto, ainda meio sonolento e só compreendendo em parte o que Gordon estava dizendo. Ele me ajudou a vestir o casaco, atirou-me meu chapéu e então, segurando firme o meu braço, fez-me passar pela porta do apartamento e descer as escadas. As luzes da rua estavam brilhando; eu havia dormido por um tempo incrível.

Uma vítima óbvia! — Eu estava atento ao que meu companheiro dizia. — Ele deveria ter me avisado no instante em que chegou à cidade!

— Não estou entendendo — comecei a dizer, confuso.

Já estávamos na esquina e Gordon chamou um táxi para quem deu o endereço de um hotel pequeno e discreto em uma área calma e elegante da cidade.

— O barão Rokoff — falou ele enquanto serpenteávamos pelas ruas em uma velocidade temerária —, um colaborador russo, ligado ao Gabinete de Guerra. Ele retornou da Mongólia ontem e aparentemente se escondeu em seguida. Sem dúvida tinha ficado a par de algo muito importante. Ainda não havia se comunicado conosco, e só agora fui informado de que ele estava na Inglaterra.

— E você descobriu...

— O barão foi encontrado em seu quarto; o cadáver foi mutilado de uma forma assustadora!

O hotel respeitável e convencional que o desafortunado barão havia escolhido como esconderijo estava em alvoroço, mas controlado pela polícia. O gerente tinha tentado manter o assunto em segredo, mas de alguma forma os hóspedes haviam sido inteirados da atrocidade e muitos estavam deixando o hotel afobadamente — ou se preparando para fazê-lo, pois a polícia havia detido todos para investigações.

O quarto do barão, que era no último andar, estava numa condição difícil de descrever. Nem mesmo na guerra eu vira um campo de batalha tão terrível. Nada havia sido tocado. Tudo permanecia exatamente como a camareira encontrara cerca de meia hora antes. As mesas e as cadeiras estavam quebradas pelo chão, e o mobiliário, o assoalho e as paredes estavam respingados de sangue. O barão, um homem alto e musculoso quando vivo, jazia no meio do quarto; um espetáculo amedrontador. Seu crânio tinha sido rachado até a linha das sobrancelhas, um talho profundo sob a axila esquerda rasgava o tronco até as costelas, e seu braço esquerdo ficara pendurado por um pedaço de carne. O rosto frio e barbado ficara paralisado em um olhar de horror indescritível.

Devem ter usado alguma arma pesada e curvada — disse Gordon —, algo como um sabre, manejado com uma força incrível. Veja como um golpe mal-sucedido fez um talho de centímetros de profundidade no peitoril da janela. E a grossa parte posterior dessa poltrona também foi partida como se fosse uma placa de madeira fina. Um sabre, com certeza.

Um tulwar — murmurei sombriamente. — Você não reconhece o produto do trabalho manual de um açougueiro da Ásia Central? Yar Khan esteve aqui.

Ele veio pelo telhado, é claro, e desceu pelo batente da janela com a ajuda de uma corda com nós, amarrada a alguma coisa no beiral do telhado. À uma e meia da manhã, aproximadamente, a criada, passando pelo corredor, ouviu um tumulto terrível no quarto do barão; cadeiras sendo quebradas e de repente um grito curto, que se transformou de forma abrupta em um gorgolejo assustador e depois parou. Em seguida, o som de golpes fortes, curiosamente abafados, como uma espada deve produzir quando cravada fundo na carne humana. Depois todos os barulhos cessaram, subitamente.

Ela chamou o gerente e eles tentaram abrir a porta. Ao encontrá-la trancada, e não recebendo nenhuma resposta aos seus gritos, abriram-na com a chave extra. Só encontraram o corpo lá, mas a janela estava aberta. Isso é estranhamente diferente dos procedimentos habituais de Khatulos. Falta sutileza. Em geral, suas vítimas parecem ter morrido de causas naturais. Não consigo entender.

Vejo pouca diferença no resultado final — respondi. — Não há nada que se possa fazer para prender o assassino dessa forma também.

É verdade — Gordon falou, carrancudo. — Sabemos quem fez isso, mas não há provas; nem uma única impressão digital. Mesmo se soubéssemos onde o afegão está se escondendo e o prendêssemos, não conseguiríamos provar nada... e haveria inúmeros homens que lhe forneceriam um álibi, sob juramento. O barão retornou ontem. Kathulos provavelmente só ficou sabendo da sua chegada hoje à noite. Ele sabia que no dia seguinte Rokoff me avisaria de sua presença e me contaria o que havia descoberto na Ásia. O egípcio sabia que precisava agir rapidamente, e sem ter tempo para preparar uma forma de assassinato mais segura e elaborada, mandou Yar Khan, o afridi, com o tulwar. Não há nada que possamos fazer, pelo menos enquanto não encontrarmos o esconderijo do Escorpião. Nunca ficaremos sabendo o que o barão descobriu na Mongólia, mas que se relacionava com os planos e aspirações de Kathulos podemos ter certeza.

Descemos as escadas novamente e saímos para a rua, acompanhados por um dos homens da Scotland

Yard, Hansen. Gordon sugeriu que voltássemos andando para o seu apartamento, e agradeci pela oportunidade de deixar o ar frio da noite arejar um pouco a minha mente confusa.

Enquanto seguíamos pelas ruas desertas, Gordon de repente começou a amaldiçoar selvagemente a nossa situação.

Estamos seguindo um verdadeiro labirinto, que não leva a lugar nenhum! Aqui, no coração da metrópole da civilização, o inimigo direto dessa civilização comete crimes de natureza absolutamente ultrajante e fica livre! Nós somos como crianças, vagando na noite, lutando contra um mal invisível... lidando com demônio encarnado, sobre cuja real identidade nada sabemos e sobre cujas verdadeiras ambições podemos apenas fazer conjecturas.

Nunca conseguimos prender nenhum dos seguidores diretos do egípcio... e os poucos ingênuos e testas de ferro dele em que colocamos as mãos morreram misteriosamente antes que pudessem nos dizer qualquer coisa. Volto a repetir: que estranho poder é esse que Kathulos tem e que domina esses homens de diferentes credos e raças? Em Londres, seus homens são, em sua maioria, renegados, escravos das drogas, é claro, mas os tentáculos dele se estendem por todo o Oriente. E ele tem um poder enorme, o poder de mandar o chinês, Li Kung, de volta para matar você, enfrentando a morte certa; de enviar Yar Khan pelos telhados de Londres para cometer um assassinato; de manter Zuleika, a circassiana, em correntes invisíveis de escravidão.

É claro que sabemos — continuou ele após um silêncio meditativo — que há cultos na África e no Oriente cuja origem data da época de Ofir e do final da Atlântida. Esse homem deve deter poder em alguma ou possivelmente em todas essas sociedades. Você já ouviu — ele se voltou para mim abruptamente — alguém mencionar o oceano de forma relacionada a Kathulos?

Nunca.

Existe uma superstição bastante disseminada no norte da África, baseada em uma lenda muito antiga, de que o grande líder sairia do oceano! E uma vez ouvi um berbere falar do Escorpião como "O Filho do Oceano".

Isso é um termo respeitoso nessa tribo, não é?

Sim; ainda me pergunto às vezes.

Capítulo 16
A MÚMIA QUE RIA

*Rindo como caveiras descartadas que jazem
Voltadas para o céu, depois de batalhas
perdidas, Uma risada eterna.*

CHESTERTON

Uma loja aberta a esta hora — Gordon observou, subitamente.

A neblina havia descido sobre Londres, e ao longo da rua silenciosa pela qual andávamos as luzes dos postes brilhavam com o halo avermelhado característico nessas condições atmosféricas. Os nossos passos ecoavam lugubremente. Mesmo no coração de uma grande cidade sempre há regiões que parecem negligenciadas e esquecidas. Como aquela rua. Não havia um único policial à vista.

A loja que havia atraído a atenção de Gordon estava logo à nossa frente, do mesmo lado da rua. Não havia nenhum letreiro acima da porta, apenas um tipo de insígnia, algo que parecia um dragão. A luz saía pela porta aberta e pelas pequenas vitrines com produtos expostos dos dois lados dela. Como não era nem um café nem a entrada de um hotel, nós nos pegamos especulando em vão por que motivo estaria aberta. Em condições normais, imagino, nenhum de nós teria dado importância a isso, mas nossos nervos se encontravam tão agitados que nos vimos suspeitando instintivamente de qualquer coisa fora do comum. Então aconteceu uma coisa que era muito fora do comum.

Um homem bem alto, bem magro, bastante curvado, saiu subitamente da névoa em frente a nós, logo adiante da loja. Só consegui vê-lo de relance, mas percebi uma magreza extrema, roupas esfarrapadas e amassadas, um chapéu alto de seda enterrado até as sobrancelhas, o rosto inteiramente coberto por um cachecol. Então ele se virou e entrou na loja. Um vento frio uivou rua abaixo, retorcendo a neblina na forma de fantasmas delgados, mas o frio que me invadiu ia além do vento.

Gordon! — exclamei em um tom impetuoso e baixo. — Ou os meus sentidos não são mais confiáveis ou vi o próprio Kathulos entrar agora naquela casa!

Os olhos de Gordon brilharam. Já estávamos bem perto da loja e, apressando o passo até começar a correr, ele se lançou porta adentro, com o detetive e eu nos calcanhares.

Uma estranha coleção de mercadorias surgiu diante de nossos olhos. Armas antigas recobriam as paredes e o chão tinha pilhas altas de coisas curiosas.

Imagens maoris de ombros colados com ídolos chineses e conjuntos de armaduras medievais estavam amontoados sobre pilhas de tapetes orientais raros e xales latinos. O lugar era uma loja de antiguidades. Mas da figura que havia despertado nosso interesse, nem sinal.

Um velho vestido extravagantemente com um fez vermelho, casaco brocado e sapatilhas turcas veio dos fundos da loja. Parecia ser levantino.

Desejam alguma coisa, senhores?

Você mantém a loja aberta até bem tarde — disse Gordon de forma abrupta, com o olhar passeando rapidamente pelo cômodo, buscando algum esconderijo secreto que pudesse se relacionar com o objeto de nossa busca.

Sim, senhor. Entre os meus fregueses há muitos professores e estudantes excêntricos, que têm horários bastante incomuns. Os barcos noturnos muitas vezes trazem mercadorias especiais para mim e frequentemente chegam fregueses mais tarde do que agora. Fico aberto a noite inteira, senhor.

Estamos apenas dando uma olhada — respondeu Gordon, e, virando-se, falou à parte para Hansen: — Vá até os fundos e detenha qualquer um que tentar sair por lá.

Hansen assentiu e foi andando para a parte traseira da loja, com ar casual. A porta dos fundos era claramente visível para nós, em meio a móveis antigos e tapeçarias empoeiradas penduradas para exposição. Havíamos seguido o Escorpião — se é que era ele mesmo — tão de perto que eu não acreditava que ele tivesse tido tempo de cruzar toda a extensão da loja e sair sem ter sido visto por nós quando entráramos, pois cravamos os olhos na porta dos fundos desde o primeiro instante ali dentro.

Gordon e eu ficamos dando uma olhada por ali, andando com ar casual entre as curiosidades, pegando algumas e falando sobre elas, mas eu não tinha nenhuma ideia do que eram de fato. Depois de algum tempo Gordon sussurrou para mim:

Não há vantagem em manter esse fingimento. Já olhamos em todos os lugares onde o Escorpião poderia ter se escondido, de uma forma mais simples. Vou revelar minha identidade e autoridade e poderemos fazer uma busca completa no imóvel.

Quando ele estava falando isso uma caminhonete parou do lado de fora e dois homens negroides e corpulentos entraram na loja. O levantino parecia estar esperando por eles, pois apenas lhes indicou os fundos da loja e eles responderam com um grunhido de assentimento.

Gordon e eu os observamos atentamente quando caminharam até um grande sarcófago que estava colocado de pé apoiado na parede, perto dos fundos da loja. Eles o abaixaram até ficar em posição nivelada e começaram a andar para a porta, carregando o sarcófago com cuidado entre ambos.

Alto! — Gordon deu um passo adiante e levantou a mão imperiosamente. — Represento a Scotland Yard — disse ele, apressado — e tenho autorização para fazer o que quer que ache necessário. Coloque esse sarcófago no chão; nada sairá desta loja antes de ser cuidadosamente examinado.

Os negroides obedeceram sem uma única palavra; meu amigo se voltou para o levantino, que aparentemente não estava perturbado nem sequer interessado, sentado fumando num narguilé turco.

Quem era aquele homem alto que entrou aqui logo antes de nós e para onde ele foi?

Ninguém entrou antes de vocês, senhor. Ou, se alguém o fez, eu estava nos fundos da loja e não vi. Sinta-se à vontade para vasculhar a loja, senhor.

E nós vasculhamos, mesclando a habilidade de um especialista do serviço secreto e a de um cidadão do submundo. A coisa toda tinha um aspecto surreal.

Afinal, desconcertados, retornamos ao sarcófago, que com certeza era longo o bastante para esconder até mesmo um homem da altura de Kathulos. O objeto não parecia estar lacrado como de costume, e Gordon o abriu sem dificuldade. Os nossos olhos contemplaram uma forma irregular, envolta por bandagens que a moldavam. Gordon afastou um pedaço das faixas e revelou cerca de dois centímetros de um braço seco, amarronzado, parecendo couro. Ele estremeceu involuntariamente quando o tocou, como um homem faria ao tocar um réptil ou alguma coisa não humana e fria. Pegando uma estatueta de metal em uma estante próxima ele golpeou o peito encolhido e o braço. Os dois golpes resultaram em um som de objeto sólido, como se fosse algum tipo de madeira.

Gordon encolheu os ombros.

Morto há dois mil anos, pelo menos, e não acho que deva me arriscar a destruir uma múmia valorosa simplesmente para provar o que sabemos ser verdade.

Ele voltou a fechar o sarcófago.

A múmia pode ter se deteriorado um pouco, mesmo com essa pequena exposição, mas talvez não.

Essa última frase se dirigia ao levantino, que respondeu apenas com um gesto cortês. Os negroides voltaram a erguer o sarcófago e o carregaram para a caminhonete, onde o colocaram; um momento depois, a múmia, a caminhonete e os negroides haviam desaparecido na neblina.

Gordon continuou bisbilhotando pela loja, mas fiquei como que petrificado bem no meio do ambiente. Atribuí isso à minha mente caótica e dominada pela droga, mas a sensação que eu havia tido era que através das bandagens do rosto da múmia haviam ardido olhos grandes, fitando os meus; olhos como piscinas de fogo amarelo, que queimavam a minha alma e me congelavam no lugar onde eu estava. E enquanto o sarcófago fora carregado porta afora eu soubera que a coisa sem vida dentro dele, morta só Deus sabe há quantos séculos, estava rindo de uma forma terrível e silenciosa.

Capítulo 17
O MORTO QUE VEIO DO OCEANO

*Os deuses cegos rugem e se enfurecem e sonham
Com todas as cidades submersas no oceano.*

CHESTERTON

Gordon dava baforadas vigorosas em seu cigarro turco, olhando para Hansen — sentado diante dele — distraído, sem vê-lo de fato.

Acho que devemos registrar outro fracasso na nossa conta. Kamonos com certeza é um servidor do egípcio e as paredes e os assoalhos da sua loja provavelmente são repletas de painéis e portas secretas que poderiam enganar um mágico.

Hansen respondeu alguma coisa, mas eu não disse nada. Desde o nosso retorno para o apartamento de Gordon eu estivera consciente de uma sensação intensa de abatimento e lentidão que não podia ser explicada nem mesmo pela minha condição. Eu sabia que o meu corpo estava cheio do elixir... mas a minha mente parecia estranhamente lenta e custando a compreender as coisas, em contraste absoluto com o estado normal do meu pensamento quando estimulado por aquela droga demoníaca. Esse estado estava me abandonando lentamente, como a bruma flutuando na superfície de um lado, e senti como se estivesse despertando aos poucos de um sono longo e artificialmente profundo.

Gordon estava dizendo:

Eu faria um bom trato com alguém para saber se Kamonos é realmente um dos escravos de Kathulos ou se o Escorpião conseguiu escapar por alguma saída normal enquanto nós entrávamos.

Kamonos é servo dele, sem dúvida — vi-me dizendo lentamente, como se procurasse pelas palavras mais apropriadas. — Quando estávamos de saída, vi o olhar dele se cravar no escorpião que tenho desenhado na mão. Os olhos dele se estreitaram e enquanto partíamos ele deu um jeito de esbarrar em mim e sussurrar rapidamente, baixinho: "Soho, 48".

Gordon se levantou como uma corda de aço de um arco que fosse solta repentinamente.

— É mesmo?! — disparou ele. — Por que você não nos contou na hora?

Não sei.

Meu amigo olhou-me atentamente.

Eu percebi que você parecia um homem drogado durante todo o caminho para cá — disse ele. — Atribuí isso a alguma consequência do haxixe. Mas não. Kathulos é, sem dúvida, um discípulo magistral de Mesmer... O seu poder sobre os répteis venenosos demonstra isso, e agora começo a acreditar que essa é a fonte do seu poder sobre os humanos.

De alguma forma o Mestre pegou você desprevenido naquela loja e conseguiu dominar parcialmente a sua mente. Não sei de que canto escondido ele enviou ondas de pensamento para perturbar o seu cérebro, mas Kathulos estava em algum lugar daquela loja, tenho certeza.

Ele estava. Dentro do sarcófago.

O sarcófago! — exclamou Gordon um pouco impaciente. — Isso é impossível! A múmia o preenchia quase que por completo e nem mesmo um homem tão magro como o Mestre poderia encontrar espaço ali.

Encolhi os ombros, incapaz de argumentar sobre a questão, mas por algum motivo me sentia seguro do que afirmara.

Kamonos — continuou Gordon — com certeza não faz parte do círculo íntimo de Kathulos e não sabia que você não era mais leal a ele. Ao ver a marca do escorpião, pensou que sem sombra de dúvida você era um espião do Mestre. A coisa toda pode ser uma trama para nos apanhar em uma armadilha, mas sinto que o homem disse a verdade. Soho, número 48, é nada menos do que o novo ponto de encontro do Escorpião.

Eu também sentia que Gordon estava certo, embora uma suspeita se insinuasse em minha mente.

Obtive os documentos do major Morley ontem — continuou ele — e os examinei enquanto você dormia. A maior parte corrobora o que eu já sabia... fala da agitação dos nativos e repete a teoria de que um grande gênio está por trás de tudo. Mas havia um assunto que me interessou enormemente e que eu acho que também lhe interessará.

Ele pegou em sua caixa-forte um manuscrito com a letra compacta e esmerada do desafortunado major e leu — com um tom monótono e sonolento que ocultava em parte a sua agitação intensa — a seguinte narrativa, de causar pesadelos:

"Acho que vale a pena fazer apontamentos sobre esse assunto; o desenrolar dos acontecimentos mostrará se ele tem ou não relação com o caso com que estou lidando. Em Alexandria, onde passei algumas semanas procurando mais pistas sobre a identidade do homem conhecido com Escorpião, travei conhecimento, por meio do meu amigo Ahmed Shah, com o notório egiptologista professor Ezra Schuyler, de Nova York. Ele confirmou a informação feita por vários leigos em relação à lenda do "homem do oceano". Esse mito, transmitido de geração a geração, remonta às mais densas brumas da antiguidade e, em resumo, diz que um dia um homem vai sair do oceano e guiar o povo do Egito para a vitória sobre todos os outros povos. Na opinião do professor Schuyler, o mito é de certa forma conectado com o da Atlântida perdida, que, segundo ele, localiza-se entre os continentes africano e sul-americano, e de cujos habitantes os ancestrais dos egípcios eram tributários. As explicações que ele dá para essa conexão são muito extensas e confusas para serem descritas aqui, mas desenvolvendo a sua teoria ele me contou uma história estranha e fantástica. Disse que um amigo íntimo dele, von Lorfmon, da Alemanha, um tipo de cientista independente, já morto, estava navegando pela costa do Senegal alguns anos atrás com a intenção de investigar e classificar os espécimes raros de vida marinha encontrados ali. Para isso ele usava um pequeno navio mercante.

Depois de alguns dias sem ver terra, alguém avistou uma coisa boiando; esse objeto foi alcançado e levado a bordo, e se tratava de um tipo muito curioso de sarcófago. O professor Schuyler me descreveu os aspectos em que ele diferia do estilo egípcio comum, mas do seu relato, bastante técnico, retive apenas a impressão de que ele tinha um formato estranho e era entalhado com um tipo de escrita que não era nem cuneiforme nem hieroglífica. O sarcófago era coberto por uma grossa camada de laca que o tornava à prova de água e hermético. Von Lorfmon teve uma dificuldade considerável para abri-lo. Entretanto, acabou conseguindo fazê-lo sem lhe causar danos, e foi revelada uma múmia muito incomum. Schuyler disse que nunca viu nem a múmia nem o sarcófago, mas que, com base nas descrições fornecidas a ele pelo capitão grego que estava presente no momento da abertura, a múmia era tão diferente de um homem comum quanto o sarcófago era diferente de um tradicional.

O exame provou que o objeto não havia passado pelo procedimento usual de mumificação. Todas as partes estavam intactas, como eram em vida, mas o corpo como um todo estava encolhido e endurecido, adquirindo uma consistência semelhante à de madeira. Bandagens de tecido embrulhavam a coisa e se transformaram em poeira e desapareceram no mesmo instante em que o ar as alcançou.

Von Lorfmon ficou impressionado com o efeito que o achado teve sobre a tripulação. Enquanto o sarcófago era içado a bordo todos se prostraram no convés e entoaram um tipo de canto de adoração, e foi necessário usar de força para expulsá-los da cabine onde a múmia estava exposta. Aconteceram várias brigas entre eles e os gregos da tripulação, e o capitão e von Lorfmon consideraram que o melhor seria rumarem o quanto antes para o porto mais próximo. O capitão atribuiu a agitação à aversão dos homens do mar a ter um cadáver a bordo, mas von Lorfmon parecia notar um significado mais profundo na situação.

Eles atracaram em Lagos, e naquela mesma noite von Lorfmon foi assassinado no seu camarote e a múmia e seu sarcófago desapareceram. Uma aura de mistério pairou sobre a morte de von Lorfmon. Ele havia levado a múmia para o seu camarote e, antecipando um ataque da tripulação fanática, trancara e travara cuidadosamente a porta e as escotilhas. O capitão, um homem confiável, jura que era impossível entrar ali pelo lado de fora. E as marcas encontradas indicavam que as trancas haviam sido abertas pelo lado de dentro. O cientista foi morto com uma adaga que fazia parte da sua coleção, e que foi deixada no seu peito.

Na opinião de Schuyler a coisa encontrada era trabalho dos habitantes da Atlântida, e o homem no sarcófago era um nativo desse local perdido. Como ele chegara à superfície, passando pelas braças de água que cobrem a terra esquecida, ele não se atreve a formular uma teoria."

Gordon interrompeu a leitura e olhou para mim.

As múmias parecem fazer uma dança estranha na trama dessa narrativa — disse ele. — O cientista alemão tirou várias fotografias da múmia com sua câmera, e foi depois de ver essas fotos, que estranhamente não foram roubadas com a coisa, que o major Morley começou a pensar na hipótese de uma descoberta monstruosa. O diário que ele mantém reflete o seu estado mental e se torna incoerente; a sua condição parece beirar a insanidade. O que ele ficou sabendo que o deixou tão fora de eixo? Você acredita que os feitiços mesmeristas de Kathulos foram usados contra ele?

Essas fotografias... — comecei a falar.

Elas caíram nas mãos de Schuyler e ele deu uma delas para Morley. Eu a encontrei entre os manuscritos.

Ele estendeu a fotografia para mim, observando-me atentamente. Eu a olhei, levantei-me vacilante, e me servi de uma taça de vinho.

Não se trata de um ídolo morto em uma cabana de vodu — disse eu, trêmulo —, mas sim de um monstro animado por uma vida assustadora, perambulando pelo mundo em busca de vítimas. Morley viu o Mestre... por isso o seu cérebro se estraçalhou. Gordon, pela minha vida eterna, este rosto é o rosto de Kathulos!

Gordon ficou parado olhando para mim, sem palavras.

A mão do Mestre, Gordon — falei, rindo. Um certo divertimento cruel penetrou por entre as brumas do meu horror ao ver o inglês de nervos de aço ficar atônito, sem palavras, com certeza pela primeira vez na vida.

Ele umedeceu os lábios e disse em uma voz quase irreconhecível:

Então, em nome de Deus, Costigan, nada é seguro ou incontestável, e a humanidade paira à beira de inúmeros abismos de horror inenarrável. Se o monstro morto encontrado por von Lorfmon for na verdade o Escorpião, trazido à vida de algum modo assustador, as tentativas dos mortais contra ele de nada valerão.

A múmia na loja de Kamonos... — comecei a dizer.

Sim, o homem cuja carne, endurecida por milhares de anos de não existência... sim, devia ser o próprio Kathulos! Ele teria tido o tempo exato para tirar as roupas, se embrulhar em bandagens e entrar no sarcófago antes que nós chegássemos. Você deve se lembrar que o sarcófago estava de pé, apoiado contra a parede e parcialmente oculto por uma grande estátua birmanesa, que obstruía a nossa visão e sem dúvida deu a ele tempo para concluir o seu propósito. Meu Deus, Costigan, com que horror do mundo pré-histórico nós estamos lidando?

Ouvi falar de faquires indianos que eram capazes de induzir uma condição que se parecia muito com a morte — comecei a dizer. — Não seria possível que

Kathulos, como oriental astuto e habilidoso que é, tivesse se feito entrar nesse estado e os seus seguidores o houvessem colocado no sarcófago e no oceano, onde ele com certeza seria encontrado? E não estaria ele nesse estado esta noite na loja de Kamonos?

Gordon balançou a cabeça.

Não. Eu já vi esses faquires. Nenhum deles consegue imitar a morte a ponto de encolher e endurecer o corpo; em uma palavra, secar. Relatando em outro lugar a descrição do sarcófago, na forma como ela foi anotada por von Lorfmon e transmitida a Schuyler, Morley menciona o fato de haver grandes pedaços de alga marinha presos a ele, alga marinha de uma qualidade que só é encontrada a grandes profundidades, no fundo do oceano. A madeira também era de um tipo que von Lorfmon não conseguiu reconhecer ou classificar, apesar do fato de ele ser na época uma das maiores autoridades em flora. E as suas anotações enfatizam inúmeras vezes a enorme antiguidade da múmia. Ele admite que não havia como saber quão antiga ela seria, mas suas sugestões levam a crer que ele acreditava que ela tivesse não alguns milhares de anos de idade, e sim milhões!

Não. Precisamos encarar os fatos. Uma vez que você tem certeza de que a fotografia da múmia é de Kathulos, e que não há muita possibilidade de fraude nesse caso, uma das duas é praticamente certa: ou o Escorpião nunca morreu, mas eras atrás foi colocado naquele sarcófago e sua vida foi preservada de alguma maneira, ou... ele estava morto e foi ressuscitado!

Qualquer uma dessas teorias, vista à fria luz da razão, é absolutamente insustentável. Estamos todos loucos?

Se você já tivesse andado pelos caminhos que levam à terra do haxixe — disse eu sombriamente —, conseguiria acreditar que qualquer coisa pode ser verdade. Se já tivesse olhado nos terríveis olhos de réptil de Kathulos, o feiticeiro, não teria dúvida de que ele está ao mesmo tempo vivo e morto.

Gordon olhou para fora, pela janela, o seu rosto fino fatigado sob a luz cinzenta que começava a entrar pelo vidro.

De qualquer forma — disse ele —, há dois lugares que pretendo explorar cuidadosamente antes que o sol volte a nascer: a loja de antiguidades de Kamonos e o número 48 do Soho.

Capítulo 18
A GARRA DO ESCORPIÃO

Enquanto isso, de uma imponente torre na cidade,
Como um gigante a morte olha para baixo.

EDGAR ALLAN POE

Hansen roncava na cama enquanto eu andava pelo quarto todo. Outro dia havia se passado sobre Londres e novamente as luzes das ruas brilhavam através da neblina. Aquelas luzes me afetavam estranhamente. Pareciam vibrar, ecoando em meu cérebro como ondas sólidas de energia. Elas retorciam a neblina, dando-lhe formas bizarras e sinistras. Luzes da ribalta do cenário que são as ruas de Londres, quantas cenas terríveis já devem ter iluminado? Pressionei as mãos com força contra minhas têmporas doloridas, lutando para fazer meus pensamentos voltarem do labirinto caótico por ondem vagavam.

Eu não vira Gordon desde o amanhecer. Seguindo a pista "Soho 48", ele havia saído para organizar uma busca no local e achara que seria melhor se eu permanecesse escondido. Previa um atentado contra a minha vida, e além disso temia que, se eu participasse da busca nos antros que antigamente frequentava, despertaria suspeitas.

Hansen continuava roncando. Eu me sentei e comecei a examinar os sapatos turcos que estava calçando. Zuleika havia calçado sapatilhas turcas... e como ela flutuava pelos meus sonhos despertos, fazendo coisas prosaicas brilharem com o seu encantamento! O rosto dela sorria para mim de dentro da neblina, seus olhos brilhavam nas lâmpadas cintilantes, o fantasma dos seus passos voltava a ecoar através dos compartimentos enevoados do meu crânio.

Eles batiam como um ruflar sem fim, atraindo e assombrando, e por fim pareceu que esses ecos encontravam outros, suaves e furtivos, no corredor do lado de fora do aposento onde eu estava. Uma rápida batida na porta fez com que eu me sobressaltasse.

Hansen continuou dormindo enquanto eu cruzava rapidamente o aposento e abria a porta. Um redemoinho de neblina havia invadido o corredor e em meio a ele, como um véu de prata, eu a vi. Zuleika estava diante de mim, com sua cabeleira brilhante, seus lábios vermelhos entreabertos e seus grandes olhos escuros.

Fiquei parado como um tolo, emudecido; ela deu uma olhada rápida para o corredor e então entrou e fechou a porta.

Gordon! — sussurrou ela, com uma voz baixa e penetrante. — O seu amigo! O Escorpião está com ele!

Hansen havia acordado e agora estava sentado, contemplando boquiaberto e estupefato a estranha cena diante dos seus olhos. Zuleika não lhe deu atenção.

Oh, Steephen! — exclamou ela, e as lágrimas brilharam nos seus olhos. — Eu tentei tanto conseguir mais elixir para você, mas não consegui.

Isso não importa — finalmente recuperei a fala. — Conte-me sobre Gordon.

Ele voltou à loja de Kamonos sozinho, e Hassim e Ganra Singh o aprisionaram e levaram para a casa do Mestre. Hoje à noite haverá uma grande reunião dos seguidores do Escorpião para o sacrifício.

Sacrifício! — Um terrível arrepio de pavor desceu pela minha coluna. Será que não havia limites para o horror daquele caso? — Rápido, Zuleika, onde é essa casa do Mestre?

Soho, 48. Você precisa alertar a polícia e mandar muitos homens para cercar a casa, mas não vá lá pessoalmente...

Hansen se colocou de pé de um salto, ansioso por ação, mas eu me voltei para ele. Agora a minha mente estava clara, ou parecia estar, e funcionando com uma velocidade surreal.

Espere! — disse para ele, e depois voltei a olhar para Zuleika: — Quando esse sacrifício vai acontecer?

Quando a lua subir no céu.

Isso só acontecerá algumas horas antes do amanhecer; temos tempo para salvá-lo. Mas, se dermos uma busca na casa, os seguidores do Mestre o matarão antes que consigamos chegar a ele. E só Deus sabe quantos seres diabólicos estarão guardando todas as entradas.

Eu não sei — lamentou Zuleika. — Preciso ir agora, ou o Mestre me matará.

Quando ouvi isso algo aconteceu em minha mente; algo como uma onda de exultação selvagem e terrível me inundou.

O Mestre não matará ninguém! — gritei, levantando os braços. — Antes que o leste se torne vermelho com a alvorada, o Mestre morrerá! Eu juro por tudo o que é sagrado e profano!

Hansen ficou olhando para mim, atônito, e Zuleika recuou o corpo quando me voltei para ela. Um súbito raio de luz, verdadeiro e correto, havia incidido em minha mente excitada pela droga. Eu sabia que Kathulos era um mesmerista... que ele conhecia por completo o segredo do domínio sobre a mente e a alma alheias. E sabia ter afinal descoberto o motivo do seu poder sobre a jovem. Mesmerismo! Como uma serpente fascina e atrai para si os passarinhos, o Mestre prendia Zuleika a si com correntes invisíveis. O seu poder sobre ela era tão absoluto que vigorava mesmo quando ela estava fora do alcance de sua vista, funcionando a grandes distâncias.

Só havia uma coisa que poderia quebrar esse domínio: o poder magnético de alguma outra pessoa cujo controle fosse mais forte sobre ela que o de Kathulos. Pousei minhas mãos nos seus ombros delgados e fiz com que ela olhasse para mim.

Zuleika — disse eu, em tom de comando —, aqui você está segura; não vai voltar para Kathulos. Isso não é mais preciso. Agora você está livre.

Mas antes mesmo de começar eu soube que fracassaria. Os olhos de Zuleika expressavam um medo assombroso, irracional, e ela tentou timidamente escapar das minhas mãos.

Steephen, por favor, me deixe ir! — implorou ela. — Eu preciso... eu preciso...

Eu a levei até a cama e pedi a Hansen as algemas. Ele as estendeu para mim, sem entender, e eu prendi uma ponta à coluna da cabeceira da cama e a outra no pulso fino da jovem. Ela se queixou um pouco, mas não ofereceu resistência, seus olhos límpidos buscando os meus em um apelo mudo. Forçá-la a me obedecer daquela maneira aparentemente brutal me feriu demais, mas mantive o controle.

Zuleika — disse com ternura —, agora você é minha prisioneira. O Escorpião não pode culpá-la por não voltar para ele se você não está livre para fazê-lo. E, antes do amanhecer, você deverá estar completamente livre desse domínio.

Voltei-me para Hansen e falei num tom que não admitia argumentações:

Fique aqui, perto da porta, até o meu retorno. Não deixe nenhum estranho entrar, de maneira nenhuma; ninguém que você não conheça pessoalmente. E lhe confio esta tarefa: pela sua honra de homem, não solte esta jovem, não importa o que ela possa dizer. Se nem eu nem Gordon retornarmos até as dez horas de amanhã, leve-a para este endereço. Já fui amigo dessa família e eles tomarão conta de uma jovem sem casa. Eu vou para a Scotland Yard.

Steephen — gemeu Zuleika —, você está indo para o covil do Mestre! Será morto lá! Mande a polícia, não vá!

Eu me inclinei, tomei-a nos braços, sentindo seus lábios contra os meus, depois me forcei a partir.

Enquanto descia a rua apressadamente, a neblina me tocava com dedos fantasmagóricos, fria como as mãos de um defunto. Eu ainda não tinha um plano, mas ele já estava se formando na minha cabeça, começando a ferver no caldeirão em ebulição que era a minha mente. Parei quando avistei um policial fazendo a ronda e, chamando-o com um gesto, escrevi um bilhete sucinto em um pedaço de papel, rasgado de um bloco de notas, e entreguei para ele.

Leve isto para a Scotland Yard; é uma questão de vida ou morte, e se relaciona à atividade de John Gordon.

Ao ouvir esse nome ele levantou a mão enluvada, em um gesto rápido de assentimento, mas sua garantia de rapidez morreu atrás de mim quando retomei a minha corrida. O bilhete dizia brevemente que Gordon estava sendo feito prisioneiro no número 48 do Soho e recomendava uma busca imediata, com um grande contingente. E, em nome de Gordon, "recomendar" significava mandar.

As minhas ações tinham uma motivação simples: eu sabia que o primeiro ruído da busca policial selaria o destino de John Gordon. Precisava alcançá-lo e protegê-lo — ou libertá-lo — antes que os policiais chegassem.

O tempo parecia infindável, mas afinal o contorno austero e sombrio da casa número 48 do Soho se ergueu diante de mim, um fantasma gigante na neblina. Já era tarde; poucas pessoas se atreviam a encarar a névoa e a umidade quando parei na rua diante dessa construção assustadora. Não se via nenhuma luz passando pelas janelas, nem no andar superior nem no térreo. Parecia deserto. Mas o covil de um escorpião sempre parece deserto, até que a morte silenciosa ataque de súbito.

Nesse ponto eu me detive e um pensamento selvagem tomou conta de mim. De uma forma ou de outra, o drama estaria acabado ao amanhecer. Aquela noite era o clímax da minha carreira, o ponto alto e definitivo da minha vida. Aquela noite eu era o elo mais forte da estranha cadeia de acontecimentos. No dia seguinte não interessaria se eu estivesse vivo ou morto. Tirei o frasco de elixir do bolso e fiquei olhando para ele. Ali havia o suficiente para mais dois dias, se eu o usasse economicamente. Mais dois dias de vida! Ou... eu precisava de estímulo como nunca precisara antes; nenhum humano comum poderia alimentar esperanças de realizar a tarefa que eu tinha diante de mim. Se bebesse tudo o que restava do elixir, não tinha ideia da duração de seu efeito, mas aquela noite estaria garantida. Minhas pernas estavam tremendo; minha mente tinha períodos curiosos de um vazio absoluto;

a fraqueza de mente e corpo estava me tomando de assalto. Ergui o frasco e o esvaziei de um só gole.

Por um instante achei que fosse morrer. Nunca havia tomado uma quantidade como aquela. O céu e a terra oscilaram e senti como se fosse voar pelos ares em um milhão de fragmentos vibrantes, como a explosão de uma esfera de aço quebradiço. Como fogo, como o fogo do inferno, o elixir correu pelas minhas veias e me tornei um gigante! Um monstro! Um super-homem!

Virando-me, caminhei a passos largos para a ameaçadora e sombria entrada da construção. Eu não tinha um plano; sentia que não precisava de nenhum. Assim como um homem bêbado que segue despreocupado na direção do perigo, eu segui para o covil do Escorpião, incrivelmente consciente da minha superioridade, confiando por completo no estímulo do elixir e seguro como as estrelas eternas de que o caminho se abriria diante de mim. Ah, nunca houve um super-homem como o que bateu imperiosamente na porta do número 48 do Soho, naquela noite de chuva e neblina!

Bati quatro vezes, o velho sinal que nós, escravos, usávamos para ser admitidos na sala do ídolo no antro de Yun Shatu. Abriu-se uma janelinha no meio da porta e olhos oblíquos espiaram ali fora com cuidado. Arregalaram-se um pouco quando o homem me reconheceu, depois se estreitaram com ar maligno.

Seu tolo! — disse eu num tom irritado. — Não está vendo a marca?

Levei a mão até a janelinha.

Você não está me reconhecendo? Maldito seja, deixe-me entrar!

Acho que o próprio atrevimento do meu truque fez com que ele tivesse sucesso. Com certeza àquela altura todos os escravos do Escorpião já sabiam da rebelião de Stephen Costigan, sabiam que ele estava marcado para morrer. E o fato de me ver chegar ali, provocando o destino, confundiu o porteiro.

A porta se abriu e entrei. O homem que me havia recebido era um chinês alto e delgado que eu já havia conhecido como servo de Kathulos. Ele fechou a porta atrás de mim e ficamos os dois parados em um vestíbulo, iluminado por uma lâmpada fraca cuja luz não podia ser vista da rua porque as janelas tinham cortinas grossas. O chinês olhou para mim, carrancudo, sem saber o que fazer. Eu o encarei, tenso. A suspeita brilhou nos olhos dele e sua mão voou para a manga da veste. Mas no mesmo instante me lancei sobre ele, e o seu pescoço magro se quebrou como galho podre entre as minhas mãos.

Coloquei o corpo no chão, forrado por um tapete grosso, e escutei. Nenhum som rompeu o silêncio. Pisando tão macio e discreto como um lobo, os dedos estendidos como garras, entrei furtivamente no aposento seguinte. Ele era mobiliado em estilo oriental, com divãs, tapetes e tapeçarias bordadas a ouro, mas ali não havia ninguém. Cruzei a sala e fui até o aposento seguinte. A luz ondulava suavemente nos turíbulos que pendiam do teto e os tapetes orientais abafavam o som dos meus passos; tinha a impressão de estar me movendo num castelo encantado.

Eu esperava a cada momento uma investida de assassinos silenciosos vindo das portas ou atrás das cortinas ou dos biombos com seus dragões sinuosos. Um silêncio absoluto reinava no imóvel. Explorei cômodo por cômodo e ao final me detive ao pé da escadaria. O usual turíbulo emitia uma luz oscilante, mas a maior parte da escadaria estava encoberta pelas sombras. Que horrores me esperariam no andar de cima?

Como o medo e o elixir eram incompatíveis, subi aquela escadaria, onde o terror espreitava, tão audaciosamente como havia entrado naquela casa de horror. Descobri que os quartos do andar de cima eram muito parecidos aos do térreo, e tinham com eles um importante fato em comum: estavam desprovidos de vida humana. Busquei um terraço, mas parecia não haver porta que levasse a algum balcão. Retornei ao térreo e procurei uma entrada para o porão, mas novamente meus esforços foram frustrados. A incrível verdade se abateu sobre mim: a não ser pela minha própria pessoa e pelo homem morto que jazia esparramado grotescamente no vestíbulo, não havia mais ninguém na casa, vivo ou morto.

Não conseguia entender aquilo. Se a casa estivesse sem mobília, eu teria chegado à conclusão natural de que Kathulos havia fugido — mas não vi nenhum sinal de fuga. Isso era estranho, misterioso. Fiquei parado na grande e escura biblioteca, pensando. Não, eu não havia cometido nenhum engano na casa. Mesmo se o cadáver com o pescoço quebrado no vestíbulo não estivesse ali, servindo como um testemunho mudo, tudo nos aposentos indicava a presença do Mestre. Havia as palmeiras artificiais, os biombos laqueados, as tapeçarias, até mesmo o ídolo, embora nenhuma fumaça de incenso se erguesse diante dele agora. As paredes eram cobertas por longas prateleiras de livros, encadernados de uma forma singular e cara. Depois de uma rápida averiguação vi que havia livros em todas as línguas do mundo e sobre todos os assuntos; excêntricos e bizarros, na sua maioria.

Lembrando-me da passagem secreta no Templo dos Sonhos, investiguei a pesada mesa de mogno que ficava no meio do aposento. Não encontrei nada. Um súbito arroubo de fúria me dominou, primitivo e irracional. Agarrei uma estatueta na mesa e atirei-a contra a parede coberta de livros. O barulho da peça se despedaçando com certeza faria a gangue sair do seu esconderijo. Mas o resultado foi muito mais surpreendente do que isso!

A estatueta atingiu a ponta de uma prateleira e no mesmo instante aquela seção inteira de prateleiras, com todos os seus livros, girou silenciosamente para fora, revelando uma passagem estreita! Como na outra passagem secreta, uma fileira de degraus levava para baixo. Em um momento diferente daquele eu teria estremecido com o pensamento de descer por ali, com os horrores do outro túnel ainda frescos na minha mente, mas, estimulado pelo elixir como eu estava, segui adiante sem um único instante de hesitação.

Como não havia ninguém na casa, eles deviam estar em algum lugar no túnel — ou aonde quer que ele levasse. Passei pela entrada, deixando a porta aberta; era preciso que a polícia encontrasse aquela passagem e me seguisse, mesmo que por algum motivo eu sentisse que minha mão estaria sozinha do começo ao sinistro fim.

Desci uma distância considerável. Depois a escada desembocou em um corredor horizontal com cerca de seis metros de largura — algo fora do comum. Apesar da largura, o teto era bastante baixo; penduradas nele, lamparinas pequenas e de formato curioso emitiam uma luz tênue. Segui pelo corredor de forma furtiva e apressada, como a velha Morte buscando vítimas, e enquanto andava observava o trabalho feito ali. O chão era calçado por grandes placas de lousa e as paredes pareciam revestidas por enormes blocos de pedra, assentados de forma nivelada. Aquela passagem com certeza não era obra dos dias atuais; os escravos de Kathulos nunca haviam cavado ali. Algum túnel secreto dos tempos medievais, pensei; e, no final das contas, quem sabe que catacumbas jazem debaixo de Londres, cujos segredos são maiores e mais sombrios do que os da Babilônia e de Roma?

Segui sempre em frente, e agora sabia que devia estar a uma grande profundidade. O ar era abafado e pesado, e uma fria umidade brotava das pedras das paredes e do chão. De tempos em tempos eu via passagens mais estreitas, que desembocavam na escuridão, mas estava determinado a seguir pela larga passagem principal.

Uma impaciência feroz me dominou. Eu parecia estar andando há horas, e continuava vendo apenas paredes úmidas, lousas desgastadas e lamparinas gotejantes. Mantive-me sempre atento à possibilidade de cofres sinistros surgirem, ou algo do gênero, mas não vi nada. Então, quando já estava a ponto de explodir em imprecações selvagens, outra escada se ergueu diante de mim, surgindo das sombras.

Capítulo 19
A FÚRIA SOMBRIA

*O lobo cercado contemplou o círculo a seu redor
Com olhos malignos, iluminados de azul,
Sem se esquecer de sua dívida.
Ele disse: "Ainda causarei alguns estragos
Antes que chegue a hora da minha morte".*

MUNDY

Deslizei escada acima como um lobo esguio. Cerca de seis metros depois havia um tipo de patamar de onde saíam outros corredores divergentes, parecendo o corredor de onde eu vinha. Surgiu em minha mente o pensamento de que o subterrâneo de Londres devia ser repleto dessas passagens secretas, uma acima da outra.

Alguns passos acima desse patamar me levaram a uma porta, e nesse momento hesitei, sem saber se deveria arriscar-me ou não a bater. Quando ainda estava pensando nisso, a porta começou a se abrir. Recuei, encostando na parede e me encolhendo o máximo que podia. A porta se abriu por completo e um mouro saiu por ela. Tive apenas uma rápida visão do aposento mais além, com o canto dos olhos, mas os meus sentidos extraordinariamente alertas registraram o fato de que a sala estava vazia.

Em um segundo, antes que ele pudesse se virar, acertei o mouro com um único golpe mortal atrás da curva da mandíbula, fazendo-o cair de cabeça escada abaixo, parando no patamar com os membros grotescamente retorcidos.

Segurei a porta com a mão esquerda quando ela começou a se fechar e em um instante já havia passado por ela e estava parado na sala. Como eu pensara, não havia ocupantes. Cruzei o aposento rapidamente e entrei no seguinte. Aquelas salas eram mobiliadas de uma maneira que fazia o mobiliário da casa do Soho parecer absolutamente insignificante. Bárbaro, terrível, profano — apenas essas palavras conseguem transmitir uma leve ideia das visões pavorosas que se ofereciam aos meus olhos. Crânios, ossos e esqueletos completos eram a maior parte da decoração, se é que se pode falar assim. Múmias espreitavam dos seus sarcófagos e répteis percorriam as paredes. Entre essas relíquias sinistras pendiam escudos africanos de couro e bambu, cruzados por azagaias e adagas de guerra. Aqui e ali havia ídolos obscenos, negros e horríveis. E no meio de tudo, espalhados entre essas mostras de selvageria e barbarismo, havia vasos, biombos, tapetes e tapeçarias do mais refinado trabalho manual oriental, criando um efeito estranho e incoerente.

Eu já havia passado por duas dessas salas sem ver nenhum ser humano quando cheguei à escada que levava a um andar superior. Subi por ela, várias séries de degraus, até chegar a uma porta no teto. Fiquei pensando se ainda estaria sob a terra. Com certeza as primeiras escadas haviam me levado a algum tipo de casa. Ergui a porta com cuidado. Meus olhos viram a luz das estrelas, e me apressei a subir e passar pela porta. Ali eu me detive. Um terraço plano e amplo se estendia por todos os lados, e além de todas as suas bordas brilhavam as luzes de Londres. Em que prédio eu estava, não fazia ideia, mas podia dizer que era um bem alto, pois eu parecia estar acima da maior parte das luzes que via. Então percebi que não estava sozinho.

Acima das sombras do parapeito que corria por toda a borda do terraço, uma forma grande e ameaçadora se avolumava contra a luz das estrelas. Ao me ver, seus olhos cintilaram com um brilho não inteiramente são; a luz da noite fez resplandecer o prateado de um longo e curvo objeto de metal. Yar Khan, o assassino afegão, encarava-me das sombras silenciosas.

Uma exultação intensa tomou conta de mim. Agora eu poderia começar a pagar a minha dívida com Kathulos e todo o seu bando dos infernos! A droga inflamou minhas veias e ondas de um poder sobrenatural e de uma fúria terrível me percorreram. De um salto comecei uma corrida silenciosa e mortal.

Yar Khan era um gigante, mais alto e mais forte do que eu. Ele segurava um tulwar e, no instante em que o vi, soube que estava dopado com a droga na qual era viciado: a heroína.

Quando me aproximei ele girou a sua pesada arma no ar, bem alto, mas antes que pudesse desferir o golpe eu segurei o cabo da espada com um aperto de ferro, e com a mão livre comecei a desferir socos esmagadores no diafragma do meu inimigo.

Lembro-me de muito pouco dessa luta terrível, travada em silêncio sobre a cidade adormecida e tendo apenas as estrelas como testemunhas. Lembro de oscilar para frente e para trás, preso em um abraço de morte. Lembro da barba áspera que raspava a minha carne enquanto aqueles olhos inflamados pela droga me encaravam selvagemente. Lembro do gosto do sangue quente em minha boca, do gosto de terrível exultação em minha alma, da força e da fúria desumanas que irrompiam em mim. Meu Deus, que espetáculo seria aquele se alguém visse aquele terraço sombrio onde dois leopardos humanos, viciados em drogas, rasgavam um ao outro em pedaços!

Lembro-me do braço de Yar Khan se quebrando como madeira podre com a força da minha mão e do tulwar caindo de seu punho inutilizado. Com a desvantagem de um braço quebrado, o final era inevitável, e com uma feroz explosão de força, eu o empurrei até a beira do terraço e o inclinei para trás, ultrapassando o parapeito. Nós lutamos ali por um instante; então eu consegui me soltar do golpe dele e o lancei para baixo, e um único grito ecoou enquanto ele caía na escuridão.

Eu me aprumei e ergui os braços na direção das estrelas, como uma estátua terrível de um triunfo primordial. Pelo meu peito desciam fios de sangue, vindos das longas feridas que as unhas do afegão furioso haviam feito no meu pescoço e no meu rosto. Então me virei, com a astúcia de um maníaco. Será que ninguém tinha ouvido os sons daquele combate? Meus olhos estavam pousados na porta pela qual eu havia passado, mas um ruído fez com que me voltasse, e pela primeira vez percebi algo pequeno, como uma torre, erguendo-se no terraço. Não havia janela ali, mas sim uma porta, e no momento em que a vi ela se abriu e uma grande forma negra se desenhou contra a luz que vinha de dentro. Hassim!

Ele saiu para o terraço e fechou a porta, com os ombros curvados e o pescoço estendido para frente enquanto olhava para um lado e para o outro. Com um único soco, inflamado pelo ódio, eu o deixei estirado no chão, desacordado. Debrucei-me sobre ele, esperando por algum sinal de retorno à consciência. Então, no céu, longe, perto da linha do horizonte, vi uma débil luz avermelhada. A lua estava se erguendo! Onde, em nome de Deus, estaria Gordon? Enquanto eu estava ali parado, sem saber o que fazer, um barulho estranho chegou até mim. Era curioso, algo como o zumbido de muitas abelhas.

Correndo na direção de onde o ruído parecia vir, cruzei o terraço e me debrucei sobre o parapeito. Uma visão inacreditável, de pesadelo, surgiu diante dos meus olhos.

Cerca de seis metros abaixo do nível do terraço onde eu estava havia outro do mesmo tamanho e que claramente fazia parte do mesmo prédio. De um lado ele fazia limite com a parede; nos outros três havia muros muito altos no lugar dos parapeitos. Vi um grande número de pessoas, em pé, sentadas ou agachadas, espremidas no terraço! Havia centenas delas, e era a sua conversa em voz baixa que eu tinha ouvido. Mas o que me chamou a atenção foi o mesmo ponto para onde convergiam todos os olhos.

Perto do meio do terraço se erguia um tipo de teocali com cerca de três metros de altura, quase igual aos encontrados no México, nos quais os sacerdotes astecas sacrificavam vítimas humanas. Este, levando em conta sua escala infinitamente menor, era do tipo exato daquelas pirâmides de sacrifícios. No topo plano havia um altar entalhado de maneira curiosa, e junto a ele se erguia uma forma magra e sombria, que o meu olhar reconheceu apesar da máscara assustadora — era Santiago, o feiticeiro vodu haitiano. E John Gordon estava deitado no altar, despido até a cintura, as mãos e os pés amarrados, mas consciente.

Recuei cambaleante da borda do terraço, cindido ao meio pela indecisão. Mesmo com o estímulo do elixir eu não poderia enfrentar aquela multidão. Então um som me chamou a atenção e vi Hassim se esforçando para se ajoelhar. Eu o alcancei com duas longas passadas e o derrubei outra vez, sem piedade. Nesse momento percebi um estranho objeto pendurado no seu cinto. Eu o peguei e examinei. Era uma máscara semelhante à que Santiago estava usando. Então minha mente se lançou de repente e rapidamente em um plano desesperado e impetuoso que, para um cérebro dominado pela droga não parecia de forma nenhuma impetuoso ou desesperado. Andei suavemente até a torre, abri a porta e dei uma olhada lá dentro. Não vi ninguém que precisasse ser silenciado, mas achei um longo manto de seda pendurado em um gancho na parede. A sorte do toxicômano! Agarrei o manto e fechei a porta. Hassim não mostrava sinais de estar retomando a consciência, mas para garantir dei-lhe outro soco esmagador no queixo e, tomando sua máscara, corri para a borda do terraço.

Um canto baixo e gutural alcançou os meus ouvidos, estridente, bárbaro, num tom que sugeria uma louca ânsia de sangue. Os homens e as mulheres se moviam para trás e para frente ao ritmo selvagem do seu canto de morte. Santiago estava parado no teocali como uma estátua de basalto negro, olhando para o leste, a adaga erguida bem no alto — uma visão selvagem e terrível, despido como estava, exceto por uma cinta larga de seda e por aquela máscara bárbara sobre o rosto. A lua impelia uma borda vermelha sobre o horizonte a leste e uma brisa tênue ondulava as grandes plumas pretas que pendiam sobre a máscara de vodu do homem. O canto dos adoradores diminuiu para um sussurro baixo e sinistro.

Vesti apressadamente a máscara da morte, enrolei-me no manto e me preparei para descer. Já havia me disposto a pular daquela altura, seguro com a confiança radical da minha insanidade de que chegaria ao solo ileso, mas quando subi no parapeito encontrei uma escada de aço que descia para o outro patamar. Evidentemente Hassim, um dos sacerdotes vodu, pretendia passar por ali. Então desci pela escada, e correndo, pois sabia que no instante que a borda inferior da lua clareasse o horizonte da cidade aquela adaga parada no ar desceria sobre o peito de Gordon.

Embrulhando-me bem no manto para esconder minha pele branca, pisei no terraço inferior e corri para o altar, passando pelas fileiras de adoradores negros que se afastavam para o lado para me deixar passar. Quando cheguei à base do teocali dei um passo longo para subir o degrau que o contornava, até me ver junto ao altar da morte, marcado por manchas vermelho-escuro. Gordon estava deitado de costas, os olhos abertos, o rosto abatido e fatigado, mas o olhar corajoso e inabalável.

Os olhos de Santiago brilharam quando ele me olhou através das fendas de sua máscara, mas não vi nenhum sinal de suspeita nesse olhar, até que me inclinei para frente e tirei a adaga da sua mão. Ele ficou surpreso demais para resistir e a multidão de repente silenciou. Santiago estava chocado a ponto de perder as palavras, pasmo. Movendo-me com rapidez, cortei as cordas de Gordon e o ajudei a se erguer. Então o haitiano saltou sobre mim gritando; e gritou novamente, com os braços para cima, caindo de cabeça do teocali com a própria adaga enfiada até o cabo em seu peito.

Depois disso os adoradores se lançaram sobre nós gritando e rugindo — subindo os degraus do teocali como leopardos negros à luz da lua, com as facas brilhando e os olhos faiscando. Arranquei a máscara e o manto e respondi à exclamação de Gordon com uma risada desvairada. Havia acreditado que com o meu disfarce eu conseguiria escapar com ele de forma segura, mas agora estava contente de apenas morrer ali ao lado dele.

Gordon arrancou um grande ornamento de metal do altar e o brandiu quando os atacantes se aproximaram. Por um momento nós conseguimos detê-los e então eles se lançaram sobre nós como uma onda. Aquilo era o Valhala[4] para mim! Facas me feriam e porretes me golpeavam, mas eu ria e lançava os meus punhos de aço em socos diretos, como martelos a vapor que esmagavam carne e ossos. Vi Gordon erguer e descer sua arma improvisada, e a cada golpe um homem caía. Crânios rachados, sangue espirrando e a fúria sombria me tomando de assalto. Aqueles rostos de pesadelo giravam sobre mim, e caí de joelhos; fiquei em pé novamente e os rostos foram amassados pelos meus socos. Pareceu-me ter ouvido, através das brumas distantes, uma voz horrivelmente familiar se erguer em um comando imperioso.

Gordon foi levado de perto de mim, porém os sons que eu ouvia me diziam que o trabalho da morte prosseguia. As estrelas cintilavam através de névoas de sangue, mas a exaltação do inferno me dominava e eu me deleitava com as ondas sombrias da fúria, até que uma onda mais escura e profunda caiu sobre mim e não vi mais nada.

---

[4] Valhala, na mitologia escandinava, é o palácio onde as almas dos guerreiros mortos heroicamente em combate são recebidas para servir ao deus Odin.

Capítulo 20
O HORROR DA ANTIGUIDADE

*Aqui e agora, no seu triunfo onde
todas as coisas são incertas
Estendida entre os estragos feitos
pela sua própria mão,
Como um Deus autoimolado em seu
próprio e estranho altar,
A Morte jaz, morta.*

SWINBURNE

Lentamente voltei à vida... lentamente, lentamente. Uma bruma me envolvia e em meio a essa bruma eu vi uma Caveira...

Eu estava deitado em uma jaula de aço como um lobo cativo; percebi que as barras eram muito firmes, mesmo para a minha força. A jaula parecia estar encaixada em um tipo de nicho na parede, e eu estava olhando para uma sala bem grande. Essa sala era subterrânea, pois o piso era de lajes de pedra e as paredes e o teto eram feitos de blocos gigantescos do mesmo material. Havia prateleiras percorrendo as paredes, cobertas com apetrechos estranhos, aparentemente de natureza científica, e vi outros apetrechos na grande mesa que ficava no meio da sala. E atrás dela, sentado, estava Kathulos.

O feiticeiro vestia um manto amarelo que lembrava uma serpente, e aquelas mãos pavorosas e a cabeça assustadora pareciam mais do que nunca as de um réptil. Ele voltou para a minha direção os grandes olhos amarelos, como piscinas de fogo furioso, e seus lábios finos como pergaminho se moveram em algo que provavelmente pretendia ser um sorriso.

Eu me coloquei de pé em um salto e agarrei as barras, amaldiçoando.

Seu maldito, e o Gordon, onde está o Gordon?

Kathulos pegou um tubo de ensaio na mesa, olhou-o de perto e o esvaziou dentro de outro.

Ah, o meu amigo despertou — murmurou com aquela voz... a voz de um morto-vivo.

Ele enfiou as mãos dentro das longas mangas de seu manto e se voltou inteiramente para mim.

Acho que no seu caso — disse ele claramente —, criei um monstro Frankenstein. Tornei-o uma criatura sobre-humana para servir aos meus desejos e você se afastou de mim. Você arruína o meu poder, mais ainda do que Gordon. Matou servos valiosos e interferiu nos meus planos. Entretanto, o dano que você causa chegará ao fim esta noite. O seu amigo Gordon fugiu, mas está sendo caçado pelos túneis e não tem como escapar.

Você — continuou ele, com o interesse sincero de um cientista — é um tema bem mais interessante.

O seu cérebro deve ser constituído de uma maneira distinta da de qualquer outro homem que já tenha existido. Vou estudá-lo com atenção e acrescentá-lo ao meu laboratório. Como um homem, com a aparente necessidade do elixir em seu sistema, conseguiu seguir em frente por dois dias ainda sob o estímulo do último gole está além da minha compreensão.

O meu coração disparou. Com todo o conhecimento de Kathulos, a pequena Zuleika havia conseguido enganá-lo; era evidente que ele não sabia que a jovem havia roubado um frasco daquela coisa que me dava vida.

O último gole que você recebeu de mim — prosseguiu ele — era suficiente apenas para oito horas, mais ou menos. Repito, isso me deixou intrigado. Você pode me dar alguma sugestão?

A única coisa que fiz foi rosnar, sem dizer nada. Ele suspirou.

Como sempre, um bárbaro. O provérbio é verdadeiro: "Brinque com o tigre ferido e aninhe a víbora em seu peito antes de tentar retirar do selvagem sua selvageria".

Ele ficou algum tempo em silêncio, meditando. Eu o observava, inquieto. Havia algo diferente nele, algo vago e curioso; seus dedos longos, que emergiam das mangas da túnica, tamborilavam nos braços da cadeira e uma agitação disfarçada ecoava no fundo da sua voz, conferindo-lhe uma vibração que não era costumeira.

E você poderia ter se tornado um rei no novo regime — disse ele subitamente. — Sim, o novo... novo e mais velho do que a humanidade!

Estremeci quando ele desatou em uma gargalhada seca. Ele inclinou a cabeça, como se estivesse ouvindo alguma coisa. Um rumor de vozes guturais parecia vir de muito longe. Os lábios de Kathulos se retorceram em um sorriso.

As minhas crianças — murmurou. — Elas vão estraçalhar meu inimigo Gordon em pedaços naqueles túneis. Elas, senhor Costigan, são os meus verdadeiros servidores, e foi para a edificação delas que coloquei John Gordon na pedra de sacrifícios esta noite. Eu teria preferido fazer alguns experimentos com ele, baseados em certas teorias científicas, mas as minhas crianças precisam desses incentivos. No futuro, sob a minha tutela, elas superarão suas superstições infantis e deixarão de lado seus costumes tolos, mas neste momento precisam ser guiadas pela mão, suavemente.

O que você achou desses corredores subterrâneos, senhor Costigan? — ele mudou de assunto repentinamente. — Pensou que eles eram... o quê? Sem dúvida, construídos pelos selvagens da sua Idade Medieval? Patético! Esses túneis são mais antigos do que o seu mundo! Foram construídos por reis poderosos, muitas eras atrás... demais para sua mente assimilar... quando uma cidade imperial se elevava aqui, onde hoje existe essa aldeia grosseira que é Londres. Todos os vestígios daquela metrópole se transformaram em poeira e desapareceram, mas estes corredores foram construídos por algo além da habilidade humana... rá rá rá! De todas as milhares de pessoas que caminham diariamente sobre eles, ninguém sabe de sua existência, exceto os meus seguidores; e mesmo assim, nem todos. Zuleika, por exemplo, não sabe destes túneis, pois nos últimos tempos comecei a duvidar da sua lealdade, e com certeza logo farei com que ela sirva como exemplo para os outros.

Ao ouvir isso eu me lancei cegamente contra a jaula, com uma onda de ódio e fúria sangrenta tomando conta de mim. Agarrei as barras da cela e as forcei até as veias saltarem em minha nuca e os músculos dos meus braços e ombros incharem e estalarem. E as barras se curvaram diante do meu ataque furioso, mas apenas um pouco, e no final a força se esvaiu dos meus membros e eu caí no chão, trêmulo e enfraquecido. Kathulos me observava, imperturbável.

As barras são firmes — falou ele, com algo que quase parecia alívio no tom da voz. — Francamente, prefiro estar do lado de cá delas. Você é um homem-macaco, se é que algum dia eles existiram.

Ele riu de forma súbita e selvagem.

Mas por que você tenta se opor a mim? — gritou ele inesperadamente. — Por que desafiar a mim, Kathulos, o Feiticeiro, que já era grande mesmo nos dias do antigo império? E hoje, invencível! Um mágico, um cientista, entre selvagens ignorantes! Rá, rá!

Estremeci, e de repente uma luz atordoante me fez perceber que Kathulos também era um dependente químico, e estava estimulado pela droga de sua escolha! Que preparado demoníaco seria forte o bastante, terrível o bastante para agir sobre o Mestre e estimulá-lo eu não sabia, nem quero saber. De todo o saber fantástico que ele detinha, eu, conhecendo aquele homem como conhecia, tinha certeza de que esse era o mais sobrenatural e terrível.

Você, seu tolo desprezível! — ele estava inflamado, o rosto iluminado por um fulgor sobrenatural. — Você sabe quem eu sou? Kathulos do Egito? Bobagem! Eles me conheciam nos tempos antigos! Eu reinei nas terras oceânicas sombrias e cobertas de bruma muitas eras antes que o mar subisse e as tragasse. E morri, não como morre um homem; nós detínhamos a magia da vida eterna! Eu bebi uma grande dose e dormi. Fiquei adormecido por muito tempo no meu sarcófago laqueado! A minha carne definhou e se tornou dura; o sangue secou nas minhas veias. Fiquei parecendo morto. Mas dentro de mim ainda ardia o espírito da vida, adormecido, aguardando a hora de despertar. As grandes cidades foram transformadas em poeira. O oceano absorveu a terra. Os altos santuários e os pináculos elevados afundaram nas ondas verdes. Eu soube de tudo isso enquanto dormia, como um homem sabe de coisas por sonhos. Kathulos do Egito? Rá! Kathulos de Atlântida!

Soltei um grito involuntário. Isso era terrível demais, abalava a minha sanidade mental.

Sim, o mágico, o feiticeiro. E durante os longos anos de selvageria, nos quais as raças bárbaras lutavam para crescer sem os seus mestres, surgiu a lenda do dia do império, quando um homem do Povo Antigo surgiria do oceano. Sim, e levaria à vitória os que eram nossos escravos nos velhos tempos.

De que me importam essas pessoas? E vocês, bárbaros brancos, cujos ancestrais macacos sempre me desafiaram, sua destruição está próxima!

Conforme foi profetizado, chegou o dia em que o meu sarcófago, soltando-se das paredes que o cobriam... onde eu havia me deitado quando Atlântida ainda era a soberana do mundo... onde desde que o seu império afundou nas verdes braças de mar.... chegou o dia em que o meu sarcófago, como eu disse, foi atingido pelas ondas profundas do oceano e arrastado, chacoalhado e empurrado para longe das amplas algas marinhas que mascaram templos e minaretes, e flutuou para cima, passando pelas soberbas safiras e pelos pináculos de ouro, subindo pelas águas verdes e afinal flutuando sobre as indolentes ondas do mar.

Então veio um ignorante que fez com que se cumprisse um destino que ele desconhecia. Os homens no seu navio, crentes verdadeiros, sabiam que havia chegado a hora. Quanto a mim... o ar entrou pelas minhas narinas e despertei de um longo, longo sono. Eu me reanimei, me movi revivi. E, quando caiu a noite, assassinei o tolo que havia me retirado do oceano e os meus servidores prestaram homenagens a mim e me levaram para a África, onde permaneci por algum tempo, aprendi as novas línguas e os costumes de um novo mundo e me tornei poderoso.

A sabedoria do seu mundo monótono... rá, rá! Eu, que investiguei os mistérios da antiguidade mais a fundo do que ninguém jamais se atreveu! Tudo o que os homens sabem hoje eu também sei e, além desse conhecimento, trago também aquele que adquiri com o passar dos séculos, e que torna o saber atual um grão de areia ao lado de uma montanha! Você deve ter uma ideia desse conhecimento! Foi por meio dele que o retirei de um inferno para mergulhá-lo em outro ainda maior! Seu tolo, aqui em minha mão está o que poderia livrá-lo disso! Sim, libertaria você das correntes com que o aprisionei!

Ele pegou um frasco dourado e o agitou diante dos meus olhos. Vi aquele frasco como homens morrendo no deserto devem ver miragens distantes. Kathulos o manuseou pensativamente. A sua agitação anormal parecia ter passado de repente, e quando ele falou novamente foi no tom frio e calculado de um cientista.

Esse seria um experimento que realmente valeria a pena fazer... libertá-lo da dependência do elixir e ver se o seu corpo regido pela droga conseguiria manter-se vivo. Nove em casa dez vezes a vítima, com a necessidade e o estímulo retirados, morreria. Mas você é como um gigante bárbaro...

Ele suspirou e colocou o frasco na mesa.

Ao sonhador se opõe o senhor do destino. O meu tempo não me pertence, ou eu escolheria passar a vida encerrado em laboratórios, executando os meus experimentos. Mas agora, como nos dias do antigo império, quando os reis buscavam o meu conselho, preciso trabalhar. Sim, preciso trabalhar arduamente e espalhar a semente da glória para preparar a chegada dos dias do império, quando os oceanos nos entregarão os seus mortos-vivos.

Eu estremeci. Kathulos voltou a rir como um lunático. Mais uma vez, começou a tamborilar os dedos nos braços da cadeira e seu rosto reluziu com uma luz sobrenatural. Visões sangrentas fervilhavam de novo na sua cabeça.

Eles estão sob os oceanos verdes, os antigos mestres, nos seus sarcófagos laqueados, mortos, segundo o conceito dos homens, mas na realidade apenas adormecidos. Dormindo por longas eras como se fossem apenas horas, esperando pelo dia do despertar! Os antigos mestres, os homens sábios, que previram o dia em que o oceano engoliria a terra, e se prepararam para isso. Prepararam-se para poder se erguer novamente nos dias bárbaros que estariam por vir. Como eu fiz. Eles jazem adormecidos, antigos reis e feiticeiros sombrios, que morreram como os homens morrem, antes de Atlântida ser submersa. E que, dormindo, afundaram com ela, mas voltarão a se erguer!

A glória é minha! Eu fui o primeiro a me reerguer. E busquei a localização das cidades antigas, nas terras que não foram submersas. Desaparecidas, há muito tempo. A onda bárbara passou por cima delas milhares de anos atrás, assim como as águas verdes passaram por cima de suas irmãs mais velhas, nas profundezas. Algumas dessas cidades foram cobertas por desertos. Sobre outras, como aqui, os bárbaros ergueram novas cidades.

Ele se deteve subitamente. Seus olhos buscaram uma das aberturas escuras que indicavam corredores. Acho que sua peculiar intuição lhe avisou de algum perigo iminente, mas não acredito que tivesse algum pressentimento de quão dramaticamente nossa cena seria interrompida.

Enquanto ele olhava, soaram passos acelerados e de repente um homem apareceu na passagem — um homem desgrenhado, esfarrapado e ensanguentado. John Gordon! Dando um grito, Kathulos colocou-se em pé de um salto, e Gordon, ofegando como quem está fazendo um esforço sobre-humano, fez mira com o revólver que trazia na mão e atirou à queima-roupa. Kathulos vacilou, colocou a mão no peito e então, estendendo os braços, cambaleou até a parede e caiu contra ela. Uma passagem se abriu e ele passou por ali, em passos trôpegos. Gordon se lançou ferozmente pelo aposento, atrás dele, mas seu olhar só encontrou uma superfície de pedra lisa, que não cedeu aos seus golpes selvagens.

Ele se virou e correu como um bêbado até a mesa onde o Mestre deixara um molho de chaves.

— O frasco! — gritei. — Pegue o frasco!

Ele o enfiou no bolso. Um clamor baixo vinha do mesmo corredor por onde Gordon viera, crescendo rapidamente, como uma alcateia aos uivos. Alguns segundos preciosos foram gastos em uma busca desajeitada pela chave certa, e então a porta da jaula se abriu e saltei para fora. Que visão dos deuses éramos os dois... Feridos, contundidos e cortados, as nossas roupas em farrapos... O sangue dos meus ferimentos havia estancado, mas agora que eu estava me movendo eles voltavam a sangrar, e pela rigidez das minhas mãos eu sabia que os nós dos meus dedos estavam quebrados.

Quanto a Gordon, ele estava praticamente encharcado de sangue, dos pés à cabeça.

Descemos por um corredor na direção oposta do barulho ameaçador, que eu sabia vir dos servos do Mestre, todos nos perseguindo. Nem eu nem Gordon estávamos em boa forma para correr, mas fizemos o nosso melhor. Eu não tinha a mínima ideia de para onde nos dirigíamos. A minha força sobre-humana havia me abandonado e agora eu só podia contar com a força da vontade. Nós viramos em outro corredor e ainda não havíamos dados vinte passos quando, ao olhar para trás, vi o primeiro daqueles demônios entrando na passagem.

Um esforço desesperado aumentou um pouco nossa vantagem. Mas eles nos haviam visto, pois estávamos a descoberto, e seu urro de fúria eclodiu, sucedido por um silêncio ainda mais sinistro, indicando que usavam toda a força para nos alcançar. Então, a uma curta distância à nossa frente, vimos uma escada aparecendo indistinta em meio às sombras. Se conseguíssemos chegar lá... Mas também vimos outra coisa. Junto ao teto, entre nós e a escada, havia um objeto enorme pendurado, como uma grade de ferro, com grandes barras pontudas ao longo da parte de baixo: uma porta levadiça. E enquanto olhávamos para ela, sem interromper nossos passos ofegantes, ela começou a se mover.

Eles estão baixando a porta levadiça! — exclamou Gordon em voz rouca, seu rosto manchado de sangue parecendo uma máscara ao mesmo tempo de exaustão e determinação.

A enorme grade, ganhando força, com o rangido de um mecanismo enferrujado e há muito não utilizado, descia rapidamente. Com um último esforço, como em um ofegante e tenso pesadelo, Gordon, lançando-se para frente e me puxando junto, em uma explosão de pura força e coragem, fez com que passássemos por baixo da grade, e ela bateu no chão estrondosamente logo atrás de nós!

Ficamos deitados por um momento, sem fôlego, esquecidos da horda frenética que se enfurecia e gritava do outro lado da grade. Aquele salto final havia sido tão em cima da hora que as grandes barras pontudas haviam rasgado pedaços das nossas roupas ao descer. Ficar ali deitado até morrer de exaustão parecia-me uma boa ideia naquele momento. Mas Gordon se levantou, cambaleante, e me arrastou com ele.

— Temos de sair daqui — falou roucamente —, ir avisar... Scotland Yard... rede de túneis no coração de Londres... explosivos potentes... armas... munição...

Subimos a escada aos tropeços e pareceu-me ouvir diante de nós um som de metal batendo contra metal. A escada terminava abruptamente, em um patamar que dava em uma parede vazia. Gordon se jogou contra ela e a inevitável passagem secreta se abriu. A luz entrou, através das barras de algum tipo de grade. Homens com o uniforme da polícia londrina estavam serrando as barras com serras de arco para metais, e enquanto nos saudavam terminaram de abrir uma passagem, pela qual nos arrastamos para fora.

— Você está ferido, senhor! — Um dos homens segurou o braço de Gordon.

O meu companheiro o afastou.

Não há tempo a perder! Temos de sair daqui, o mais rápido que pudermos!

Vi que estávamos em algum tipo de porão. Subimos os degraus apressadamente e saímos para a rua, onde o início da aurora estava tingindo o leste do céu de carmim. Acima dos telhados das casas eu vi a distância um grande e sombrio prédio em cujo terraço, o meu instinto me dizia, aquele drama selvagem havia tido lugar na noite anterior.

Aquele prédio foi alugado alguns meses atrás por um chinês misterioso — disse Gordon, seguindo o meu olhar. — Originalmente abrigava escritórios, mas a vizinhança foi se deteriorando e ele ficou vazio por algum tempo. O novo inquilino construiu vários andares novos, mas o deixava aparentemente vazio. Fazia tempo que eu estava de olho nele.

Isso tudo foi dito enquanto seguíamos apressados pela calçada, da forma rápida e aos arrancos, típica de Gordon. Eu ouvia mecanicamente, como um homem em transe. A minha vitalidade estava se esgotando muito depressa e eu sabia que iria desabar a qualquer momento.

As pessoas que moram na vizinhança andavam dizendo que viam e ouviam coisas estranhas ali. O proprietário do porão do qual acabamos de sair ouviu sons diferentes vindos de trás da parede e chamou a polícia. Naquele momento eu estava correndo para cima e para baixo naqueles malditos corredores, como um rato caçado, e escutei a polícia dando pancadas na parede. Encontrei a passagem secreta e a abri, mas vi que estava bloqueada por grades. Tive de voltar a fugir, e por pura sorte encontrei você e por pura sorte consegui encontrar o caminho de volta para a porta.

Agora precisamos ir até a Scotland Yard. Se atacarmos rapidamente, talvez consigamos capturar todo o bando de demônios. Não sei se matei Kathulos ou não, ou se ele pode ser morto com as nossas armas. Mas até onde sei, todos eles estão agora naqueles corredores subterrâneos e...

Naquele momento o mundo estremeceu! Um estrondo de estourar os miolos pareceu despedaçar o céu com a sua detonação inacreditável. Casas tremeram e desmoronaram em ruínas; um imenso pilar de fumaça e chamas irrompeu da terra, levando nas suas asas uma massa enorme de escombros em direção ao céu. Uma nuvem negra de fumaça, poeira e madeiras caindo cobriu o mundo; um longo trovão parecia subir do centro da Terra, enquanto paredes e tetos desabavam, e em meio a todo esse tumulto e gritaria caí prostrado e não vi mais nada.

Capítulo 21
A CORRENTE ROMPIDA

E como uma alma perdida,
Sem lugar no céu ou no inferno;
Abrandada pela bruma e pela névoa,
A manhã emerge da escuridão.

SWINBURNE

Não há muita necessidade de me estender na descrição das cenas de horror daquela terrível manhã em Londres. O mundo já conhece a história e sabe a maioria dos detalhes relacionados à grande explosão que varreu um décimo da grande cidade, gerando perda de vidas e propriedades. Um acontecimento dessas proporções gera a necessidade de se encontrar explicações; a história do prédio abandonado se espalhou e circularam muitas versões terríveis. Para interromper os rumores, finalmente foi fornecido um relatório extraoficial que dizia que aquela construção havia sido o ponto de encontro de um grupo internacional de anarquistas, que eles tinham abarrotado o porão com explosivos poderosos e que supostamente estes haviam sido detonados por acidente. De certa forma, como vocês sabem, essa história tinha uma boa parte de verdade, mas a ameaça que existia ali ia muito além de qualquer grupo anarquista.

Tudo isso me foi contado depois porque, quando caí inconsciente, Gordon, atribuindo a minha condição à exaustão e à necessidade de haxixe, de cujo uso ele achava que eu ainda era dependente, ergueu-me e, com a ajuda de policiais aturdidos, levou-me até o seu apartamento antes de retornar ao cenário da explosão. No apartamento ele encontrou Hansen e Zuleika — algemada à cama como eu a deixara. Ele a soltou para que pudesse cuidar de mim, pois toda Londres estava em um tumulto terrível e precisavam dele em outros lugares.

Quando afinal recuperei os sentidos, olhei para cima, vi os olhos luminosos de Zuleika e fiquei deitado, quieto, apenas sorrindo. Ela se debruçou sobre o meu peito, aninhou a minha cabeça nos seus braços e cobriu o meu rosto de beijos.

Steephen! — soluçou ela várias vezes, enquanto suas lágrimas quentes caíam sobre a minha face.

Eu mal tinha forças para colocar os meus braços em torno dela, mas consegui fazê-lo e ficamos deitados ali por muito tempo, em um silêncio cortado apenas pelos soluços atormentados da jovem.

Zuleika, eu te amo — murmurei.

E eu te amo, Steephen — soluçou ela. — Ah, é tão duro partir agora... mas vou com você, Steephen; não posso viver sem você!

Minha querida menina — disse John Gordon, entrando no quarto subitamente —, Costigan não vai morrer. Vamos fazer com que ele receba a quantidade de haxixe que precisa para seguir em frente, e quando estiver mais forte nós o livraremos lentamente da dependência.

O senhor não está entendendo, sahib; Steephen não precisa de haxixe. Ele depende de uma substância que apenas o Mestre conhecia e, agora que ele está morto ou fugiu, Steephen não tem mais como obtê-la, e morrerá.

Ela está certa, Gordon — disse eu, com voz débil. — Estou morrendo. Kathulos eliminou a minha dependência do haxixe com um preparado que ele chamava de elixir. Venho me mantendo vivo com certa quantidade dessa substância que Zuleika roubou do Mestre e me deu, mas bebi o que restava na noite passada.

Eu não sentia nenhum tipo de ânsia por drogas, nem desconforto físico ou mental. Todos os meus sistemas estavam desacelerando rapidamente; eu já havia passado pelo estágio em que a necessidade do elixir me agoniava e dilacerava. Sentia apenas uma enorme lassidão e o desejo de dormir. E sabia que, no momento em que fechasse os olhos, eu morreria.

Uma droga estranha, aquele elixir — disse eu, com abatimento crescente. Ele queima e congela e, no final, a ânsia por ele mata de forma tranquila e sem tormento.

Costigan, maldição — disse Gordon desesperado —, você não pode partir assim! Aquele frasco que eu peguei na mesa do egípcio, o que há nele?

O Mestre jurou que é uma poção que me livraria dessa maldição... e provavelmente também me mataria — murmurei. — Havia me esquecido disso. Traga-a para mim; no máximo, ela me matará, e já estou morrendo agora.

Sim, rápido, traga a poção! — exclamou Zuleika com ardor, saltando na direção de Gordon, as mãos dramaticamente estendidas. Retornou com o frasco que ele havia tirado do bolso e se ajoelhou ao meu lado, vertendo o líquido nos meus lábios enquanto murmurava palavras na sua própria língua, em um tom suave e reconfortante.

Eu bebi, esvaziando o frasco; mas sentia bem pouco interesse por aquele assunto todo. A minha perspectiva era totalmente impessoal, naquele momento em que minha vida parecia se esvair, e não consigo nem mesmo lembrar que gosto tinha a poção. Lembro-me apenas de sentir um fogo lento, curioso, fluindo com um leve ardor em minhas veias, e a última coisa que vi foi Zuleika se inclinando sobre mim, os seus grandes olhos fixados no meu rosto com total intensidade. A sua mãozinha tensa estava dentro da manga da sua roupa, e me lembrando da sua promessa de acabar com a própria vida se eu morresse, tentei erguer a mão para desarmá-la, tentei dizer a Gordon para tirar dela a adaga que escondia em suas vestes. Mas não consegui falar nem agir, e mergulhei em um estranho mar de inconsciência.

Não me lembro de nada desse período. Nenhuma sensação estimulava a minha mente adormecida a ponto de fazê-la cruzar o abismo pelo qual eu vagava. Dizem que fiquei como morto por muitas horas, mal respirando, enquanto Zuleika continuava inclinada sobre mim, não me deixando por um instante sequer, lutando como uma tigresa quando alguém tentava levá-la dali para descansar. A sua corrente havia se quebrado.

Da mesma forma como levei a visão de Zuleika para aquela terra sombria do nada, a primeira coisa que vi, saudando-me, ao retomar a consciência foram os seus olhos tão queridos. Eu sentia uma fraqueza maior do que achava possível um homem sentir, como se tivesse ficado inválido por meses, mas a vida em mim, apesar de débil, era vibrante e normal, sem ser estimulada por nenhuma substância artificial. Sorri para minha garota e murmurei fracamente:

Jogue fora a sua adaga, minha pequena Zuleika; eu vou viver.

Ela gritou e caiu de joelhos ao meu lado, chorando e rindo ao mesmo tempo. As mulheres são realmente seres estranhos, capazes de emoções mistas e poderosas.

Gordon entrou no aposento e agarrou a mão que eu não conseguia levantar da cama.

Agora você só precisa de um médico humano comum, Costigan — disse ele. — Até um leigo como eu pode garantir isso. Pela primeira vez desde que o conheço, seu olhar é completamente são. Você parece um homem que teve um colapso nervoso terrível e precisa de cerca de um ano de repouso e tranquilidade. Que os céus o abençoem, meu caro; você já passou por maus bocados demais, além da experiência com as drogas, e agora merece uma boa vida.

— Primeiro me diga — falei —, Kathulos morreu na explosão?

— Eu não sei — respondeu Gordon sombriamente. — Parece que todo o sistema de passagens subterrâneas foi destruído. Eu sei que a minha última bala, a última bala que havia no revólver que arranquei de um dos homens que estavam me atacando, encontrou seu alvo no corpo do Mestre, mas se ele morreu em decorrência desse ferimento, ou sequer se uma bala pode feri-lo, eu não sei. E também nunca saberemos se em sua agonia final ele detonou as toneladas e toneladas de explosivos que estavam armazenados nos corredores.

Meu deus, Costigan, você já viu um labirinto de túneis como aquele? E agora nós sabemos por quantos quilômetros os corredores seguiam em cada direção. A Scotland Yard ainda está vasculhando os subterrâneos e os porões da cidade em busca de passagens secretas. Todas as aberturas conhecidas, como aquela pela qual nós saímos e a do número 48 do Soho, foram bloqueadas por paredes desmoronadas. O prédio de escritórios foi simplesmente reduzido a átomos.

— E quanto aos homens que deram busca na casa no Soho?

A porta na parede da biblioteca tinha sido fechada. Eles revistaram a casa em vão. Sorte a deles também, ou sem dúvida estariam nos túneis quando aconteceu a explosão.

E suponho que não há forma de vasculhar as ruínas subterrâneas...

Absolutamente nenhuma. Quando os túneis desmoronaram, as toneladas de terra sustentadas pelo teto também caíram, enchendo os corredores de escombros e pedras quebradas, bloqueando-os para sempre. E, na superfície, as casas que foram derrubadas pela vibração se transformaram em ruínas que se elevam sobre eles. O que aconteceu naqueles terríveis corredores será um mistério para sempre.

A minha história está chegando ao fim. Os meses seguintes transcorreram sem maiores acontecimentos, com exceção da felicidade crescente que parecia um paraíso para mim, mas cujo relato aborreceria vocês. Porém, um dia, Gordon e eu estávamos discutindo novamente os misteriosos acontecimentos que haviam sido gerados pela sombria mão do Mestre.

Desde aquele dia — disse Gordon —, o mundo tem estado tranquilo. A resposta para isso só pode ser uma: vivo ou morto, Kathulos foi destruído naquela manhã, quando seu mundo desabou sobre ele.

Gordon — indaguei —, qual é a resposta para o maior de todos os mistérios?

Meu amigo encolheu os ombros.

Eu passei a acreditar que a humanidade flutua eternamente sobre as margens de oceanos secretos dos quais não tem nenhum conhecimento. Outras raças humanas viveram e desapareceram antes que a nossa se erguesse do lodo primitivo, e provavelmente outras viverão sobre a Terra depois que a nossa desaparecer. Os cientistas sustentaram por muito tempo a teoria de que a Atlântida possuía uma civilização superior à nossa, em bases muito diferentes. Com certeza o próprio Kathulos era uma prova de que a nossa alardeada cultura e os nossos conhecimentos não são nada diante da temível civilização o produziu.

O que ele fez com você já bastou para desorientar toda a comunidade científica, pois nenhum de seus membros foi capaz de explicar como ele pôde livrá-lo da ânsia pelo haxixe, estimulá-lo com uma droga infinitamente mais poderosa e depois produzir outra droga que anulou por completo os efeitos do elixir.

Tenho de agradecer a ele por duas coisas — disse eu, lentamente. — Por haver recuperado minha dignidade humana... e por Zuleika. Então Kathulos está morto, assim como qualquer ser mortal pode morrer. Mas e quanto aos outros, aqueles "antigos mestres" que ainda estão dormindo no oceano?

Gordon estremeceu.

Como eu disse, talvez a humanidade passeie despreocupadamente pela beira de impensáveis abismos de horror. Mas uma frota de canhoneiras está até hoje patrulhando os oceanos, de forma discreta, com ordens de destruir imediatamente qualquer invólucro estranho que encontrem flutuando; destruir o objeto e o seu conteúdo. E, se a minha palavra tem algum peso junto ao governo inglês e às nações do mundo, os oceanos serão patrulhados assim até que o dia do juízo final faça descer a cortina sobre a raça humana atual.

De noite às vezes eu sonho com eles — murmurei —, dormindo nos seus sarcófagos laqueados, dos quais pendem estranhas algas marinhas, nas profundezas, entre o vagar das ondas verdes... num lugar onde capitéis profanos e torres bizarras se erguem no leito do oceano escuro.

Nós estivemos cara a cara com um horror da antiguidade — disse Gordon sombriamente —, com um medo lúgubre e misterioso demais para a mente humana enfrentar. É melhor estarmos sempre atentos. O universo não foi feito apenas para a humanidade. A vida passa por períodos estranhos e para diversas espécies o primeiro instinto natural é destruir umas às outras. Não há dúvida de que nós parecíamos tão horríveis para o Mestre como ele para nós. Mal começamos a explorar o cofre dos segredos que a natureza armazenou, e estremeço só de pensar o que esse cofre pode guardar para a raça humana.

Isso é verdade — disse eu, alegrando-me internamente pelo vigor que começava a correr pelas minhas artérias desgastadas —, mas os homens enfrentarão esses obstáculos quando eles surgirem, como sempre se ergueram para enfrentar. Só agora estou começando a entender o verdadeiro valor da vida e do amor, e nem todos os demônios de todos os abismos poderiam me deter.

Gordon sorriu.

É isso que você terá daqui em diante, meu amigo. O melhor a fazer é esquecer todo aquele sombrio interlúdio, e seguir pelo caminho da luz e da felicidade.

OS FILHOS DA NOITE
E OUTROS CONTOS

NA FLORESTA DE VILLEFORE

O sol se punha. As vastas sombras desciam rapidamente sobre a floresta. No estranho crepúsculo daquele dia de final de verão, vi diante de mim o caminho que serpenteava e desaparecia entre as enormes árvores. E tremi e olhei por sobre o ombro, assustado. A aldeia mais próxima ficava quilômetros para trás... e a próxima, quilômetros adiante.

Segui o caminho, olhando para a esquerda e para a direita, e depois para trás. E logo parei um pouco, empunhando meu florete, ao ouvir algo se quebrando e denunciando a presença de algum animalzinho. Seria mesmo um animal? Mas a trilha continuava e eu a seguia, pois na verdade era só o que podia fazer.

Enquanto avançava, refletia: "Meus pensamentos vão me desorientar, se eu não ficar atento. O que pode haver nesta floresta, além talvez das criaturas que vagam por aqui, cervos e outros do gênero? Oras, essas lendas tolas dos aldeões!"

E então segui em frente, enquanto o crepúsculo se transformava em trevas. As estrelas começaram a cintilar e as folhas das árvores murmuravam com a brisa suave. Estaquei de repente, levando a mão à espada, pois à minha frente, perto de uma curva do caminho, havia alguém cantando. Eu não conseguia entender as palavras, mas o sotaque era estranho, quase bárbaro.

Escondi-me atrás de uma grande árvore e um suor frio desceu pela minha testa. Então consegui avistar o cantor, um homem alto e magro, um tanto oculto pelo crepúsculo. Encolhi os ombros. De um *homem* eu não tinha medo. Saltei para frente, espada erguida.

— Alto lá!

Ele não demonstrou surpresa.

— Por favor, meu amigo, cuidado com essa espada — disse.

Abaixei a arma, um pouco envergonhado.

— É a primeira vez que entro nesta floresta — disse para me desculpar. — Ouvi falar em bandidos. Peço perdão. Onde fica o caminho para Villefore?

— *Corbleu,* você tomou o rumo errado — respondeu o homem. — Deveria ter seguido pela direita, lá atrás. Estou indo para lá. Se suportar a minha companhia, eu o guiarei.

Eu hesitei. Mas por que não aceitar?

— Mas é claro. Meu nome é de Mountour, sou da Normandia.

— E eu sou Carolus le Loup.

— Não! — dei um passo para trás.

Ele olhou para mim, abismado.

— Perdão — disse eu —, esse nome é estranho. *Loup* não significa lobo?

— A minha família foi de bons caçadores — respondeu ele. Não estendeu a mão para me cumprimentar.

— Perdoe o meu assombro — disse eu, enquanto descíamos pela trilha —, mas mal consigo ver o seu rosto nesta penumbra.

Senti que ele estava rindo, embora não emitisse nenhum som.

— Há pouco o que ser visto — respondeu ele.

Eu me aproximei dele e então dei um pulo para trás, arrepiado.

— Uma máscara! — exclamei. — Por que usa uma máscara, *m'sieu*?

— É um juramento — explicou ele. — Eu estava sendo perseguido por uma matilha de cães e jurei que se escapasse usaria uma máscara durante certo tempo.

— Cães, *m'sieu*?

— Lobos — respondeu ele rapidamente. — Eu disse lobos.

Caminhamos em silêncio por algum tempo, até que meu companheiro disse:

— Surpreende-me que o senhor ande nesta floresta de noite. Poucas pessoas se aventuram por estes caminhos, mesmo de dia.

— Tenho pressa em chegar à fronteira — respondi. — Foi assinado um tratado com os ingleses, e o duque de Burgundy precisa saber disso. As pessoas da aldeia tentaram me dissuadir. Falaram sobre... um lobo que supostamente habita esta floresta.

— Este é o caminho que leva a Villefore — disse ele. Vi uma trilha estreita e sinuosa que não havia percebido quando passara por ali antes. Ela enveredava-se em meio à escuridão das árvores. Estremeci.

— Quer voltar para a aldeia?

— Não! — exclamei. — Não, não! Mostre o caminho.

A trilha era tão estreita que andávamos em fila, le Loup na frente. Olhei bem para ele. Era alto, muito mais alto que eu, magro e rijo. Usava roupas que pareciam espanholas. Um florete longo pendia de seu quadril. Caminhava com passos largos e ágeis, sem fazer barulho.

Então ele começou a contar de suas viagens e aventuras. Falou das muitas terras e mares que havia visto e de muitas coisas estranhas. E assim seguimos, conversando e nos embrenhando cada vez mais na floresta.

Eu havia suposto que ele fosse francês, mas seu sotaque era muito estranho. Não parecia nem o de um francês nem o de um espanhol ou inglês, ou nativo de qualquer outro país cuja língua eu já tivesse ouvido. Algumas palavras ele falava de forma estranha e outras, simplesmente não conseguia pronunciar.

— Este caminho é usado com frequência, não é? — perguntei.

— Não muito — respondeu ele, rindo silenciosamente. Eu estremeci. Estava muito escuro e as folhas sussurravam nos galhos.

— Um espírito maligno habita esta floresta — eu disse.

— Assim dizem os camponeses — respondeu ele. — Mas já andei por ela muitas vezes e nunca o vi.

Então ele começou a falar de estranhas criaturas da escuridão. A lua subiu no céu e as sombras deslizaram pelas árvores. Ele olhou para cima, para a lua.

— Rápido! — falou ele. — Precisamos chegar ao nosso destino antes que a lua alcance seu zênite.

E seguiu pela trilha, apressado.

— Dizem — falei — que há um lobisomem que caça nestas matas.

— É uma possibilidade — respondeu ele, e debatemos longamente sobre o assunto.

— As mulheres mais velhas dizem — falou ele — que se um lobisomem é atingido enquanto está em sua forma de lobo, morre, mas, se estiver em forma humana, a outra metade de sua alma viverá para assombrar o matador pela eternidade. Mas, apresse-se, a lua está se aproximando do zênite.

Chegamos a uma clareira iluminada pelo luar. O estranho parou.

— Vamos descansar um pouco — disse ele.

— Não, vamos seguir em frente — exclamei. — Não gosto deste lugar.

Ele riu em silêncio.

— Por quê? — perguntou. — É uma clareira agradável. Tão boa como um salão de festins; já me diverti aqui várias vezes. Rá, rá, rá! Olhe, vou lhe mostrar uma dança.

E ele começou a pular de um lado para o outro, jogando a cabeça para trás e rindo silenciosamente. Pensei comigo que aquele homem era louco.

Enquanto ele continuava sua dança maluca, olhei ao meu redor. *A trilha não seguia para nenhum lugar; terminava naquela clareira.*

— Venha — eu disse —, precisamos continuar. Você não está sentindo o cheiro ruim, um cheiro de pelos, que emana desta clareira? Aqui é um covil de lobos. Talvez eles estejam por perto agora mesmo, esgueirando-se em nossa direção.

Ele ficou de quatro no chão, saltou mais alto que a minha cabeça e veio em minha direção em um movimento estranho e furtivo.

— Esta dança se chama Dança do Lobo — falou. Me arrepiei inteiro.

— Não se aproxime! — disse eu, dando um passo para trás. Então ele saltou sobre mim, com um grito aterrorizante que ecoou pelo bosque. Mesmo levando a espada na cintura, ele não a tocou. Eu já estava com o florete semidesembainhado quando ele agarrou meu braço e me empurrou violentamente. Arrastei-o comigo e caímos juntos no chão. Soltando uma das mãos, arranquei sua máscara. Um grito de horror escapou de meus lábios. Por trás da máscara brilhavam olhos de fera, e caninos brancos reluziam à luz da lua. *Era a cara de um lobo.*

Em um instante aqueles caninos estavam em minha garganta. Mãos com garras arrancaram o florete que eu apertava. Soquei aquele rosto horrível com punhos cerrados, mas sua mandíbula estava cravada em meu ombro, suas garras feriam minha garganta. Logo eu estava deitado de costas. Minha visão estava se turvando. Golpeei às cegas. Minha mão caiu sobre o cabo de meu punhal — que eu não havia conseguido alcançar antes — e se fechou automaticamente. Eu o desembainhei e dei uma facada. Ecoou um grito terrível, semibestial. Levantei-me, cambaleante. Livre. O lobisomem jazia aos meus pés.

Inclinei-me e ergui a adaga. Então parei, olhando para cima. A lua pairava no céu, perto do zênite. *Se eu matasse a criatura em sua forma humana, seu espírito aterrorizador me assombraria para sempre.* Sentei-me e esperei. A *coisa* me olhava com olhos flamejantes de lobo. Os membros longos e rijos pareciam encolher e se curvar; os pelos pareciam crescer sobre eles. Temendo enlouquecer, tomei a espada da própria *coisa* e a cortei em pedaços. Depois atirei a espada longe e saí correndo.

CABEÇA DE LOBO

Medo? Perdão, *messieurs*, mas os senhores desconhecem o sentido dessa palavra. Não, estou seguro do que afirmo. Vocês são soldados, aventureiros. Enfrentaram ataques de regimentos de cavalaria e o frenesi de oceanos açoitados pelos ventos. Mas medo, daquele de arrepiar os cabelos, de fazer rastejar, vocês desconhecem. Eu conheci esse medo; mas até que as legiões das trevas atravessem serpenteando os portões do inferno e o mundo arda até se consumir, esse medo não será sentido novamente pelos homens.

Ouçam bem, vou contar a minha história. Ela aconteceu muitos anos atrás e do outro lado do mundo. E nenhum de vocês jamais verá o homem de quem vou lhes falar — e se vissem, não o reconheceriam.

Retrocedam pelos anos comigo, então, até o dia em que eu, um despreocupado e jovem cavalheiro, desci da barca que havia me levado do navio que flutuava na enseada até a terra. Amaldiçoei a lama que cobria o cais rústico e subi a plataforma a passos largos, seguindo para o castelo. Estava atendendo ao convite de um velho amigo, D. Vincente da Lusto.

D. Vincente era uma pessoa estranha e perspicaz. Um homem forte, que enxergava além dos horizontes de seu tempo. Em suas veias talvez corresse o sangue daqueles antigos fenícios que, dizem os sacerdotes, dominavam os mares e construíam cidades em terras distantes, na época das trevas. Sua estratégia de negócios era estranha, mas bem-sucedida: poucos homens teriam pensado nisso, menos ainda teriam obtido sucesso. Pois sua propriedade rural era na costa ocidental daquele continente obscuro e místico, aquele desafio para os exploradores... a África.

Ali, ao lado de uma pequena baía, ele havia cortado a mata densa e construído seu castelo e seus depósitos. E arrancava com mãos impiedosas as riquezas daquela terra. Tinha quatro navios: três embarcações menores e um grande galeão. Eles navegavam entre suas propriedades e cidades da Espanha, de Portugal, da França e até da Inglaterra, carregados com madeiras raras, marfim e escravos — as mil riquezas estrangeiras que D. Vicente obtinha por meio de trocas e conquistas.

Sim, era uma aventura bárbara e um comércio ainda mais bárbaro. Mas ainda assim ele poderia ter construído um império com o que extraía daquela terra misteriosa, não fosse por seu primo Carlos, o cara de rato — mas estou me adiantando em minha história.

Vejam, *messieurs*, desenhei este mapa na mesa, com meu dedo molhado no vinho. Aqui está a enseada, pequena e rasa, e aqui, o amplo cais. Depois vem a plataforma e uma leve subida, com depósitos parecidos com cabanas dos dois lados. E aqui a plataforma era interrompida por um canal largo e raso. Uma ponte levadiça o cruzava e então se chegava diante de uma paliçada alta, feita com troncos fincados no chão, que se estendia em torno de todo o castelo. Ele fora construído ao molde de outro, de épocas passadas; sua arquitetura considerava mais a segurança que a beleza. Fora feito com pedras trazidas de longas distâncias; anos de trabalho e milhares de negros suando debaixo de açoite haviam erguido suas paredes e agora, acabado, ele parecia quase impenetrável. Essa fora a intenção de seus construtores, pois piratas bárbaros vagavam por aquela costa e a ameaça de uma insurreição dos nativos estava sempre presente.

Contornando todo o castelo havia um espaço livre, desmatado, de cerca de setecentos metros; nesse terreno alagadiço tinham sido construídas várias estradas. Tudo isso exigira muito trabalho, mas a mão de obra era farta. Bastava um presente para um chefe de tribo e ele fornecia tudo o que fosse preciso. E os portugueses sabiam como fazer homens trabalhar!

A menos de trezentos metros a leste das fronteiras do castelo corria um rio largo e raso, que desaguava na enseada. Seu nome desapareceu por completo de minha mente. Era uma denominação bárbara e nunca consegui pronunciá-la.

Descobri que eu não era o único amigo convidado no castelo. Aparentemente uma vez por ano, ou algo assim, D. Vicente levava um bando de alegres companheiros para aquela propriedade isolada e se divertia por algumas semanas, para conseguir aguentar o trabalho e a solidão pelo resto do ano.

Quando entrei no castelo já era quase noite e um grande banquete estava em andamento. Fui recebido com muito entusiasmo, saudado ruidosamente pelos amigos e apresentado aos desconhecidos que estavam ali. Cansado demais para participar daquela festança por muito tempo, comi e bebi em silêncio, ouvi os brindes e as músicas e observei os convivas.

Dom Vincente eu já conhecia, é claro, havíamos sido amigos íntimos há anos; também conhecia sua bela sobrinha, Isabel, que era um dos motivos pelos quais eu havia aceitado o convite para ir até aquele lugar ermo e miserável. Seu primo em segundo grau, Carlos, eu já conhecia e era alguém de quem não gostava — um rapaz dissimulado e afetado, cujo rosto lembrava uma fuinha. E também estava lá meu velho amigo Luigi Verenza, um italiano, e sua irmã coquete, Marcita, lançando olhares sedutores para os homens, como sempre. Além deles, um alemão baixo e troncudo que se intitulava barão von Schiller; Jean Desmarte, um nobre decadente da Gasconha; e D. Florenzo de Seville, um homem magro, sombrio e silencioso que se dizia espanhol e portava um florete quase do seu tamanho.

Havia outras pessoas, homens e mulheres, porém faz muito tempo que isso aconteceu e não me lembro mais de seus nomes e rostos. Mas havia um homem cujo rosto por algum motivo atraiu o meu olhar como um ímã de alquimista atrai o metal. Ele era magro, mas forte, de altura um pouco acima da média, vestido de forma discreta, quase austera, e portava uma espada quase tão longa quanto a do espanhol. Porém, minha atenção não fora atraída por suas roupas ou pela espada, e sim pelo seu rosto. Um rosto sofisticado, aristocrático, sulcado por linhas fundas que lhe davam uma expressão cansada, abatida. Tinha pequenas cicatrizes espalhadas pela mandíbula e pela testa, como se tivesse sido ferido por garras selvagens. Eu poderia jurar que aqueles olhos cinzentos e estreitos de vez em quando assumiam uma expressão fugidia e assombrada.

Inclinei-me para a coquete Marcita e perguntei qual o nome daquele homem, como se tivesse me escapado quando me haviam apresentado a ele.

— De Montour, da Normandia — respondeu ela. — Um homem estranho. Não gosto muito dele.

— Então ele resiste às suas artimanhas, minha sedutorazinha? — murmurei. Nossa longa amizade me tornava imune à sua raiva e aos seus ardis. Mas ela optou por não se zangar e respondeu com um recato simulado, apenas olhando-me de forma afetada por trás dos cílios.

Observei muito de Montour que, por algum motivo, me despertava uma estranha fascinação. Ele comeu pouco, bebeu muito, quase não falou — apenas respondia às perguntas.

Logo, quando começaram os brindes, percebi que seus companheiros insistiam para que ele se levantasse e brindasse à saúde de alguém. A princípio ele recusou, depois se levantou, cedendo aos repetidos pedidos, e ficou em silêncio por um momento, com a taça erguida. Parecia dominar, sujeitar o grupo de festeiros. Então, com uma risada zombeteira, selvagem, de Montour levantou a taça acima da cabeça.

— A Salomão — exclamou ele —, que aprisionou todos os demônios! E que seja três vezes amaldiçoado por conta dos que escaparam.

Um brinde e uma maldição de uma só vez! As pessoas beberam silenciosamente e com muitos olhares de soslaio, hesitantes.

Naquela noite eu me recolhi cedo, esgotado pela longa viagem de navio e com a cabeça girando por causa da robustez do vinho, do qual D. Vincente mantinha enormes estoques.

O meu quarto era perto da parte superior do castelo e tinha vista para a floresta do lado sul e para o rio. Era mobiliado com um esplendor rústico, bárbaro, assim como o restante do castelo.

Fui até a janela e olhei para fora, vendo o sentinela armado com um arcabuz que marchava no terreno do castelo, perto da paliçada, o espaço desmatado que parecia feio e estéril à luz da lua, a floresta mais além, e o rio de águas tranquilas. Dos alojamentos dos nativos, perto da margem do rio, vinha o som agudo e estranho de algum tipo primitivo de alaúde, emitindo uma melodia bárbara.

Algum sinistro pássaro noturno lançou um trinado estranho em meio às sombras escuras da floresta. Milhares de tons menores soaram — pássaros, feras e só o diabo sabe o que mais! Algum grande felino da selva começou a uivar, um som arrepiante. Encolhi os ombros e me afastei da janela. Com certeza havia demônios espreitando naquela escuridão.

Alguém bateu na minha porta e eu a abri, dando passagem a de Montour. Ele caminhou a passos largos até a janela e olhou para a lua, que flutuava resplandecente e gloriosa.

— A lua está quase cheia, não é, *monsieur*? — observou ele, virando-se para mim. Concordei com a cabeça, e poderia jurar que ele estremeceu.

— Perdão, *monsieur*. Não vou incomodá-lo mais — ele se virou para sair, mas chegando à porta retrocedeu.

— *Monsieur* — ele quase sussurrou, porém com uma intensidade assustadora —, o que quer que o senhor faça, feche bem a sua porta esta noite, com tranca e trave!

Então ele foi embora, deixando-me desnorteado, observando-o se afastar.

Cochilei, ouvindo as exclamações distantes dos convivas, até adormecer. Embora estivesse esgotado, ou talvez exatamente por isso, tive um sono leve. Só acordei de fato de manhã, mas sons e barulhos pareceram chegar a mim durante toda a noite, através do véu da minha sonolência — e houve um momento em que me pareceu que alguém estava bisbilhotando e forçando a minha porta trancada.

Como era de se esperar, a maioria dos convidados estava de péssimo humor no dia seguinte e permaneceu em seu quarto a maior parte da manhã — ou se isolou até bem mais tarde. Além de D. Vincente, apenas três membros masculinos do castelo estavam sóbrios: de Montour, o espanhol, de Seville (como ele se intitulava) e eu. O espanhol nunca bebia vinho; quanto a de Montour, mesmo consumindo quantidades incríveis, nunca era afetado por ele de nenhuma forma.

As damas nos cumprimentaram graciosamente.

— Verdade seja dita, *signor* — observou a atrevida Marcita, estendendo-me a mão com um ar galante que quase me fazia rir —, estou feliz em ver que há cavalheiros aqui que dão mais valor à nossa companhia que à da taça de vinho, pois a maioria deles está absurdamente entorpecida esta manhã.

E então, girando exageradamente seus olhos maravilhosos, acrescentou:

— Acho que alguém estava muito bêbado para ser discreto ontem à noite... ou não estava bêbado o bastante. Pois, a menos que os meus sentidos estejam me enganando completamente, alguém remexeu na minha porta tarde da noite.

— Ah! — exclamei, em um acesso de raiva —, mas que...!

— Calma. — Ela olhou ao redor, como se para verificar que estávamos sozinhos, e disse: — Não é estranho que na noite passada, antes de se recolher, o *signor* de Montour tenha me instruído a trancar bem a minha porta?

— Estranho — murmurei, mas não lhe contei que ele havia me falado a mesma coisa.

— E não é estranho, Pierre, que, embora o *signor* de Montour tenha deixado o salão do banquete antes de você, esteja com a aparência de alguém que ficou acordado a noite toda?

Encolhi os ombros. A imaginação feminina costuma ser estranha.

— Esta noite — disse ela maliciosamente — vou deixar minha porta destrancada e ver quem eu surpreendo.

— Não, você não vai fazer isso.

Ela exibiu os dentinhos em um sorriso insolente e me mostrou uma pequena adaga.

— Escute, sua criança travessa, de Montour me fez a mesma advertência ontem. O que quer que ele saiba, quem quer que tenha rondado pelos corredores na noite passada, estava mais inclinado a matar do que a ter uma aventura amorosa. Mantenha a sua porta trancada. A senhorita Isabel está dividindo o quarto com você, não está?

— Não. E de noite mando minha criada para o alojamento dos escravos — murmurou ela, fitando-me maliciosamente por trás de pálpebras quase fechadas.

— A julgar pelo que me diz, poder-se-ia pensar que você é uma moça sem honra —disse eu, com a franqueza advinda da juventude e de uma longa amizade. — Tome cuidado, senhorita, ou vou dizer ao seu irmão para lhe dar umas palmadas.

Então me afastei para oferecer meus respeitos a Isabel. A portuguesa era o extremo oposto de Marcita, uma jovenzinha tímida e modesta, não tão bonita como a italiana, mas com uma beleza delicada, uma simpatia, um ar quase infantil. Uma vez até tinha pensado... Ah! Nada como ser jovem e tolo.

Perdão, *messieurs*. Divagações da mente de um homem velho. Pretendia contar-lhes sobre de Montour... de Montour e o primo de cara de fuinha de D. Vincente.

Um bando de nativos armados estava aglomerado perto dos portões, mantido a distância pelos soldados portugueses. Entre os nativos havia alguns homens e mulheres jovens, nus, acorrentados uns aos outros pelo pescoço. Eram escravos, capturados por alguma tribo inimiga e trazidos para serem vendidos. D. Vincente os examinava pessoalmente.

Seguiu-se uma longa barganha de negociação, o que logo me aborreceu. Virei-me para ir embora, pensando como um homem da categoria de D. Vincente podia se rebaixar a ponto de fazer aquele tipo de comércio.

Mas então um dos nativos da aldeia próxima surgiu e interrompeu a venda, dirigindo um longo discurso a D. Vincente, e isso me fez retornar.

Enquanto conversavam, de Montour apareceu. D. Vincente se virou para nós e disse:

— Um dos lenhadores da aldeia foi dilacerado por um leopardo ou alguma outra fera na noite passada. Um homem jovem, forte e solteiro.

— Um leopardo? Eles o viram? — perguntou subitamente de Montour. Quando D. Vincente disse que não, que ele surgira e fora embora durante a noite, de

Montour ergueu a mão, tremendo, e a passou pela testa, talvez para enxugar um suor frio.

— Veja só, Pierre — disse-me D. Vincente —, tenho aqui um escravo que, olhe que maravilha, deseja servi-lo. Só o diabo sabe por quê.

Ele trouxe um jovem esguio, da tribo jakri, um moço simples, cuja principal habilidade parecia ser sorrir jovialmente.

— Ele é seu — disse D. Vincente. — Está bem treinado e será um bom criado. E, veja bem, um escravo leva vantagem sobre um criado, pois só requer comida, uma tanga ou algo assim... e o golpe da chibata, para mantê-lo no lugar.

Não demorou muito para que eu descobrisse por que Gola desejara me servir, escolhendo-me dentre todos os outros. Era por causa do meu cabelo. Como muitos janotas daquela época, eu o usava longo e cacheado, com madeixas que desciam até os ombros. Aconteceu de eu ser o único homem da festa com o cabelo assim, e Gola era capaz de sentar-se e ficar admirando-o silenciosamente por horas, ou até que, enervado com aquela observação tão atenta, eu o mandasse para longe.

Foi naquela noite que uma animosidade antes latente, quase imperceptível, irrompeu furiosamente entre o barão von Schiller e Jean Desmarte. Como sempre, a causa foi uma mulher. Marcita, indignamente, havia flertado com ambos. Isso não fora muito sábio de sua parte, pois Desmarte era um jovem tolo e agressivo e von Schiller, um bruto luxurioso. Mas as mulheres não costumam usar de sabedoria, não é, *messieurs*?

A animosidade dos dois explodiu em fúria quando o alemão tentou beijar Marcita. Em instantes as espadas estavam se batendo. Mas antes que D. Vicente pudesse gritar para que parassem com aquilo, Luigi se colocou entre os combatentes e os fez baixarem as espadas, empurrando-os ferozmente para trás.

— *Signori* — disse ele cortesmente, mas com intensidade ameaçadora —, brigar pela minha irmã não é papel para dois homens bem-educados. Ó, pelas garras de Satã, não me custaria um vintém desafiar ambos para um duelo! E você, Marcita, vá imediatamente para o seu quarto e não saia de lá até que eu lhe dê minha permissão.

E ela foi, pois, por mais independente que fosse, ninguém gostaria de enfrentar aquele jovem magro, de aparência afeminada, quando seus lábios se curvavam com o que parecia o rosnado de um tigre e seus olhos escuros eram iluminados por um brilho sanguinário.

As desculpas foram apresentadas, mas pelos olhares que os rivais trocaram sabíamos que a disputa não estava esquecida, e que voltaria a eclodir ao mínimo pretexto.

Naquela noite, já bem tarde, despertei com uma estranha e sinistra sensação de horror. Por que, eu não saberia dizer. Levantei-me, verifiquei a porta, estava firmemente trancada. Gola dormia no chão e, irritado, cutuquei-o com o pé para que acordasse.

Quando ele estava se levantando, apressadamente, esfregando os olhos, o silêncio foi cortado por um grito espantoso que reverberou pelo castelo e foi seguido pelo comando de alarme do soldado que guardava a paliçada. O grito viera de uma mulher aterrorizada.

Gola soltou um gemido e se jogou atrás do divã. Abri a porta de supetão e saí correndo pelo corredor escuro. Desci afobadamente uma escada em caracol e, quando cheguei embaixo, choquei-me com alguém e caímos ao chão. Ele exclamou alguma coisa e reconheci a voz de Jean Desmarte. Ajudei-o a se colocar de pé e segui em frente, com ele me seguindo; os gritos haviam cessado, mas o castelo inteiro estava em polvorosa: gritos, o retinir de armas, luzes surgindo, D. Vicente berrando com os soldados, o barulho de homens armados correndo de aposento em aposento e esbarrando uns nos outros. No meio da confusão, Desmarte, o espanhol e eu chegamos ao quarto de Marcita no exato momento em que Luigi corria para dentro dele e tomava a irmã em seus braços. Outras pessoas chegaram, carregando velas e armas, gritando, querendo saber o que estava acontecendo.

A jovem estava imóvel nos braços do irmão, seu cabelo preto solto, caído sobre os ombros, a elegante camisola rasgada em tiras, expondo seu corpo atraente. Em seus braços, seios e ombros havia longos arranhões. Logo ela abriu os olhos, estremeceu, soltou um grito de horror e se agarrou desesperadamente a Luigi, implorando que a protegesse.

— A porta! — soluçou ela. — Eu a deixei destravada. E alguma coisa rastejou para dentro do quarto em meio à escuridão. Eu a atingi com minha adaga e ela me jogou no chão e me cortou, me cortou... Então desmaiei.

— Onde está von Schiller? — perguntou o espanhol, com um brilho furioso nos olhos escuros. Todos os homens olharam para quem estava ao lado. Os convidados estavam todos ali, com exceção do alemão. Percebi que de Montour fitava a jovem aterrorizada com um aspecto mais abatido que o usual. E achei estranho que ele não portasse uma arma.

— Sim, von Schiller! — exclamou Desmarte furiosamente. E metade de nós seguiu D. Vincente para fora do quarto. Começamos uma busca vingativa pelo castelo e encontramos von Schiller em uma pequena e escura passagem. Estava deitado de bruços sobre uma mancha de sangue que se estendia cada vez mais.

— Isso foi obra de algum nativo! — exclamou Desmarte, horrorizado.

— Impossível! — vociferou D. Vincente. — Nenhum nativo de fora do castelo conseguiria passar pelos soldados. Todos os escravos, incluindo o de von Schiller, estavam trancafiados em seus alojamentos, com exceção de Gola, que dorme no quarto de Pierre, e da mucama de Isabel.

— Mas quem mais poderia ter feito isso? — exclamou Desmarte, furioso.

— Você! — disse eu, abruptamente. — Afinal, por que outra razão estaria correndo para longe do quarto de Marcita?

— Maldito seja você, seu mentiroso! — gritou ele, e prontamente desembainhou sua espada e dirigiu-a para meu peito. Mas se ele era rápido, o espanhol era mais ainda. A espada de Desmarte foi jogada contra a parede e ele ficou ali parado como uma estátua, com a ponta da arma do espanhol encostada em sua garganta.

— Amarrem-no — disse o espanhol, calmamente.

— Abaixe sua espada, D. Florenzo — ordenou D. Vincente, avançando e dominando a cena. — *Signor* Desmarte, você é um dos meus melhores amigos, mas eu represento a única lei aqui e devo cumprir meu dever. Dê a sua palavra de que não tentará escapar.

— Dou minha palavra — respondeu ele, calmo. — Agi por impulso. Peço desculpa. E eu não estava tentando fugir intencionalmente, mas as passagens e os corredores deste maldito castelo me confundem.

Dentre todos nós, provavelmente apenas um homem acreditou nele.

— *Messieurs!* — de Montour deu um passo adiante. — Este jovem não é o culpado. Virem o corpo do alemão.

Dois soldados fizeram o que ele pediu. De Montour estremeceu, apontando. O restante de nós olhou ao mesmo tempo e retrocedeu, horrorizado.

— Um homem poderia ter feito isso?

— Com uma adaga, talvez... — alguém começou a falar.

— Nenhuma adaga faz ferimentos como esses — disse o espanhol. — O alemão foi rasgado em pedaços pelas garras de alguma fera terrível.

Olhamos em volta, temerosos de que algum monstro escondido saltasse sobre nós, vindo das sombras.

Vasculhamos aquele castelo; cada metro, cada centímetro dele. E não encontramos nem sinal de alguma fera.

A alvorada estava rompendo quando retornei ao meu quarto e encontrei Gola trancado lá dentro. Levei quase meia hora para convencê-lo a me deixar entrar. Depois de estapeá-lo sonoramente e repreendê-lo por sua covardia, contei-lhe o que havia acontecido, pois ele conseguia entender francês e falava uma mistura atrapalhada que dizia com orgulho ser essa língua. O queixo dele caiu e, à medida que a história chegava ao clímax, só se via o branco de seus olhos.

— Ju-ju! — sussurrou ele, com um ar alarmante. — Homem-feitiço! De repente uma ideia me veio à cabeça. Eu havia ouvido histórias obscuras, pouco mais do que referências a lendas, sobre um culto demoníaco ao leopardo que era praticado na costa ocidental da África. Nenhum homem branco jamais havia visto um de seus adoradores, mas D. Vincente tinha nos contado histórias de homens-fera, disfarçados com peles de leopardo, que andavam às escondidas pela selva à meia-noite, matando e devorando. Um arrepio medonho subiu e desceu pela minha espinha e segurei Gola com tanta força que ele cobriu o rosto, com medo.

— Foi um homem-leopardo que fez isso? — exclamei, sacudindo-o vigorosamente.

— Massa, massa! — arfou ele. — Eu bom menino! Homem ju-ju pega! Melhor não conta mais!

— Você vai me contar! — disse eu, decidido, renovando meus esforços até que ele, agitando as mãos em débeis protestos, prometeu-me contar o que sabia.

— Não homem-leopardo! — sussurrou ele. — Lua, ele forte, encontrar lenhador, rasgar muito com garras. Encontrar outro lenhador. Grande Massa (D. Vincente) diz "leopardo". Não leopardo. Então homem-leopardo, ele vem para matar. Alguma coisa matar homem-leopardo! Rasgar muito. Ai, ai! Outra lua cheia. Alguma coisa vem, cabana longe; rasgar mulher, rasgar criancinha. Eu achar garra perto. Grande Massa diz "leopardo". Outra lua cheia, encontrar lenhador, rasgado muito. Agora vem no castelo. Não leopardo. Sempre pegadas de homem.

Soltei uma exclamação de surpresa e incredulidade. Gola insistiu que era verdade. Sempre havia pegadas de homem se afastando nas cenas dos crimes. Mas então por que os nativos não contavam isso ao grande Massa, para que ele pudesse perseguir esse demônio até matá-lo? Quando eu disse isso, Gola assumiu uma expressão astuciosa e sussurrou no meu ouvido que as pegadas eram de um homem que usava sapatos!

Mesmo supondo que Gola estivesse mentindo, senti um horror inexplicável. Quem, então, os nativos acreditavam estar praticando aqueles assassinatos medonhos?

E ele respondeu: D. Vincente!

A essa altura, *messieurs*, minha cabeça estava dando voltas. O que significava aquilo tudo? Quem havia assassinado o alemão e tentado violentar Marcita? E quanto mais eu me lembrava dos detalhes do crime, mais me parecia que o objetivo do ataque à jovem era matar, e não violentar. Por que de Montour nos havia recomendado cuidado e depois aparentado saber coisas sobre o crime, dizendo-nos que Desmarte era inocente e provando isso? Aquilo tudo estava além de minha compreensão.

Tentamos ao máximo evitar isso, mas a história da carnificina se espalhou entre os nativos e eles ficaram inquietos, nervosos. D. Vincente teve de chicotear três negros por insolência naquele dia. Uma atmosfera de preocupação impregnava o castelo. Pensei em conversar com D. Vincente sobre o que Gola me contara, mas decidi esperar um pouco.

As mulheres permaneceram no quarto naquele dia e os homens estavam inquietos e taciturnos. D. Vincente informou que iria dobrar o número de sentinelas e alguns soldados patrulhariam os corredores do castelo. Eu me peguei pensando ceticamente que, se as suspeitas de Gola fossem verdadeiras, sentinelas não ajudariam muito.

Não sou, *messieurs*, homem de aguentar uma situação como aquela com paciência. E eu era jovem. Então, quando estávamos bebendo antes de nos recolher, bati minha taça na mesa e anunciei raivosamente que quer se tratasse de um homem, uma fera ou um demônio, eu dormiria naquela noite com a porta aberta. E subi para o meu quarto, irritado.

Novamente, como na primeira noite, de Montour foi até lá. E a sua expressão era a de um homem que havia visto os portões do inferno escancarados.

— Eu vim — disse ele — para pedir... não, *monsieur*, para implorar que reconsidere a sua decisão impulsiva.

Eu balancei a cabeça impacientemente, dizendo que não.

— Você está decidido? Sim? Então eu lhe peço para fazer uma coisa por mim. Tranque a minha porta por fora depois que eu entrar no quarto.

Fiz o que ele pediu e retornei para meu quarto, a cabeça perdida em devaneios. Eu havia mandado Gola para o alojamento dos escravos. Recolhi-me, com o florete e a adaga ao alcance das mãos. Não fui para a cama; acomodei-me em uma poltrona, no escuro. Assim seria mais difícil cair no sono. Para me manter acordado, acabei refletindo sobre as estranhas palavras do senhor de Montour. Ele parecia estar lidando com uma grande agitação interna; seus olhos indicavam mistérios horríveis, conhecidos apenas por ele. E mesmo assim seu rosto não era o de um homem cruel. De repente uma ideia vaga me impeliu a ir até seu quarto para conversar com ele.

Andar por aqueles corredores escuros era uma tarefa assustadora, mas afinal parei diante da porta do senhor de Montour. Chamei baixinho. Silêncio. Estendi a mão e senti fragmentos de madeira estilhaçados. Peguei apressadamente a pedra de isqueiro e o metal que eu carregava comigo e a faísca exibiu a grande porta de carvalho dependurada pelas dobradiças; vi uma porta derrubada e estilhaçada por dentro. E o aposento estava vazio.

Algum instinto me impeliu a voltar logo para o meu quarto, rápida e silenciosamente, com os pés descalços pisando com suavidade. E, quando me aproximei da porta, percebi que havia algo atrás de mim, no escuro. Algo que rastejou para um corredor lateral e seguiu em frente, deslizando furtivamente.

Tomado por um estado de pânico selvagem, aterrorizado, lancei-me na escuridão, arrebatado e às cegas. O meu punho cerrado atingiu uma cabeça humana, e algo desmoronou no chão com um estrondo. Fiz uma faísca novamente para iluminar por ali; um homem jazia no chão, desacordado. Era de Montour.

Eu acabara de enfiar uma vela em um nicho na parede quando de Montour abriu os olhos e se levantou, cambaleando.

— Você! — exclamei, mal sabendo o que dizer. — Dentre todos os homens, você!

Ele apenas confirmou com a cabeça.

— Você matou von Schiller?

— Sim.

Dei um passo para trás, arfando de terror.

— Escute — ele levantou a mão. — Pegue a sua espada e me atravesse com ela. Ninguém se voltará contra você.

— Não! — exclamei. — Eu não poderia.

— Então, rápido — disse ele me apressando —, entre no seu quarto e tranque a porta. Corra! Ele vai voltar!

— O que vai voltar? — perguntei, com um arrepio de horror. — Se vai me ferir, também ferirá você. Venha para o quarto comigo.

— Não, não! — ele quase gritou, saltando para trás para se afastar do meu braço estendido. — Corra, corra!

Ele me deixou por um instante, mas vai voltar. — E então falou, em uma voz grave e horripilante: — Está voltando. Está aqui agora!

Senti algo por perto, uma presença sem forma, impalpável. Algo aterrorizante.

De Montour estava de pé, pernas retesadas, braços jogados para trás, punhos cerrados. Os músculos inchavam sob sua pele, seus olhos iam se tornando mais largos e apertados, as veias saltavam em sua testa como se ele estivesse fazendo um grande esforço físico. Enquanto eu olhava, para meu horror, vinda do nada, uma coisa sem forma, inominável tomou uma forma vaga! Como uma sombra, ela se movia sobre de Montour.

Ela o estava envolvendo! Meu Deus, ela estava se fundindo com aquele homem!

De Montour oscilou, deixando escapar um grande suspiro. A coisa sombria desapareceu. De Montour oscilou. Então ele se virou para mim... e Deus permita que eu nunca mais tenha de ver um rosto como aquele novamente!

Era um rosto medonho, bestial. Os olhos cintilavam com uma ferocidade assustadora; os lábios rosnadores eram retesados por dentes reluzentes que, para o meu olhar amedrontado, mais pareciam presas de uma fera que dentes humanos.

A coisa (aquilo não era humano) veio silenciosamente na minha direção. Arfando, aterrorizado, recuei e passei pela porta, no exato momento em que a criatura se lançava no ar com um movimento sinuoso, que naquela hora me fez pensar no salto de um lobo. Bati a porta e me firmei de encontro a ela, pois a coisa assustadora se arremessava sem parar, tentando abri-la.

Afinal a fera desistiu e a ouvi afastar-se furtivamente pelo corredor. Abatido e extenuado, sentei-me, esperando, de ouvidos atentos. Uma brisa entrava pela janela aberta, trazendo consigo todos os odores da África, os perfumados e os infectos. Da aldeia próxima veio o som de um tambor nativo. Outros tambores mais distantes responderam, rio acima e mata adentro. Então, de algum lugar na floresta, agudo e terrivelmente dissonante, soou o longo uivo de um lobo. Minha alma se retorceu.

O alvorecer trouxe a narrativa de nativos aterrorizados, contando de uma mulher negra que fora atacada por algum demônio das trevas, escapando por pouco. Fui procurar de Montour. No caminho encontrei D. Vicente. Ele estava perplexo e raivoso.

— Alguma coisa maligna está agindo neste castelo — disse ele. — Na noite passada, embora eu não tenha dito nada sobre isso para ninguém, alguém pulou nas costas de um dos sentinelas, arrancou o justilho de couro dos seus ombros e o perseguiu até a fresta da paliçada. E mais: alguém trancou de Montour em seu quarto e ele foi forçado a quebrar a porta para conseguir sair.

Ele seguiu seu caminho, resmungando com seus próprios botões, e eu desci as escadas, ainda mais confuso. De Montour estava sentado em um banco em seu quarto, olhando pela janela. Havia nele um ar de exaustão indescritível. Seu cabelo comprido estava despenteado, desgrenhado; suas roupas estavam esfarrapadas. Estremeci ao ver manchas vermelhas desbotadas em suas mãos — e notei que suas unhas estavam diliaceradas e quebradas. Ele olhou para cima quando entrei e fez um sinal com a mão para que eu me sentasse. Seu rosto estava abatido e cansado, mas era o de um homem. Depois de um momento em silêncio, ele falou.

— Vou lhe contar minha estranha história. Ela nunca saiu de meus lábios antes, e por que vou lhe contar, sabendo que você não acreditará, não sei dizer.

E então eu escutei com certeza a mais terrível, mais fantástica e mais sobrenatural história jamais ouvida por um homem.

"Anos atrás" — disse de Montour — "eu estava em uma missão militar no norte da França. Fui obrigado a passar sozinho pela pelas florestas mal-assombradas de Villefore. Naquelas matas assustadoras, fui atacado por uma coisa inumana, espectral: um lobisomem. Nós lutamos sob a lua da meia-noite e eu o matei. Mas a verdade é esta: se um lobisomem é morto quando está em sua forma humana, seu fantasma assombrará o assassino para sempre. Mas se for morto na forma de lobo, o inferno se abre para recebê-lo. O verdadeiro lobisomem não é, como muitos pensam, um homem que pode assumir a forma de lobo, mas um lobo que assume a forma humana!

Agora escute, meu amigo, pois vou lhe falar da sabedoria, do conhecimento diabólico que possuo, ganho às custas de uma proeza horrível que realizei em meio às sombras sinistras das florestas à meia-noite, onde vagam demônios e seres semibestiais.

No começo, o mundo era estranho, disforme. Animais grotescos vagavam por suas florestas. Vindos de outro mundo, demônios antigos e espíritos malignos aqui chegavam em grande número e se estabeleciam neste mundo novo. As forças do bem e do mal estiveram em guerra por muito tempo. Um animal estranho, conhecido como homem, vagava entre os outros animais, e uma vez que o bem ou mal necessitam de uma forma concreta para poder executar seus desejos, os espíritos do bem encarnaram nos homens. Os espíritos malignos entraram em outros animais, répteis e pássaros; e a guerra dos tempos antigos foi longa e violenta. Mas o homem venceu. Os grandes dragões e serpentes foram mortos, e com eles os demônios. No final, Salomão, o mais sábio dentre os homens, decretou uma grande guerra contra eles e, devido à sua sabedoria, matou, capturou e aprisionou. Mas alguns desses eram os mais ferozes e mais fortes e, embora Salomão os tenha afastado, não conseguiu derrotá-los. Estes tomaram a forma de lobos. Com o passar dos séculos, lobos e demônios se fundiram. Os espíritos malignos não conseguiam mais deixar o corpo do lobo quando assim desejavam. Em muitos casos, a selvageria do lobo venceu a perspicácia do demônio e o escravizou, e assim o lobo voltava a ser somente um animal, uma fera, um animal astuto, porém apenas um animal. Mas restaram muitos lobisomens, até os dias de hoje. E na época da lua cheia, o lobo pode tomar a forma, ou a meia-forma, de um homem. Quando a lua atinge seu zênite, entretanto, o espírito do lobo assume o controle por completo e o lobisomem volta a ser um lobo de verdade. Mas se ele for morto em sua forma humana, o espírito do lobo fica livre e assombra o seu assassino para sempre.

Agora, ouça-me com atenção. Eu pensei ter matado a coisa depois de ela assumir sua verdadeira forma. Mas me precipitei e o fiz alguns momentos antes. A lua estava próxima do zênite, mas ainda não o havia alcançado, nem a coisa tinha tomado a forma de um lobo por completo.

Eu não sabia disso, e segui meu caminho. Mas quando se aproximava a fase da lua cheia, comecei a sentir uma influência estranha e maligna. Uma atmosfera de horror pairava no ar e eu tinha impulsos inexplicáveis, sinistros.

Uma noite, em uma aldeiazinha no meio de uma grande floresta, a influência me envolveu com força total. A lua, quase cheia, estava se erguendo sobre a floresta. E entre ela e mim, flutuando no ar, fantasmagórico e escassamente perceptível, vi o contorno de uma cabeça de lobo!

Tenho poucas lembranças do que aconteceu depois. Lembro-me vagamente do esforço que fiz para subir a rua silenciosa, lembro de lutar, resistir um pouco, em vão, e o resto é só uma confusão sanguinária, até que voltei a mim na manhã seguinte e percebi que minhas roupas e mãos estavam enrijecidas e manchadas de sangue. Ouvi as conversas horrorizadas dos moradores da aldeia, contando que um casal de amantes secretos havia sido morto logo na saída da aldeia de uma forma medonha, dilacerados, no que parecia uma obra de animais selvagens, como lobos.

Fugi aterrorizado daquela aldeia, mas não fugi sozinho. Durante o dia eu não sentia a influência do meu terrível captor, mas quando caía a noite e a lua se erguia no céu eu vagava pela floresta silenciosa, um ser aterrorizante, um matador de humanos, um demônio no corpo de um homem.

Meu Deus, como lutei contra isso! Porém ele sempre me vencia e me conduzia à força para uma nova vítima. Mas depois que a lua saía da fase cheia o poder da coisa sobre mim cessava de imediato. E só retornava três dias antes de a lua ficar completamente cheia outra vez.

Desde então perambulo pelo mundo, fugindo, fugindo, tentando escapar. A criatura sempre me segue e se apossa do meu corpo quando a lua está cheia. Deus, as coisas horríveis que já fiz!

Eu queria ter me matado há muito tempo, mas não me atrevo. A alma dos suicidas é amaldiçoada; a minha arderia para sempre nas chamas do inferno. E, veja bem, o mais aterrorizante de tudo é que o meu corpo morto vagaria pelo mundo para sempre, animado e habitado pela alma do lobisomem! O que poderia ser mais pavoroso que isso?

Aparentemente sou imune às armas humanas. Já fui trespassado por espadas, cortado por adagas. Sou coberto de cicatrizes. Mas ninguém jamais conseguiu me abater. Na Alemanha me amarraram e me conduziram até uma guilhotina. Eu teria colocado minha cabeça ali de boa vontade, mas a coisa desceu sobre mim, arrebentou as cordas, matei e fugi. Vaguei por todas as partes do mundo, deixando para trás uma trilha de horror e carnificina. Correntes, celas, nada pode me deter. A coisa está ligada a mim por toda a eternidade.

Desesperado, aceitei o convite de D. Vincente, pois, veja você, ninguém sabe de minha assustadora vida dupla, uma vez que ninguém me reconheceu quando eu estava nas garras do demônio; e poucas das pessoas que me viram viveram para contar.

Minhas mãos estão sujas de sangue, minha alma está condenada às chamas eternas, minha mente é dilacerada pelo remorso por meus crimes. E mesmo assim não posso fazer nada que me ajude. Tenho certeza, Pierre, de que nenhum homem jamais conheceu o inferno tanto quanto eu.

Sim, eu matei von Schiller. E tentei exterminar a jovem Marcita. Por que não o fiz, não sei dizer, pois já matei homens e mulheres. Agora, se quiser, pegue a sua espada e me mate. Em meu último suspiro eu lhe desejarei as bênçãos do bom Deus. Não?

Você conhece a minha história e vê diante de você um homem dominado por um demônio por toda a eternidade.

Quando deixei o quarto do senhor de Montour estava assombrado, com a cabeça em parafuso. Não sabia o que fazer. Parecia possível que ele viesse a nos matar a todos, e mesmo assim eu não conseguia me decidir a contar tudo a D. Vincente. Do fundo da minha alma, de Montour me despertava pena. Então, guardei silêncio e nos dias que se seguiram procurei me encontrar com ele e conversar. Uma amizade verdadeira brotou entre nós.

Nessa época aquele diabrete negro, Gola, começou a apresentar um ar de agitação contida, como se soubesse algo que quisesse desesperadamente me contar, mas não pudesse ou não se atrevesse. Os dias se passaram entre banquetes, bebedeiras e caçadas, até que uma noite de Montour veio ao meu quarto e apontou silenciosamente para a lua, que estava começando a crescer.

— Ouça — disse ele —, tenho um plano. Vou anunciar que estou indo para a floresta caçar e partirei, supostamente para ficar fora por muitos dias. Mas à noite voltarei para o castelo, e você deve me prender no calabouço que é usado como almoxarifado.

Nós fizemos isso e dei um jeito de descer ao calabouço disfarçadamente, duas vezes por dia, levando comida e bebida para meu amigo. Ele insistiu em permanecer lá mesmo durante o dia; por mais que o espírito maligno nunca tivesse exercido sua influência sobre ele nesse período e de Montour acreditasse que ele só tinha poder de noite, não queria correr riscos.

Foi durante esses dias que comecei a perceber que Carlos, o primo de cara de fuinha de Dom Vincente, estava exagerando em seus galanteios a Isabel, sua prima em segundo grau e que parecia melindrar-se com aquelas atenções. Não me custaria um vintém desafiá-lo para um duelo, pois eu o desprezava, mas aquilo realmente não me dizia respeito. Entretanto, Isabel parecia temê-lo.

Enquanto isso, meu amigo Luigi havia se apaixonado pela delicada jovem portuguesa e a estava cortejando de forma sutil e constante.

De Montour continuava sentado em sua cela, relembrando suas tenebrosas ações até danificar as barras com as próprias mãos. Don Florenzo vagava pelo terreno em volta do castelo como um Mefistófoles macambúzio. Os outros convidados passeavam, discutiam e bebiam. Gola se arrastava pelos cantos, fitando-me como se estivesse sempre prestes a me conceder uma informação importante. É de admirar que meus nervos estivessem a ponto de explodir? A cada dia os nativos ficavam mais carrancudos e muito mais mal-humorados e intratáveis.

Uma noite, já bem perto do auge da lua cheia, entrei no calabouço onde de Montour estava. Ele me lançou um olhar rápido.

— É muito importante que você venha me ver hoje à noite.

Encolhi os ombros e me sentei. Uma janelinha com grades deixava entrar os aromas e os sons da África.

— Escute os tambores nativos — disse eu. — Desde a semana passada eles têm soado quase sem parar.

De Montour concordou.

— Os nativos estão agitados. Acho que estão planejando algo ruim. Você percebeu que Carlos tem passado muito tempo com eles?

— Não — respondi —, mas tudo indica que haverá um conflito entre ele e Luigi, que está cortejando Isabel.

Continuamos conversando até que de repente de Montour ficou silencioso e taciturno, respondendo em monossílabos. A lua subiu no céu e entrou na cela pelas janelas gradeadas. O rosto de meu amigo foi iluminado por seus raios. Então fui tomado pelo horror. Na parede atrás de de Montour surgiu uma sombra, a sombra claramente definida da cabeça de um lobo!

No mesmo instante de Montour sentiu a influência. Dando um grito, saltou de seu banco. Ele apontou para a porta veementemente, e quando a bati e tranquei atrás de mim, com as mãos tremendo, senti que ele se jogava contra ela com toda força. Enquanto subia correndo a escadaria, ouvi sua fúria selvagem, golpeando a porta de ferro. Mas ela resistiu à força do lobisomem.

Quando eu estava entrando em meu quarto, Gola chegou, afobado, e despejou de uma vez só a história que vinha guardando por dias. Escutei, incrédulo, e depois saí disparado em busca de D. Vicente. No caminho fiquei sabendo que Carlos havia solicitado que ele o acompanhasse à aldeia para combinar uma venda de escravos.

Meu informante fora D. Florenzo de Seville, e quando lhe contei por alto o que Gola havia me narrado ele me acompanhou. Juntos, passamos correndo pelo portão do castelo, falando rapidamente com os guardas, e descemos o caminho para a aldeia.

D. Vicente, D. Vicente, tenha cuidado, mantenha a espada solta na bainha! Ingênuo, ingênuo, andando à noite com Carlos, o traidor!

Eles já estavam perto da aldeia quando os alcançamos.

— D. Vincente! — exclamei. — Retorne imediatamente para o castelo. Carlos vai entregá-lo nas mãos dos nativos! Gola me contou que ele está cobiçando sua fortuna, assim como cobiça Isabel! Um nativo aterrorizado falou para ele de pegadas de calçados perto dos lugares onde os lenhadores foram assassinados e Carlos fez os negros acreditarem que o assassino era você! Esta noite os nativos pretendem se rebelar e matar todos os homens no castelo, com exceção de Carlos! Você não acredita em mim, D. Vincente?

— Isso é verdade, Carlos? — perguntou D. Vincente, perplexo.

Carlos riu zombeteiramente.

— O tolo está falando a verdade — disse ele. — Mas isso já não lhe servirá de nada. Rá! — Gritou ele enquanto se lançava sobre D. Vincente. O aço brilhou à luz da lua e a espada do espanhol atravessou Carlos antes que ele pudesse se mover.

Então as sombras caíram sobre nós. Apoiamo-nos uns nas costas dos outros, com espadas e adagas, três homens contra uma centena. Lanças reluziam e um urro perverso saiu das gargantas selvagens. Atingi três nativos enquanto era empurrado por muitos outros. Acabei caindo ao chão com um golpe atordoante de uma clava e um instante depois D. Vicente tombava sobre mim, com uma lança espetada em um braço e outra atravessada na perna. D. Florenzo estava em pé na nossa frente, a espada se agitando no ar como um ser vivo, quando um ataque dos sentinelas com arcabuzes varreu os nativos da margem do rio e nós fomos levados até o castelo.

O bando de nativos voltou com ímpeto, suas lanças brilhando como uma onda de metal, um rugido ensurdecedor de selvageria subindo para o céu. Várias vezes eles subiram pelo caminho do castelo, saltaram o fosso e tentaram escalar as paliçadas, mas o fogo dos mais de cem defensores sempre os fazia recuar. Eles haviam saqueado os depósitos e ateado fogo, e o clarão do incêndio competia com o luar. Cruzando o rio havia um depósito maior, e uma multidão de nativos se reuniu em torno dele, tentando destruí-lo para saquear.

— Bom seria se eles deixassem cair uma tocha ali dentro — disse D. Vicente —, pois não guardei nada lá além de algumas centenas de quilos de pólvora. Eu não me aventuraria a armazenar as coisas perigosas deste lado do rio. Todas as tribos do rio e do litoral se juntaram para nos matar e todos os meus navios estão no mar. Podemos detê-los por algum tempo, mas eles acabarão subindo na paliçada e nos massacrando.

Corri para o calabouço onde estava de Montour. Chamei do lado de fora da porta e ele me convidou a entrar em um tom de voz que deixou claro para mim que o espírito maligno o havia abandonado por um instante.

— Os negros se insurgiram — expliquei para ele.

— Já imaginava. Como vai a batalha?

Eu lhe contei em detalhes a traição e a luta, e mencionei o depósito cheio de pólvora do outro lado do rio. Ele se levantou de um pulo.

— Por minha alma enfeitiçada! — bradou ele. — Vou jogar dados com o inferno mais uma vez! Rápido, deixe-me sair do castelo! Vou tentar cruzar o rio a nado e explodir tudo por lá!

— Isso é loucura! — exclamei. — Há milhares de negros à espreita entre as paliçadas e o rio, e três vezes mais deles do lado de lá. E o rio é repleto de crocodilos!

— Eu vou tentar! — respondeu ele, com o rosto iluminado. — Se conseguir, o cerco terá alguns milhares de nativos a menos. Se for morto, minha alma se libertará, e talvez com alguma clemência por ter dado a vida para expiar meus crimes. E então: — Rápido! — bradou ele. — O demônio está voltando! Já posso sentir a influência! Ande logo!

Apressamo-nos para os portões do castelo; enquanto de Montour corria, arfava como um homem travando uma batalha terrível. Diante do portão, ele se abaixou rapidamente e saltou, passando por cima. Os nativos o saudaram do outro lado com gritos selvagens.

As sentinelas gritaram maldições para nós. Olhando do topo da paliçada eu o vi se virar para os lados, sem saber por onde ir. Um bando de nativos estava correndo em sua direção, com as lanças erguidas. Então o sinistro uivo de lobo se ergueu no ar e de Montour saltou para frente. Aterrorizados, os nativos pararam, e antes que qualquer um pudesse se mover a coisa estava entre eles. Ouviram-se gritos selvagens, não de raiva, mas de terror.

Assombradas, as sentinelas suspenderam o fogo. De Montour arremeteu diretamente contra o grupo de negros, e quando eles recuaram e fugiram, três deles não puderam mais fugir. De Montour perseguiu-os por alguns passos; e então parou, imóvel. Ficou assim por um instante, enquanto lanças voavam em sua direção. Depois se virou e correu rapidamente na direção do rio.

Bem perto do rio outro bando de nativos barrou seu caminho. A cena era claramente iluminada pelo fulgor dos depósitos incendiados. Uma lança arremessada atravessou o ombro de de Montour. Sem reduzir sua marcha, ele a arrancou e atirou em um nativo, saltando sobre seu corpo para alcançar os outros negros. Eles não podiam enfrentar o homem branco dominado pelo demônio. Fugiram aos gritos, e de Montour, saltando sobre as costas de um deles, derrubou-o. Depois ele se levantou, cambaleou e correu até a margem do rio. Parou lá por um instante e depois desapareceu nas sombras.

— Pelos diabos! — exclamou D. Vicente do meu lado. — Que tipo de homem é aquele? Era de Montour?

Confirmei com a cabeça. Os gritos selvagens dos nativos se erguiam sobre o estalido do fogo dos arcabuses. A maioria deles estava aglomerada em torno do grande depósito do outro lado do rio.

— Eles estão planejando um grande ataque — disse D. Vicente. — Acho que vão conseguir escalar a paliçada. Ah!

Houve um estrondo que pareceu romper o céu ao meio! Labaredas subiam até as estrelas! O castelo tremeu com a explosão. Depois, silêncio. Quando a fumaça se desfez vimos apenas uma grande cratera onde antes estava o paiol.

Eu poderia contar como D. Vicente, ferido como estava, liderou um ataque, saindo do castelo e descendo a rampa para atacar os negros aterrorizados que haviam escapado da explosão. Poderia contar do massacre, da vitória e da perseguição aos nativos que fugiram.

Poderia contar também, *messieurs*, como acabei me separando do grupo e como perambulei pela floresta, sem conseguir achar o caminho de volta para a costa. Poderia contar como fui capturado por um bando errante de caçadores de escravos e como consegui escapar. Mas a minha intenção não é essa. Seria por si só uma longa história. E é sobre de Montour que estou falando.

Pensei muito sobre tudo o que havia acontecido e me indagava se de Montour teria de fato alcançado o paiol para mandá-lo pelos ares ou se ele tinha explodido por obra do acaso. Parecia impossível que um homem pudesse nadar naquele rio cheio de crocodilos, mesmo sendo tomado por um demônio. E, se ele tivesse explodido o depósito, também teria sido destroçado.

Uma noite segui caminho pela floresta até a exaustão, e acabei avistando a costa. Perto da praia havia uma choupana de palha caindo aos pedaços. Fui até ela, pensando em dormir lá dentro, se os insetos e os répteis permitissem. Passei pela porta e parei de supetão. Um homem estava sentado em um banquinho improvisado. Ele olhou para cima quando entrei e os raios da lua incidiram sobre seu rosto.

Dei um passo para trás, com um arrepio de horror. Era de Montour, e a lua estava cheia! Fiquei parado, incapaz de fugir, enquanto ele se levantou e veio até mim. O rosto, embora fatigado como o de um homem que havia visto o inferno de perto, era o rosto de um homem são.

— Entre, meu amigo — disse ele, com uma grande paz na voz. — Entre e não tenha medo de mim. O demônio me deixou para sempre.

— Sim? Então, me diga, como você o venceu? — exclamei enquanto apertava forte sua mão.

— Enfrentei uma batalha terrível quando estava indo para o rio — respondeu ele —, pois o demônio me retinha em suas garras e me fez ir atrás dos nativos. Mas, pela primeira vez, a minha alma e a minha mente conseguiram se impor durante um momento, um momento longo o bastante para me fazer seguir o meu objetivo. E acredito que os santos vieram em meu auxílio, pois eu estava dando minha vida para salvar outras vidas.

Pulei no rio e nadei. Logo fervilhavam crocodilos em volta de mim. Novamente nas garras do demônio, lutei com eles, no meio do rio. Então, subitamente, a coisa me deixou. Saí do rio e ateei fogo no depósito.

A explosão me arremessou a metros de distância. Durante vários dias vaguei pela floresta, aturdido.

Mas a lua cheia chegou uma segunda vez, e eu não sentia mais a influência do espírito maligno. Estou livre, livre!

E um maravilhoso tom de júbilo, não, de regozijo, vibrou em suas palavras:

— A minha alma está livre. Por incrível que possa parecer, o demônio agora jaz no leito do rio, ou talvez habite o corpo de um dos répteis selvagens que nadam no curso do Níger.

A SERPENTE DO SONHO

A noite estava estranhamente calma e nós, sentados na espaçosa varanda, olhávamos para a vasta e sombreada pradaria. O silêncio do momento inundava nossas almas, e por um longo tempo ninguém falou nada.

Então, uma bruma difusa começou a resplandecer ao longe, nas montanhas escuras que guarneciam o horizonte a leste, e logo surgiu uma grande lua dourada, lançando uma luminosidade fantasmagórica sobre a terra que salientava em relevo as sombras dos grupos de árvores. Uma brisa leve veio sussurrando do leste, e a relva crescida dançou com ela em ondas longas e sinuosas, vagamente visíveis à luz da lua; e no meio do grupo reunido na varanda ouviu-se um rápido arfar, uma inspiração brusca que fez com que nos voltássemos para olhar.

Faming estava inclinado para frente, apertando os braços da cadeira, o rosto estranho e pálido à luz espectral; um fiozinho de sangue brotava do seu lábio, que ele havia mordido. Olhamos para ele, espantados, e ele de repente ironizou sua reação com uma risada curta e ríspida.

— Não precisam ficar me olhando com esse ar abobado, como um rebanho de ovelhas! — disse, irritado, e depois se calou.

Ficamos sentados, aturdidos, sem saber que tipo de resposta dar, e de repente ele voltou a falar.

— Agora acho que é melhor contar tudo, ou vocês irão embora achando que sou um lunático. Mas que ninguém me interrompa! Quero tirar essa coisa da minha cabeça. Todos vocês sabem que não sou um homem de imaginação fértil, mas há uma coisa, puro produto da imaginação, que me persegue desde a primeira infância. Um sonho! — e ele se encolheu um pouco na cadeira, recuando, enquanto repetia quase num murmúrio: — Um sonho! E, meu Deus, que sonho! A primeira vez... não, não consigo me lembrar da primeira vez que o tive... esse sonho diabólico me acompanha desde que me dou por gente. Agora ele é assim: há um tipo de bangalô sobre uma colina, no meio de uma vasta pradaria — não muito diferente desta propriedade, mas a cena é na África. Estou vivendo lá com uma espécie de criado, um hindu. Por que estou lá, é algo que nunca consegui entender quando estou desperto, mas nos sonhos sempre tenho consciência do motivo. No sonho sou um homem que se lembra de sua vida passada (que em nada se parece com a minha vida atual), mas quando estou acordado meu subconsciente não me transmite essas informações. Entretanto, acho que sou um fugitivo da justiça, assim como o hindu. Por que o bangalô foi construído ali nunca consigo me lembrar, nem sei em que parte da

África ele está, embora dormindo eu saiba disso tudo. Mas é um bangalô pequeno, com poucos cômodos, e fica no topo da colina, como eu disse. Não existem outras colinas por perto e a pradaria se estende até o horizonte em todas as direções; em alguns lugares as gramíneas chegam até os joelhos e, em outras, alcançam a cintura.

— O sonho sempre se inicia comigo subindo a colina, quando o sol está começando a se pôr. Estou carregando um rifle quebrado e estive em uma excursão de caça. Como o rifle se quebrou e os detalhes da excursão, eu me lembro claramente... dormindo. Mas nunca depois de acordar. É como se uma cortina de repente se levantasse e o drama começasse; ou como se eu fosse subitamente transferido para o corpo e a vida de outro homem, lembrando do passado daquela vida e desconhecendo qualquer outra existência. E essa é a parte terrível da coisa! Como vocês sabem, quando sonhamos quase todos nós temos no fundo da consciência a percepção de estar sonhando. Não importa quão horrível o sonho se torne, sabemos que é um sonho, portanto a possibilidade de loucura ou morte está afastada. Mas, nesse sonho em especial, não existe essa percepção. Eu asseguro, ele é tão nítido, tão completo em cada detalhe, que às vezes imagino se aquela não é a minha existência real e esta aqui um sonho! Mas não, pois se fosse assim eu já deveria ter morrido anos atrás.

Como eu estava dizendo, subo a colina e a primeira coisa incomum que percebo é um tipo de trilha que a acompanha num trajeto irregular, quer dizer, a grama está amassada como se algo pesado tivesse sido arrastado por ali. Mas não presto muita atenção, pois estou pensando, um tanto irritado, que o rifle quebrado que carrego é a minha única arma e que agora preciso renunciar às caçadas até mandar buscar outra.

Vejam, eu me lembro de pensamentos e impressões do sonho em si, de acontecimentos; são as memórias que "eu" tenho no sonho, daquela minha outra existência, que não consigo recordar acordado. Então, eu subo no alto da colina e entro no bangalô. As portas estão abertas e o hindu não está lá. Mas a sala está uma bagunça: cadeiras quebradas, uma mesa virada. A adaga do hindu está jogada no chão, mas não há sangue em lugar nenhum.

Um detalhe: nesses meus sonhos nunca me lembro dos sonhos anteriores, como às vezes acontece com as pessoas. Sempre é o primeiro sonho, a primeira vez. Eu sempre experimento as mesmas sensações, com uma intensidade tamanha como se fosse a primeira vez que estivesse sonhando aquilo. Pois é, não consigo entender isso. O hindu se foi, mas (eu reflito sobre isso parado no centro da sala em desordem) o que o levou dali? Se tivesse sido um ataque de piratas, eles teriam saqueado o bangalô e provavelmente o queimariam. Se tivesse sido um leão, o lugar estaria manchado de sangue. Então me lembro da trilha que vi subindo a colina e sinto como se uma mão gelada tivesse tocado em minha espinha, pois imediatamente tudo fica claro: o que subiu da pradaria e causou aquela destruição no pequeno bangalô não poderia ser outra coisa além de uma serpente gigantesca. E quando penso no tamanho de seu rastro, um suor frio goteja de minha testa e o rifle quebrado treme na minha mão.

Então corro até a porta, em pânico, pensando unicamente em escapar para a costa. Mas o sol se pôs e a escuridão está se espalhando pela pradaria. E, em algum lugar lá fora, à espreita na grama alta, está aquela coisa terrível... aquele horror. Meu Deus!

A exclamação brotou de seus lábios com tanta intensidade que todos nos assustamos; não havíamos percebido a tensão em que estávamos. Houve um segundo de silêncio e depois ele prosseguiu.

Então, tranco as portas e as janelas, acendo a lamparina que tenho e assumo posição no meio da sala. Imóvel como uma estátua fico esperando... ouvindo. Depois de algum tempo, a lua sobe e sua luz pálida se esgueira pelas janelas. Continuo imóvel no meio do aposento; a noite está muito tranquila... um pouco como esta noite. A brisa sussurra de vez em quando tangendo a grama e cada vez que isso acontece tenho um sobressalto e cerro as mãos, apertando até as unhas perfurarem a pele e o sangue escorrer pelos punhos... Fico lá parado, à espera, ouvindo. Mas ela não aparece naquela noite! — A frase veio de forma repentina e explosiva, e nós soltamos um suspiro involuntário, um relaxamento da tensão.

Estou determinado, se sobreviver àquela noite, a partir para a costa bem cedo de manhã, arriscando a sorte lá fora, nas pradarias que se tornam assustadoras com aquela presença. Mas, quando chega a manhã, não me atrevo. Não sei em que direção o monstro seguiu, e não tenho coragem de me arriscar a encontrá-lo em espaço aberto, desarmado como estou. Então, como em um labirinto, permaneço no bangalô, e meus olhos acompanham o sol, em seu movimento inexorável rumo ao horizonte. Ah, meu Deus!, se eu pudesse fazer o sol parar no céu!

O homem estava sob a influência de algum poder terrível; suas palavras pareciam saltar sobre nós.

Então o sol desce no céu e as longas sombras acinzentadas vêm se espalhando pela pradaria. Atordoado de medo tranquei as portas e as janelas e acendi a lamparina muito antes que o último tênue brilho do crepúsculo desaparecesse. A luz que passa pelas janelas pode atrair o monstro, mas não me atrevo a ficar no escuro. E novamente assumo posição no centro da sala... esperando.

Houve uma parada de causar arrepios. Então ele continuou, molhando os lábios e praticamente sussurrando:

Não sei quanto durou essa minha espera. O tempo havia parado para mim, e cada segundo era uma eternidade, assim como cada minuto, alongando-se em eternidades infindáveis. E então, meu Deus!, mas o que era aquilo?

Ele se inclinou para frente, a luz da lua imprimindo em seu rosto uma máscara de atenção tão horrorizada que todos nós estremecemos e demos uma olhadela sobre os ombros.

Dessa vez não é a brisa da noite — sussurrou ele. — Alguma coisa faz a relva farfalhar... como se algo pesado, grande, longo e flexível estivesse sendo arrastado sobre ela. O barulho passa sobre o bangalô e para em frente à porta. Então as dobradiças rangem... rangem! A porta começa a abaular para dentro... um pouquinho... e um pouco mais! — O homem estava com os braços estendidos para frente, como se resistisse firmemente contra alguma coisa, e sua respiração vinha em rápidas arfadas. — Eu sei que devo me apoiar na porta e segurá-la firme, mas não o faço, pois não consigo me mexer. Fico lá parado, como uma ovelha esperando para ser abatida... Mas a porta aguenta! — Novamente aquele suspiro de sentimento contido.

Ele passa a mão trêmula pela testa. — E eu fico a noite inteira no meio da sala, imóvel com uma estátua, virando-me lentamente apenas quando o farfalhar da grama indica o trajeto daquele demônio em torno da casa. Mantenho meus olhos sempre na direção daquele som suave e sinistro. Algumas vezes ele para por um instante, ou por muitos minutos, e então eu mal consigo respirar, pois me causa a horrível ideia fixa de que a serpente conseguiu de alguma forma entrar no bangalô. Então me levanto e viro para um lado e para o outro, morrendo de medo de fazer algum barulho. Não sei por que, mas tenho a constante sensação de que a coisa esteja às minhas costas. Então o som recomeça e eu me paraliso, inerte.

Este é o único momento em que a minha consciência, que me guia quando estou desperto, de alguma forma penetra no véu do sonho. Não tenho consciência de estar sonhando, mas, de alguma maneira separada, minha outra mente reconhece alguns fatos e os passa para o sonho... devo dizer "ego"? O que quero falar é que por um instante a minha personalidade é realmente dupla e separada até certo ponto, como os braços direito e esquerdo são separados, mesmo fazendo parte do mesmo corpo. A minha mente do sonho não tem consciência da mente superior; nesse momento, a outra mente está subordinada e a mente inconsciente está no controle, a tal ponto que uma nem sequer reconhece a existência da outra. Mas a mente consciente, agora dormindo, tem conhecimento das obscuras ondas de pensamento que emanam da mente do sonho. Sei que isso não ficou completamente claro, mas o fato é que eu sei que a minha mente, consciente e inconsciente, está próxima da destruição. Minha ideia fixa e aterrorizante, enquanto fico ali parado no sonho, é que a serpente irá se erguer e me observar pela janela. E no sonho eu sei que se isso acontecer vou enlouquecer. É tão forte a impressão comunicada à minha consciência, agora adormecida, que as ondas de pensamento agitam os mares sombrios do sonho, e de alguma forma eu consigo sentir minha sanidade real se abalando, como está acontecendo no sonho. Ela oscila para frente e para trás e balança até que o movimento adquire um aspecto físico e em meu sonho eu estou balançando de um lado para o outro. A sensação não é sempre igual, mas acreditem, se aquele ser horrendo alguma vez se erguesse e me encarasse, se alguma vez eu visse a coisa assustadora no meu sonho, eu ficaria louco, completamente louco.

Houve um movimento de inquietação entre os ouvintes.

— Meu Deus! Mas que perspectiva! — murmurou ele. — Ficar louco e sonhar sempre o mesmo sonho, dia e noite! Mas eu permaneço lá, pelo que parecem séculos, e afinal uma luz vaga, acinzentada, começa a entrar furtivamente pelas janelas, o farfalhar se afasta até sumir na distância e nesse momento um sol vermelho, selvagem, sobe no céu. Então eu me viro e olho no espelho... e vejo que meu cabelo ficou completamente branco. Cambaleio até a porta e a escancaro. Não há nada à vista além de uma trilha larga descendo a colina rumo à pradaria... na direção oposta à que eu devo tomar para ir para a costa. E com uma gargalhada insana eu desço a colina correndo e me lanço pela pradaria. Corro até cair de exaustão, e fico deitado até conseguir me erguer e seguir.

E sigo assim o dia inteiro, com um esforço sobre-humano, impelido pelo horror atrás de mim. E a cada vez que me forço a seguir adiante, sobre pernas enfraquecidas, a cada vez que me deito, ofegante, olho para o céu com uma ansiedade terrível. Como o sol viaja rápido no céu quando um homem está correndo para salvar sua vida! É uma corrida perdida, conforme percebo quando o sol desce rumo ao horizonte e as colinas que eu tinha de alcançar antes do anoitecer parecem remotas como sempre.

Sua voz havia abaixado e instintivamente nos inclinamos em sua direção; ele apertava os braços da cadeira e o sangue gotejava de seu lábio.

— Então o sol se põe, as sombras vêm e eu avanço, cambaleante, e caio e me levanto e cambaleio novamente. E rio, rio, rio! Depois paro, pois a lua sobe no céu e lança sobre a pradaria um auxílio fantasmagórico e prateado. A luz sobre a terra é branca, embora a lua no céu esteja cor de sangue. E olho para trás, para o caminho pelo qual vim... e mais longe... — Todos nós nos inclinamos ainda mais em sua direção, arrepiados; sua voz era como um sussurro espectral... — mais longe... eu... vejo... a grama... ondulando. Não há vento, mas a grama alta se abre e ondula a luz da lua, em uma linha estreita e sinuosa... distante, mas que se aproxima a cada momento.

A voz dele sumiu. Alguém rompeu o silêncio que se seguiu:

— E então...?

— Então eu acordo. Até hoje nunca vi o monstro abominável. Mas esse é o sonho que me persegue e do qual eu despertava gritando, na infância, e hoje acordo suando frio, já adulto. Ele me vem em intervalos irregulares e ultimamente a coisa... — ele hesitou e depois prosseguiu — ... ultimamente a coisa está chegando cada vez mais perto... mais perto... o ondular da grama indica o seu avanço e ela se aproxima mais a cada sonho; e quando me alcançar...

Ele parou de súbito e, sem dizer mais nada, levantou-se abruptamente e entrou na casa. O resto de nós ficou sentado em silêncio por algum tempo, depois o seguiu, pois já era tarde.

Não sei por quanto tempo dormi, mas acordei de repente com a impressão de que em algum lugar da casa uma pessoa havia dado uma risada longa, longa e horrível, como uma gargalhada enlouquecida. Levantei-me, pensando se teria sido um sonho, e saí apressado do meu quarto, no exato momento em que um grito absolutamente horrível ecoou pela casa. O lugar agora estava agitado, com outras pessoas que haviam sido acordadas, e todos corremos para o quarto de Faming, de onde os sons pareciam ter vindo.

Ele estava morto, estendido no chão, onde parecia ter caído durante alguma luta terrível. Não havia marcas sobre ele, mas seu rosto estava horrivelmente contorcido; como o rosto de um homem que tivesse sido esmagado por uma força sobre-humana... como a de uma serpente gigante.

A HIENA

Desde a primeira vez que vi Senecoza, o feiticeiro, desconfiei dele. E o que era uma vaga desconfiança acabou se tornando uma aversão.

Eu acabara de chegar à costa leste da África, era um novato quanto a seus caminhos, um tanto inclinado a seguir os meus instintos, e tomado por uma enorme curiosidade. Sendo originário da Virgínia, o preconceito racial era forte em mim, e sem dúvida o sentimento de inferioridade que Senecoza constantemente me despertava tinha grande relação com a minha antipatia por ele.

O feiticeiro era surpreendentemente alto; era magro, porém forte. Media quase dois metros, e a sua constituição delgada era tão musculosa que ele pesava uns bons noventa e poucos quilos. Seu peso parecia incrível quando se olhava para sua compleição magricela, mas ele era puro músculo... um gigante esguio. Suas feições se assemelhavam mais às de um berbere que às de um banto, com a testa alta, arqueada, o nariz afilado e lábios finos e retos. Mas seu cabelo era tão encarapinhado como o de um bosquímano, e a cor, mais negra até que a dos massais. Na realidade, sua pele reluzente tinha um tom diferente da dos outros nativos dali, e acredito que fosse de outra tribo.

Nós, da estância, só o víamos raramente. Às vezes, sem nenhum aviso, ele surgia entre nós, ou o avistávamos andando a passos largos pela estepe, atravessando uma área de gramíneas que chegavam até os seus ombros, algumas vezes sozinho, algumas vezes seguido — a uma distância respeitosa — por vários selvagens massais que se agrupavam distantes das construções, agarrados a suas lanças, nervosos, e olhando para todos com desconfiança. Já ele fazia seus cumprimentos com uma graça elegante; sua conduta era respeitosa e cortês, mas por algum motivo aquilo me "tirava do sério", por assim dizer. Ele parava diante de nós, um gigante de bronze nu, negociava alguns artigos simples, como um caldeirão de cobre, camas ou um rifle, transmitia-nos as palavras de algum chefe e partia.

Eu não gostava dele. E, por ser jovem e impetuoso, falei o que pensava para Ludtvik Strolvaus, um parente distante, meu primo em décimo grau ou algo assim, em cujo entreposto comercial eu estava hospedado. Mas Ludtvik riu por entre sua barba loira e disse que o feiticeiro era boa pessoa.

— Poder ele tem entre os nativos, de verdade. Todos o temem. Mas amigo dos brancos ele é. *Ja*.

Ludtvik já morava na costa leste há muito tempo; ele conhecia os nativos como conhecia o gordo gado australiano que criava, mas não era uma pessoa muito perpicaz.

As construções da estância eram cercadas por uma paliçada, em um terreno inclinado, com vista para incontáveis quilômetros e mais quilômetros do melhor terreno para pasto da África. A paliçada era grande, bem adequada para defesa. A maioria das mil cabeças de gado poderia ser colocada ali dentro em caso de uma rebelião dos massais. Ludtvik tinha um orgulho enorme de seu gado.

— Mil cabeças agora — ele me dizia, seu rosto redondo radiante —, mil cabeças. Mas no futuro, ah! Dez mil cabeças e mais dez mil. Isso é bom começo, mas só começo. *Ja.*

Preciso confessar que a questão do rebanho não me entusiasmava muito. Os nativos os agrupavam e levavam para o curral. Tudo que Ludtvik e eu tínhamos de fazer era cavalgar por ali e dar ordens. Esse era o trabalho de que ele mais gostava, então eu o deixava praticamente todo para ele.

Meu esporte principal era cavalgar pela estepe, sozinho ou assistido por um carregador, com um rifle. Não que eu jamais tenha conseguido muita caça. Em primeiro lugar, eu era péssimo atirador; dificilmente conseguiria atingir mesmo um elefante a uma curta distância. Em segundo lugar, eu achava aviltante atirar em muitos daqueles animais. Um antílope poderia saltar na minha frente e ir embora e eu ficaria sentado a observá-lo, admirando seu talhe esguio, pequeno, encantando com a beleza graciosa da criatura, enquanto o rifle descansava, inútil, na minha sela.

O nativo que me servia como carregador passou a desconfiar que eu deliberadamente estava evitando atirar, e começou a lançar insinuações zombeteiras sobre a minha "feminilidade". Eu era jovem e ficava incomodado mesmo com a opinião de um nativo, o que é muito tolo. As observações dele feriram meu orgulho, e um dia eu o arranquei do cavalo e esmurrei até ele gritar por piedade. Depois disso minhas ações não foram mais questionadas.

Mas eu ainda me sentia inferior quando estava na presença do feiticeiro. Não conseguia fazer os outros nativos falarem sobre ele. Tudo o que obtinha deles eram gestos que indicavam medo e informações vagas de que ele morava em várias tribos a alguma distância da costa. A opinião geral parecia ser que Senecoza era um homem bom que devia ser deixado em paz.

Um incidente, porém, fez o mistério em torno do feiticeiro tomar, aparentemente, uma forma um pouco mais sinistra. Da maneira misteriosa como as notícias se propagam na África, e às quais os homens brancos raramente têm acesso, ficamos sabendo que Senecoza e um chefe não muito importante haviam tido algum tipo de desentendimento. Era uma informação vaga e parecia não ter muita base em fatos. Mas, pouco tempo depois disso, o tal chefe foi encontrado semidevorado por hienas. Por si só isso não era incomum, mas o medo com que os nativos receberam a notícia era. O chefe não representava nada para eles; na realidade ele era um tipo de vilão, mas a sua morte parecia inspirar-lhes o temor de que fosse um homicídio. Da próxima vez que Senecoza apareceu eles fugiram em massa, só retornando depois que ele partiu.

Eu tinha uma vaga sensação de que havia algum tipo de conexão entre o medo dos negros, o dilaceramento do chefe em pedaços pelas hienas e o feiticeiro. Mas não era capaz de compreender aquele pensamento intangível.

Não muito tempo depois, aquele pensamento foi alimentado por outro incidente. Eu havia adentrado muito na savana, acompanhado pelo meu criado. Quando paramos para descansar os cavalos perto de um monte, vi, no cume, uma hiena olhando para nós. Um tanto surpreso, pois os animais não têm o costume de se aproximar tão corajosamente dos homens à luz do dia, ergui meu rifle e estava firmando a pontaria — pois eu sempre odiara aquele animal — quando meu criado segurou a arma.

— Não atirar, *bwana*! Não atirar! — exclamou ele afobadamente, tagarelando sem parar em sua própria língua, com a qual eu não tinha nenhuma familiaridade.

— O que foi? — perguntei, impaciente.

Ele continuou falando sem parar e segurando meu braço, até que consegui entender que a hiena era um animal com algum tipo de feitiço.

— Ah, tudo bem — eu cedi, abaixando o rifle no mesmo momento em que a hiena se virou e saiu do meu campo de visão.

Alguma coisa relacionada àquele animal magro e repulsivo e seu andar bamboleante, e ao mesmo tempo gracioso e ágil, despertou em meu senso de humor uma comparação jocosa. Rindo, apontei para o animal e disse:

— Aquele camarada parece uma imitação em forma de hiena de Senecoza, o feiticeiro.

A minha declaração banal aparentemente despertou no nativo o medo mais pavoroso do mundo.

Ele virou seu pônei e saiu correndo na direção da estância, olhando para trás, para mim, com uma expressão assustada.

Eu o segui, irritado. Enquanto cavalgava, ponderava. Hienas, um feiticeiro, um chefe rasgado em pedaços, todos os nativos da região assustados... Qual era a conexão entre esses fatos? Quebrei a cabeça, mas ainda era novo na África. Era jovem e impaciente, acabei deixando a coisa toda de lado e dando de ombros, aborrecido.

Na próxima vez que Senecoza foi à estância, deu um jeito de parar bem em frente a mim. Por um rápido instante seus olhos brilhantes se fixaram nos meus. E mesmo não querendo, tremi e dei um passo para trás, involuntariamente, sentindo-me como se sente um homem que sem querer olha nos olhos de uma serpente. Não havia nada palpável, nada que justificasse uma briga, mas era uma nítida ameaça. Antes porém que minha belicosidade nórdica pudesse se afirmar, ele partiu. Eu não disse nada. Mas percebi que por algum motivo Senecoza me odiava, e pretendia me matar. Por que, eu não sabia. De minha parte, a desconfiança aumentou até se tornar uma raiva desnorteante, que se transformou em ódio.

E então Ellen Farel veio para a estância. Por que ela escolheu uma estância de comércio no leste da

África como lugar para descansar da vida em sociedade de Nova York, eu não sei. A África não é lugar para mulheres. Foi isso que Ludtvik, que também era primo dela, disse-lhe, mas ele estava encantado em vê-la. Quanto a mim, as mulheres nunca tinham me interessado muito. Eu costumava me sentir um tolo em sua presença e estava feliz de ficar ali, sem elas. Mas havia poucos brancos nos arredores e eu estava cansado da companhia de Ludtvik.

Ellen estava parada na ampla varanda na primeira vez que a vi; uma coisinha linda, esguia, com bochechas rosadas, cabelo como ouro e grandes olhos cinzentos. Ela me pareceu surpreendentemente encantadora com sua calça de montaria, perneiras, casaquinho e um capacete leve. Senti-me muito desajeitado, empoeirado e estúpido sentado em meu magro pônei africano olhando para ela.

Ellen viu um jovem forte, de altura mediana, com o cabelo alourado, olhos nos quais predominava um tom acinzentado; um jovem comum, deselegante, vestindo roupas de montaria empoeiradas e levando um cinturão de cartucheira de um lado, no qual estava preso um antigo revólver *colt* de alto calibre e do outro um longo facão de caça.

Eu desmontei e ela veio até mim, estendendo a mão.

— Eu sou a Ellen — disse ela —, e sei que você é o Steve. O primo Ludtvik estava me falando sobre você.

Apertei sua mão e me surpreendi com o arrepio que senti com aquele simples toque.

Ela estava entusiasmada com a estância. Estava entusiasmada com tudo. Raras vezes vi alguém com tanta vitalidade e energia, tanta satisfação em tudo que fazia. Ela quase cintilava de alegria e divertimento. Ludtvik lhe deu a melhor égua do lugar e nós andamos muito pela estância e através da estepe.

Ela não conseguia entender por que deveria tratar os negros como se fossem poeira sob seus pés. Tivemos longas conversas sobre isso. Eu não conseguia convencê-la, então lhe disse bruscamente que ela não entendia nada daquele assunto e que precisava fazer o que eu lhe dissesse. Ela fez um biquinho com seus lindos lábios e me chamou de tirano. Depois saiu pela estepe como um antílope, rindo para mim por cima do ombro, o cabelo esvoaçando ao vento.

Tirano! Eu era seu escravo desde o primeiro momento. Por algum motivo a ideia de me tornar seu amante nunca entrou em minha cabeça. Não era pelo fato de ela ser alguns anos mais velha do que eu, ou por ter um namorado (vários deles, acho eu) em Nova York. Eu simplesmente a adorava; sua presença me inebriava e eu não conseguia pensar em uma vida mais agradável que a de servi-la como um escravo devotado.

Um dia eu estava consertando uma sela quando ela entrou correndo.

— Ei, Steve! — exclamou ela —, está aí um selvagem com a aparência mais fantástica do mundo! Venha, rápido, e me diga qual o nome dele.

Ela me fez sair para a varanda.

— Lá está ele — disse ela apontando, ingênua. Armas presas à cintura, a cabeça arrogantemente inclinada para trás, ali estava Senecoza.

Ludtvik, que estava falando com ele, não prestou nenhuma atenção na garota até concluir seus negócios com o feiticeiro. Então, virando-se, pegou no braço de Ellen e seguiram juntos para casa.

Novamente eu estava cara a cara com o selvagem, mas dessa vez ele não olhava para mim. Com uma raiva que beirava a loucura, percebi que ele estava fitando a jovem. Havia uma expressão em seus olhos de serpente...

No mesmo instante a minha arma já estava desembainhada e apontada. Minha mão tremia como uma folha com a intensidade de minha fúria. Eu deveria ter matado Senecoza como a serpente que ele era, matado com mil tiros, atirado até despedaçá-lo!

Aquela expressão fugaz deixou seus olhos e eles se fixaram em mim. Pareciam desconexos, desumanos em sua calma sarcástica. E eu não consegui puxar o gatilho. Ele ficou parado por um momento e depois se virou e se afastou a passos largos, com sua figura grandiosa, enquanto eu o encarava e me contorcia em uma fúria impotente.

Sentei-me na varanda. Que homem misterioso era aquele selvagem! Que poder estranho ele possuía? Será que eu estava certo, pensei, na interpretação que havia dado ao seu olhar para a jovem? Em minha juventude e tolice, eu achava inaceitável que um negro, não importava de que categoria, pudesse olhar para uma mulher branca como ele fizera. E o mais espantoso de tudo, por que eu não havia conseguido atirar nele?

Tive um sobressalto quando uma mão tocou em minha arma.

— No que você está pensando, Steve? — perguntou Ellen, rindo. E em seguida, antes que eu pudesse dizer alguma coisa: — Aquele chefe, ou o que quer que ele seja, não é um distinto espécime de selvagem? Ele nos convidou para ir ao seu *kraal*... é assim que se chama? É em algum lugar longe na estepe, e nós vamos.

— Não! — exclamei violentamente, levantando-me de um salto.

— Por que, Steve? — falou ela, recuando. — Que grosseria! Ele é um perfeito cavalheiro, não é, primo Ludtvik?

— *Ja* — concordou Ludtvik, placidamente. — Iremos talvez ao seu *kraal* alguma hora, logo. Um chefe forte, aquele selvagem. Seu chefe talvez tenha bom comércio.

— Não! — repeti, furioso. — Se alguém tem que ir, *eu* irei! Ellen não vai se aproximar daquele animal!

— Ora, veja só que maravilha! — comentou Ellen, um tanto zangada. — Devo concluir que você é meu chefe, senhor?

Mesmo com toda a sua doçura, ela tinha ideias próprias. Apesar de tudo o que eu fiz, eles resolveram ir à aldeia do feiticeiro no dia seguinte. Naquela noite a jovem veio até mim quando eu estava sentado na varanda, à luz da lua, e sentou-se no braço da minha cadeira.

— Você não está bravo comigo, está, Steve? — disse ela, ansiosamente, colocando o braço sobre meus ombros. — Não está enlouquecido comigo, está?

Enlouquecido? Sim, eu estava enlouquecido com o toque de seu corpo macio — uma devoção enlouquecida como só um escravo pode sentir. Eu queria me arrastar na poeira aos seus pés e beijar seus graciosos sapatos. Será que as mulheres nunca terão consciência dos efeitos que causam nos homens?

Peguei sua mão, hesitante, e a pressionei nos lábios. Acho que ela deve ter percebido em parte a minha devoção.

— Querido Steve — murmurou ela, e as palavras eram como uma carícia — venha, vamos andar à luz da lua.

Andamos até ultrapassar a paliçada. Eu deveria ter pensado melhor porque não estava carregando nenhuma arma além da grande adaga turca que usava como faca de caça, mas Ellen também queria sair.

— Conte-me mais sobre esse Senecoza — perguntou ela, e eu agradeci a oportunidade. Depois pensei: "O que posso lhe contar? Que hienas comeram um dos chefes dos massais? Que os nativos temiam o feiticeiro? Que ele havia olhado para ela?

E então a jovem gritou, vendo uma forma vaga saltar para fora da grama alta, vista à luz fraca da lua. Senti alguma coisa pesada e peluda bater em meus ombros; presas pontiagudas rasgaram meu braço estendido. Caí no chão, lutando com um horror frenético. Minha jaqueta foi rasgada em tiras e as presas já estavam em minha garganta quando consegui encontrar e desembainhar minha faca e comecei a desferir punhaladas às cegas, selvagemente. Senti que a lâmina atingiu meu oponente e então, como uma sombra, ele sumiu. Coloquei-me de pé, tremendo um pouco. Ellen me segurou e amparou.

— O que era aquilo? — exclamou ela, conduzindo-me para a paliçada.

— Uma hiena — respondi. — Posso dizer pelo cheiro. Mas nunca ouvi falar de alguma que atacasse dessa forma.

Ela estremeceu. Mais tarde, depois dos curativos em meu braço ferido, ela se aproximou de mim e disse, com uma voz maravilhosamente suave:

— Steve, decidi não ir à aldeia, já que você não quer que eu vá.

Depois que os machucados em meu braço cicatrizaram, Ellen e eu retomamos nossas cavalgadas, como era de se esperar. Um dia, nós fomos mais longe na estepe e ela me desafiou para uma corrida. Sua égua se distanciou facilmente do meu cavalo, e ela parou e ficou me esperando, rindo. Ela havia parado em uma colina e apontou para um grupo de árvores a certa distância.

— Árvores! — disse ela alegremente. — Vamos descer até lá. Há tão poucas árvores na estepe...

E saiu cavalgando. Eu tomei alguns cuidados instintivos, abrindo o coldre com a minha pistola e apanhando a faca e enfiando na minha bota, para que ficasse completamente escondida.

Estávamos talvez na metade do caminho até as árvores quando, saindo da grama alta, Senecoza saltou sobre nós com cerca de vinte guerreiros. Um deles segurou os arreios da égua de Ellen e os outros correram em minha direção. O que havia detido a jovem caiu com um tiro entre os olhos e outro foi derrubado pelo meu segundo tiro. Então o golpe de um porrete me atirou fora da sela, semi-inconsciente, e enquanto os negros avançavam sobre mim vi a égua de Ellen levada à loucura pela espetada involuntária de uma lança, relinchar e empinar, espalhando os selvagens que a detinham. Então ela disparou para longe, a toda velocidade, arreada.

Vi Senecoza pular no meu cavalo e sair em sua perseguição, gritando um comando feroz sobre o ombro. E os dois cavalos sumiram, ultrapassando a colina. Os guerreiros amarram minhas mãos e meus pés e me carregaram até as árvores. Havia uma cabana no meio delas — uma cabana nativa, feita de palha e cascas de árvore. Por algum motivo, vê-la me fez estremecer. Ela parecia estar escondida entre as árvores de uma forma repulsiva e indescritivelmente malévola, indicando rituais horríveis e imorais, rituais de vodu.

Não sei a causa disso, mas a visão de uma cabana nativa, isolada e escondida, distante de aldeias ou tribos, sempre me remetera a ideias de um horror inominável. Eles me jogaram no chão em frente à cabana.

— Quando Senecoza voltar com a moça — disseram — você vai entrar. — E eles riram como demônios. Depois partiram, deixando um para garantir que eu não escapasse.

O nativo que ficou me chutava ferozmente; ele estava armado com um fuzil.

— Eles vão matar, idiota! — ele zombava. — Eles vão à estância e ao correio, primeiro para aquele imbecil inglês. — Isso significava Smith, o dono de uma estância vizinha.

E ele prosseguiu, dando detalhes. Orgulhou-se em dizer que Senecoza tinha feito o plano. Eles iriam caçar todos os homens brancos até a costa.

— Senecoza é mais que homem — alardeou ele. — Você vai ver, homem branco — abaixando a voz e dando uma olhada em volta, por debaixo de suas sobrancelhas grossas e baixas —, você vai ver mágica de Senecoza.

Nesse ínterim, Ellen estava correndo como louca, ganhando do feiticeiro, mas incapaz de seguir na direção da estância, pois ele se colocara entre ela e seu caminho para lá e a estava forçando firmemente para dentro da estepe.

O negro me desamarrou. Sua linha de raciocínio era fácil de entender; absurdamente fácil. Ele não podia matar um prisioneiro do feiticeiro, mas poderia matá-lo para evitar sua fuga e estava tomado pela sede de sangue. Dando um passo para trás, levantou um pouco o fuzil e me observou como uma cobra observa um coelho.

Deve ter sido mais ou menos naquela hora, como ela me contou depois, que a égua de Ellen tropeçou e derrubou-a. Antes que ela conseguisse se levantar, Senecoza saltou do cavalo e prendeu-a entre os braços.

Ela gritou e lutou, mas ele a agarrou com firmeza, deixando-a indefesa, e riu. Rasgando seu casaco de montaria em tiras, ele amarrou os braços e as pernas de Ellen e tornou a montar no cavalo, carregando diante de si a jovem semidesmaiada.

De volta à cabana, eu me ergui lentamente. Esfreguei os braços, no lugar onde as cordas estavam, cheguei um pouco mais perto do selvagem, me alonguei, parei e esfreguei as pernas; então saltei como um gato sobre ele, arrancando a faca da bota. O fuzil disparou e a carga zuniu sobre a minha cabeça quando empurrei o cano para cima e na direção dele. Em uma luta corpo a corpo eu não seria páreo para o gigante, mas eu tinha a faca. Agarrei-me a ele, para que ficássemos próximos demais para ele conseguir usar o fuzil como porrete. Ele perdeu tempo tentando fazer isso, e com um empenho desesperado consegui desequilibrá-lo e enfiei a faca até o cabo em seu peito.

Puxei a faca de volta. Não tinha outra arma, pois não tinha como achar mais munição para o fuzil. Também não tinha ideia da direção em que Ellen havia fugido. Achei que o mais provável era que tivesse ido no sentido da estância, e foi nessa direção que segui. Smith precisava ser avisado. Os guerreiros estavam muito na minha frente. Naquele momento, deviam estar se aproximando disfarçadamente da estância, cujo dono de nada desconfiava.

Eu não havia percorrido um quarto da distância quando o barulho de cascos atrás de mim me fez virar a cabeça. A égua de Ellen estava atrás de mim, sozinha.

Eu a segurei quando passou e consegui pará-la. A história estava clara. A jovem ou havia alcançado algum lugar seguro e soltado a égua, ou, o que era muito mais provável, tinha sido capturada, o animal escapara e correra para voltar à estância, como os cavalos sempre fazem. Apertei a sela, tomado pela indecisão. Por fim montei na égua e a fiz galopar para a estância de Smith. Não era muito longe dali; não podia deixar Smith ser massacrado por aqueles demônios, e precisava de uma arma para o caso de conseguir escapar para resgatar Ellen de Senecoza.

A pouco mais de meio quilômetro da estância avistei os atacantes, e passei por eles como uma nuvem de fumaça. Os trabalhadores de Smith foram surpreendidos por um cavaleiro em disparada se precipitando para dentro da paliçada, gritando: — Massai! Massai! Um ataque de surpresa, seus tolos! —, arrebatando uma arma e saindo correndo. Com isso, quando os selvagens chegaram, encontraram todos prontos para recebê-los, e tiveram uma recepção tão calorosa que, depois de uma única investida, colocaram o rabo entre as pernas e fugiram correndo de volta para a estepe.

Eu estava galopando como nunca fizera antes. A égua estava quase exausta, mas eu a forçava sem compaixão. Vamos, vamos! Dirigi-me para o único lugar que achava plausível. A cabana entre as árvores. Presumi que o feiticeiro retornaria para lá. E muito antes que eu pudesse avistar a cabana um cavaleiro irrompeu do meio do pasto alto, veio em minha direção, e nossos cavalos, colidindo, caíram ao chão, exaustos.

— Steve! — Era um grito de alegria mesclada com medo. Enquanto me levantava vi Ellen deitada no chão, com as mãos e os pés amarrados, olhando ansiosamente para mim.

Senecoza veio correndo, seu facão cintilava à luz do sol. Lutamos de um lado para o outro — golpes, defesas e esquivas, minha ferocidade e agilidade fazendo frente à sua selvageria e destreza. Ele desferiu um soco terrível contra mim. Segurei sua mão, mantendo-lhe o braço aberto, e então rapidamente apliquei um apertão e uma torção e o desarmei. Mas antes que pudesse aproveitar essa vantagem, ele disparou pelo pasto e desapareceu.

Apanhei Ellen, cortando suas cordas, e ela se agarrou a mim, pobre criança, até que a ergui e carreguei para onde estavam os cavalos. Mas ainda não havíamos nos livrado de Senecoza. Ele devia ter um rifle escondido em algum lugar na mata, pois uma bala passando logo acima de minha cabeça avisou-me de sua presença.

Agarrei as rédeas, mas então vi que a égua de Ellen já havia dado o seu máximo e não poderia correr por algum tempo. Estava exausta. Fiz a jovem montar em meu cavalo.

— Corra para nossa estância — ordenei-lhe. — Os selvagens rebeldes estão por aí, mas você conseguirá passar por eles. Galope inclinada para frente, e corra muito!

— Mas e você, Steve?

— Vá, vá! — ordenei, virando o cavalo e fazendo-o partir. Ela saiu cavalgando, olhando para mim ansiosamente sobre o ombro. Então peguei a espingarda e, com um punhado de cartuchos que havia apanhado na estância de Smith, entrei na mata. Naquele quente dia africano, Senecoza e eu brincamos de esconde-esconde. Engatinhando, esgueirando-nos para dentro e para fora dos poucos arbustos da estepe, arrastando-nos na grama alta, trocamos alguns tiros. Um movimento da grama, um galho se partindo, um farfalhar de folhas e lá vinha uma bala, recebendo outra em resposta.

Eu só tinha alguns cartuchos e atirava com economia. Até que chegou o momento de colocar o único cartucho restante na espingarda: uma grande, de cano único, calibre 6 mm, de carregar pela culatra, pois eu não havia tido tempo de escolher a arma quando a apanhara na estância.

Abaixei-me em meu esconderijo e observei. Nenhum som, nem um único suspiro entre as gramíneas. A distância, na estepe, uma hiena soltou sua risada demoníaca e foi respondida por outra, bem mais perto de mim. O suor frio brotou da minha testa.

O que era aquilo? A percussão de muitas patas de cavalo? Os selvagens retornando? Arrisquei-me a dar uma olhada e quase pulei de alegria. Ao menos vinte homens estavam galopando em minha direção e, à frente de todos eles, Ellen! Ainda estavam a alguma distância. Corri para trás de uma moita mais alta, ergui-me e acenei para atrair a atenção deles. Eles gritaram e apontaram para alguma coisa atrás de mim. Eu me voltei e vi, a cerca de vinte e cinco metros de mim, uma enorme hiena vindo rápida e furtivamente em minha direção. Vasculhei a estepe com o olhar, com atenção. Em algum lugar ali, escondido pelas gramíneas ondulantes, Senecoza me espreitava. Um tiro lhe entregaria a minha localização — e era o último que eu tinha. A equipe de resgate ainda estava fora de alcance.

Olhei para a hiena novamente. Ainda estava vindo em minha direção, agora mais rápido. Não havia dúvida quanto a suas intenções. Seus olhos brilhavam como os de um demônio do inferno, e uma cicatriz em seu ombro me indicou ser a mesma fera que me atacara tempos antes. Então fui tomado por uma onda de horror e, apoiando o velho rifle de caçar elefantes sobre o ombro, disparei minha última carga direto contra aquele ser bestial. Com um uivo que parecia ter um tom horrivelmente humano, a hiena se virou e correu de volta para a mata, cambaleando.

Logo a equipe de resgate se posicionou em torno de mim. Uma rajada de balas atravessou a moita de onde Senecoza havia atirado por último. Não houve resposta.

— Nós matar aquele serpente! — exclamou o primo Ludtvik, a influência da língua dos bôeres aumentando com a agitação. E nos espalhamos pela estepe em uma linha contínua, com um espaço de alguns metros entre um e outro, vasculhando cada centímetro com toda atenção. Não encontramos nenhum sinal do feiticeiro. Achamos apenas um rifle, descarregado, com cápsulas vazias espalhadas em volta e, o que era muito estranho, *rastros de hiena partindo de onde estava o rifle.*

Senti os pelos da nuca se arrepiarem com um horror incompreensível. Olhamos uns para os outros sem uma palavra, e em um acordo tácito tomamos a trilha deixada pela hiena.

Seguimos aquela trilha sinuosa que entrava e saía da gramínea alta que nos chegava aos ombros, mostrando como a criatura se havia esgueirado até onde eu estava, atacando-me silenciosamente como um tigre ataca suas vítimas. E descobrimos o rastro que a coisa deixara depois que eu atirara nela, voltando para a mata. Salpicos de sangue marcavam o caminho que ela tomara. Nós o seguimos.

— Ele leva à cabana do feiticeiro — murmurou um inglês. — Senhores, o que temos aqui é um mistério abominável. O primo Ludtvik ordenou que Ellen ficasse para trás, deixando dois homens com ela.

Seguimos a trilha, subindo pela colina e indo na direção do grupo de árvores. Ela levava direto até a porta da cabana. Nós a contornamos com cuidado, mas não encontramos nenhuma pegada se afastando. A criatura estava lá dentro. Rifles a postos, forçamos a porta rústica. Não havia pegadas se afastando da cabana e nenhuma levando até ela, além das da hiena. Mas, ainda assim, não encontramos nenhuma hiena dentro daquela cabana; no chão sujo, com uma bala enfiada no peito, jazia Senecoza, o feiticeiro.

A MALDIÇÃO DO MAR

E alguns retornam sob a débil luz
E alguns no sonho desperto.
Pois ela ouve os passos dos
fantasmas gotejantes
Percorrendo a dura viga do telhado.

KIPLING

John Kulrek e seu camarada Lie-lip[1] Canool Papo-furado eram os maiores valentões e fanfarrões, os que mais gritavam e bebiam na cidade de Faring. Muitas vezes eu, um jovenzinho desgrenhado, fui em segredo até a porta da taverna para ouvir suas blasfêmias, suas discussões profanas e suas músicas sobre mares bravios, dividido entre o medo e a admiração por esses viajantes selvagens. Sim, todas as pessoas de Faring olhavam para eles com medo e admiração, pois eles não eram como os outros homens da cidade

---

[1] *Lie-lip*: boca de mentira, mentiroso.

e não se contentavam em percorrer sempre o mesmo caminho de comércio pela costa, entre cardumes de tubarões. Com eles não havia nada de botes, nada de esquifes! Eles viajavam longe, mais longe do que qualquer outro homem da aldeia, pois navegavam nos grandes navios a vela que adentravam as ondas brancas para desbravar o oceano inquieto e cinzento e aportar em terras estranhas.

Ah, eu me lembro do acontecimento que foi para a pequena aldeia costeira de Faring o retorno de John Kulrek para casa, com o furtivo Lie-lip ao seu lado. Ele desceu pela prancha com ar de superioridade, em suas roupas marítimas cobertas de piche e com o cinturão de couro que sustinha seu facão, sempre a postos. Gritou cumprimentos condescendentes para alguns conhecidos de sua predileção, beijou algumas donzelas que se aventuraram a chegar perto dele, e depois subiu a rua, cantando aos berros uma música de marinheiros, não muito decente. Lembro-me de como os bajuladores, os vagabundos e os parasitas se aglomeraram em torno dos dois perigosos heróis, adulando e sorrindo, gargalhando a não mais poder a cada gracejo indecente deles. Para os desocupados das tavernas e para alguns dos mais fracos entre os honestos aldeões, esses homens, com sua fala impetuosa e suas façanhas brutais, suas histórias dos Sete Mares e de países distantes, esses homens, digo eu, eram cavalheiros corajosos, fidalgos por natureza, que tinham por opção o combate e a força bruta.

E todos os temiam, então, quando um homem apanhava deles ou uma mulher era por eles insultada, os aldeões murmuravam entre si, mas não faziam nada. E dessa forma, quando a sobrinha de Moll Farrell foi desonrada por John Kulrek, ninguém se atreveu a dizer em voz alta o que todos pensavam. Moll nunca havia se casado, e ela e a jovem viviam sozinhas em uma pequena cabana perto da praia, tão perto que na maré alta as ondas quase chegavam à sua porta.

As pessoas da cidade viam a velha Moll como um uma espécie de bruxa; ela era uma anciã amarga e ressequida, que não dava conversa para ninguém. Em vez disso, ocupava-se com os próprios assuntos e se mantinha parcamente, apanhando mariscos e recolhendo gravetos. A jovem era uma criaturinha linda e ingênua, vaidosa e facilmente enganável, ou jamais teria se rendido à bajulação canalha de John Kulrek.

Eu me lembro daquele dia — um dia frio de inverno, com um vento leste cortante — em que a velha dama chegou à rua da aldeia gritando que a garota havia desaparecido. Todos se espalharam pela praia e nas desertas colinas próximas para procurá-la... todos, menos John Kulrek e seus companheiros, que ficaram sentados na taberna jogando dados e pião. Perto da costa, ouvíamos o tempo inteiro o zumbido do intenso e inquieto monstro cinzento, e na luz mortiça daquele amanhecer fantasmagórico a sobrinha de Moll Farrell voltou para casa.

As ondas a levaram gentilmente até a areia molhada e a depositaram quase na porta de sua própria casa. Ela estava branca como neve e com os braços dobrados sobre o peito inerte; seu rosto estava tranquilo e as ondas cinzentas pareciam suspirar sobre suas pernas delgadas. Os olhos de Moll Farrell ficaram petrificados, mas ela se inclinou sobre a jovem morta e não falou uma única palavra até que John Kulrek e seu camarada desceram cambaleando desde a taberna, ainda com as canecas na mão. Kulrek estava bêbado, e as pessoas abriram caminho para ele, sentindo na alma que ele era o culpado por aquela morte. Então ele se aproximou e riu ao ver Moll Farrel inclinada sobre o corpo da jovem.

— Com mil demônios! — praguejou ele. — A rapariga se atirou no mar, Papo-furado!

Papo-furado riu, retorcendo a boca fina. Ele sempre odiara Moll Farrell, pois havia sido ela quem lhe dera aquele apelido.

Então John Kulrek levantou a caneca, oscilando em suas pernas bambas.

— À saúde do fantasma da rapariga! — bradou ele, para o horror de todos.

Então Moll Farrel falou, e as palavras brotaram dela em um grito que fez ondas de frio subirem e descerem pela espinha de todos na multidão.

— Que a maldição do Demônio Abominável caia sobre você, John Kulrek! — gritou ela. — Que a maldição divina paire por toda a eternidade sobre a sua alma vil! Que você veja coisas que queimem os seus olhos e ressequem a sua alma! Que você tenha uma morte sangrenta e arda nas chamas do inferno por milhões e milhões e milhões de anos! Eu o amaldiçoo pelo mar, pela terra e pelo ar, pelos demônios dos pântanos, pelos espíritos malignos da floresta e pelos duendes maléficos das colinas! Quanto a você — seu dedo magro apontou para Canool Papo-furado e o fez retroceder, empalidecendo —, você causará a morte de John Kulrek e ele causará a sua! Você o mandará para as portas do inferno e ele o mandará para a forca! Eu coloco o selo da morte sobre a sua testa, John Kulrek! Você viverá em terror e morrerá horrivelmente, longe daqui, no mar cinzento e frio! Mas o mar que abrigou em seu seio a alma da inocência não o abrigará; ele lançará sua carcaça vil nas areias! Sim, John Kulrek — e ela falou com uma intensidade tão terrível que a ébria zombaria no rosto do homem foi substituída por um ar estupidificado e suíno —, o mar ruge pelas vítimas que ele não guarda! Há neve sobre as colinas, John Kulrek, e antes que ela derreta o seu cadáver jazerá aos meus pés. E eu cuspirei nele com toda satisfação.

Kulrek e seu camarada partiram ao amanhecer para uma longa viagem, e Moll voltou para sua cabana e seu trabalho de apanhar mariscos. Ela parecia mais magra e amarga do que nunca, e seus olhos ardiam com uma luz insana. Os dias se passaram e as pessoas sussurravam entre si que os dias de Moll estavam contados, pois ela se tornara o fantasma de uma mulher; não obstante, ela seguia seu caminho, recusando toda forma de ajuda.

O verão foi curto e frio, e a neve nas áridas colinas distantes da costa não chegou a derreter, um fato bastante incomum, que gerou muitos comentários entre os aldeões. No crepúsculo e na alvorada, Moll ia até a praia, olhava para a neve que continuava brilhando nas colinas e depois para o mar, com uma fúria intensa no olhar.

Então os dias foram ficando mais curtos, as noites mais longas e escuras, e as ondas frias e cinzentas vinham varrer a praia deserta, trazendo chuva e granizo com o cortante vento do leste. E, em um dia gélido, um navio mercante entrou na baía e ancorou. Todos os desocupados e vagabundos correram para o desembarcadouro, pois aquele era o navio no qual John Kulrek e Lie-lip Canool haviam partido. Lie-lip desceu pela prancha, mais dissimulado do que nunca, mas John Kulrek não estava lá.

Diante das perguntas feitas aos gritos, Canool balançou a cabeça.

— Kulrek abandonou o navio em um porto em Sumatra — disse. — Teve uma briga com o capitão, meus camaradas. Queria que eu fosse embora também, mas não! Eu tinha que ver vocês de novo, não é, rapazes?

Lie-lip estava quase encolhido de tanto medo, e de repente recuou, vendo Moll Farrel passar pela multidão. Os olhares dos dois se cruzaram por um momento; então os lábios amargos de Moll se abriram em um sorriso macabro.

— Há sangue em suas mãos, Canool! — disparou ela de repente, tão de repente que Papo-furado se assustou e esfregou a mão direita na manga do braço esquerdo.

— Fique longe de mim, sua bruxa! — rosnou ele com uma raiva repentina, e avançou pela multidão, que abriu caminho para ele. Seus admiradores o seguiram até a taberna.

Lembro-me de que o dia seguinte foi ainda mais frio. Uma neblina acinzentada veio vagando do leste e encobriu o mar e as praias. Nenhum navio sairia ao mar naquele dia, então todos os aldeões ficaram abrigados em casa ou contando vantagens na taberna. E foi assim que meu amigo Joe, um jovem da minha idade, e eu fomos os únicos a ver a primeira das coisas estranhas que aconteceram.

Desajuizados e imprudentes como éramos, estávamos sentados em um barquinho a remos, flutuando atracado na ponta do desembarcadouro, ambos tremendo de frio e torcendo para que o outro sugerisse que fôssemos embora. Não havia nenhum motivo para estarmos ali, tirando o fato de ser um bom lugar para construir castelos de vento sem ninguém nos incomodar. De repente Joe levantou a mão.

— Escuta! — falou ele — Você ouviu? Quem poderia ter saído para a baía num dia como este?

— Ninguém. O que que você escutou?

— Remadas. Ou eu sou um idiota. Escuta.

Era impossível ver alguma coisa com aquela neblina, e eu não ouvia nada. Mas Joe jurou ter ouvido, e de repente um olhar estranho tomou conta de seu rosto.

— Alguém está remando por aí, estou dizendo! A baía está cheia de barulhos de remo! Uns vinte barcos, pelo menos! Seu pateta, você não está ouvindo?

Então, enquanto eu balançava a cabeça, ele pulou e começou a soltar o cabo que prendia o barco ao cais.

— Eu vou sair pra ver. Pode me chamar de mentiroso se a baía não estiver cheia de barcos, todos juntos, como uma frota. Você vem comigo?

Sim, eu iria com ele, mesmo sem estar ouvindo nada. Então partimos para o mar cinzento, e a neblina se fechou atrás de nós e à nossa frente, de forma que ficamos vagando em um indistinto mundo de fumaça, sem ver nem ouvir nada. Logo estávamos perdidos, e amaldiçoei Joe por nos levar naquela busca inútil que poderia terminar levando nós dois embora, arrastados pelo oceano. Lembrei-me da sobrinha de Moll Farrel e me arrepiei.

Por quanto tempo ficamos vagando, não sei. Os minutos se transformavam em horas, as horas em séculos. Joe continuava jurando que ouvia as remadas, uma hora muito perto, depois bem longe, e as seguimos por horas, fazendo uma rota guiados pelo som, conforme ele aumentava ou diminuía. Pensei sobre isso depois, e nunca consegui entender.

Então, quando as minhas mãos já estavam tão dormentes que eu não conseguia mais segurar o remo, e o entorpecimento decorrente do frio e da exaustão estava tomando conta de mim, estrelas brancas de brilho fraco abriram caminho através da neblina — que de repente deslizou para longe e desapareceu com um fantasma de fumaça — e nos vimos flutuando bem perto da entrada da baía. As águas ficaram calmas como as de uma lagoa, ganhando tons de verde-escuro e prateado à luz da lua, e o frio se tornou mais cortante do que nunca. Eu estava girando o barco para entrar na baía quando Joe soltou um grito e pela primeira vez ouvi o estalar dos remos nas chumaceiras. Olhei por cima do ombro e meu sangue gelou.

Um grande aríete de proa se agigantava sobre nós, uma forma estranha, desconhecida, contra as estrelas, e enquanto eu segurava a respiração, ela mudou de rumo de forma radical e passou por nós, com um silvo curioso que eu nunca ouvira nenhuma outra embarcação fazer. Joe gritou e remou para trás freneticamente, e o bote deslizou e se afastou do rumo daquela embarcação na hora exata, pois, mesmo que a proa tivesse desviado de nós, teríamos morrido nessa hora. Acontece que das laterais do navio saíam longos remos, em uma fileira que seguia ao longo de todo seu costado. Mesmo que eu nunca tivesse visto em minha frente uma embarcação daquelas, sabia que era uma galé. Mas o que ela estaria fazendo em nossa costa? Os que navegavam muito longe diziam que navios como aquele ainda eram usados pelos pagãos da Berbéria. Mas era um caminho muito, muito longo até a Berbéria e, mesmo que fosse o caso, aquela embarcação não se parecia com as descritas pelos que haviam navegado até lá.

Começamos a perseguir o navio, e era estranho, pois mesmo que as águas quebrassem em sua proa e ele mal parecesse tocar as ondas, deslocava-se lentamente e logo o alcançamos. Encaminhando nosso bote até uma corrente fora do alcance do açoite dos remos, nós saudamos os que estavam no convés. Mas não obtivemos resposta, e no final, superando nossos medos, subimos com dificuldade pela corrente e nos vimos no convés mais estranho em que um homem já havia pisado no último longo e tempestuoso século.

Joe murmurou, assustado:

— Olha como ele parece antigo! Quase prestes a cair em pedaço. Ora, está quase podre!

Não havia ninguém no convés, nem na longa cana do leme que guiava a embarcação. Esgueirando-nos até a entrada do porão olhamos para baixo, pelo vão da escada. E naquele instante por pouco não enlouquecemos. Pois havia remadores lá, é verdade; eles estavam sentados em seus bancos e moviam os remos rangentes pelas águas cinzentas. Mas os remadores eram esqueletos!

Aos gritos, disparamos pelo convés para saltar no mar. No caminho, porém, tropecei em alguma coisa e caí de cara no chão. Ainda deitado, vi algo que por um instante superou o meu medo dos horrores no porão. A coisa na qual eu havia tropeçado era um corpo humano, e na luz acinzentada do amanhecer, que começava a surgir furtivamente a leste, vi o cabo de uma faca entre seus ombros. Joe já estava na amurada, gritando para que eu me apressasse. Descemos juntos pela corrente e tomamos nosso rumo.

Então remamos para dentro da baía. A terrível galé ia sempre em frente e nós a seguíamos, lentamente, tentando entender. Ela parecia se dirigir direto para a praia perto do desembarcadouro, e quando nos aproximamos vimos que estava repleto de gente. Sem dúvida haviam dado pela nossa falta e agora estavam ali de pé, aos primeiros raios de luz do amanhecer, perplexos com a aparição que havia surgido da noite e do oceano bravio.

A galé continuava seguindo em frente, com os remos se movendo, até que alcançou as águas rasas e — rassppp! — uma reverberação terrível estremeceu a baía. E diante de nossos olhos, a embarcação pareceu derreter, e então desapareceu entre águas esverdeadas que borbulharam no lugar onde ela estivera. Contudo, não surgiu nenhum pedaço de madeira flutuando nem nunca chegou à praia. Sim, algo flutuou até a praia, mas era algo assustador!

Atracamos em meio a um burburinho de conversas agitadas, que subitamente pararam. Moll Farrel estava em pé na frente de sua cabana, sua silhueta esquelética delineada contra a luz fantasmagórica da alvorada, o dedo magro apontando na direção do mar. Sobre as areias molhadas, trazido pela maré cinzenta, algo veio boiando, algo que as ondas jogaram aos pés de Moll Farrel. E, quando nos amontoamos em volta, fomos encarados por olhos que nada viam, em um rosto rígido e branco. John Kulrek havia voltado para casa.

Ele jazia imóvel e sinistro, movido apenas pelas ondas. Quando elas o viraram de bruços, vimos o cabo da faca que estava fincada em suas costas... a faca que todos haviam visto milhares de vezes no cinturão de Canool Papo-furado.

— Sim, eu o assassinei! — gritou Canool, estremecendo e abaixando a cabeça diante do olhar de todos. — No navio, em uma noite tranquila, no meio de uma briga, bêbado, eu o matei e joguei no mar. E ele me seguiu desde os mares distantes — sua voz se transformou em um sussurro medonho. — Por causa da maldição o mar não ficou com o corpo dele!

E o miserável caiu prostrado, tremendo, a sombra da forca já em seus olhos.

— Sim! — A voz de Moll Farrell soou forte, profunda e exultante. — Do inferno das embarcações perdidas, Satanás enviou um navio de eras passadas! Um navio vermelho de sangue coagulado e manchado pela memória de crimes horríveis! Nenhum outro carregaria uma carcaça tão vil! O mar teve a sua vingança, e me deu a minha. Vejam, agora, como cuspo na cara de John Kulrek.

E, com uma risada assustadora, ela se lançou sobre o corpo, o sangue escorrendo de seus lábios. E o sol se ergueu sobre o mar agitado.

O ATERRORIZANTE TOQUE DA MORTE

Enquanto a meia-noite cobrir a Terra
Com sombras sinistras e desoladoras,
Deus nos salve do beijo de Judas
De um morto em meio às trevas.

O velho Adam Farrel estava deitado, morto, na casa onde havia vivido sozinho nos últimos vinte anos. Um recluso silencioso, intratável, que em vida não tivera amigos. Apenas dois homens haviam testemunhado sua passagem.

O doutor Stein se levantou e olhou pela janela, para a noite que caía.

— Você acha que pode passar a noite aqui, então? — perguntou ele ao companheiro.

O homem, chamado Falred, assentiu.

— Sim, com certeza. Acho que isso cabe a mim.

— É uma tradição inútil e primitiva essa de ficar velando o morto — comentou o doutor, preparando-se para sair —, mas acho que os bons costumes nos obrigam a manter a regra. Talvez eu consiga encontrar alguém que possa vir aqui e ajudá-lo em sua vigília.

Falred encolheu os ombros.

— Duvido. Farrel não era querido, e sequer conhecido por muitas pessoas. Eu mesmo mal o conhecia, mas não me importo em ficar aqui, velando o corpo.

O doutor Stein estava retirando as luvas de borracha, e Falred observava o processo com um interesse que quase beirava a fascinação. Um estremecimento leve, involuntário, percorreu-o quando se lembrou do toque daquelas luvas — lisas, frias, pegajosas, como o toque da morte.

— Você pode ter de ficar sozinho esta noite, se eu não encontrar ninguém — observou o doutor enquanto abria a porta. — Você não é supersticioso, é?

Falred riu.

— Raramente. Para dizer a verdade, pelo que ouvi do temperamento de Farrel, acho preferível velar seu corpo do que ter sido seu convidado enquanto ele era vivo.

A porta se fechou e Falred começou a vigília. Sentou-se na única cadeira que havia no quarto, olhando de vez em quando para o volume disforme, coberto pelo lençol, na cama do outro lado do aposento, e começou a ler à luz da fraca lamparina colocada sobre a mesa rústica.

Do lado de fora, a escuridão descia rapidamente, e Falred acabou pousando a revista para descansar os olhos. Contemplou novamente aquele volume que, em vida, fora o corpo de Adam Farrel, imaginando que peculiaridade da natureza humana fazia com que a visão de um cadáver fosse não apenas desagradável, mas motivo de medo para os homens. Era uma ignorância irracional ver em coisas mortas um lembrete da morte que está por vir, decidiu ele indolentemente, e começou a divagar sobre o que a vida havia reservado para aquele velho severo e mal-humorado, que não tinha nem parentes nem amigos e que raras vezes deixara a casa onde tinha morrido. As costumeiras histórias sobre uma fortuna armazenada pelo avarento haviam se multiplicado, mas Falred tinha tão pouco interesse na coisa toda que não lhe era sequer preciso vencer alguma furtiva tentação de revirar a casa em busca de um possível tesouro escondido.

Ele encolheu os ombros e voltou à leitura. A tarefa era mais aborrecida do que havia pensado. Depois de algum tempo, percebeu que cada vez que olhava por cima da revista e seus olhos davam com a cama e seu sombrio ocupante, ele tinha um sobressalto, como se houvesse, por um instante, se esquecido da presença do morto e fosse desagradavelmente recordado do fato. O sobressalto era leve e instintivo, mas ele se sentia quase irritado consigo mesmo por isso. Percebeu, pela primeira vez, o silêncio absoluto e mortal que envolvia a casa — um silêncio aparentemente compartilhado pela noite, pois nenhum som chegava pela janela. Adam Farrel escolhera viver o mais longe possível de seus vizinhos, então não havia nenhuma outra casa a uma distância audível.

Falred sacudiu-se, como se tentasse livrar a mente de conjecturas desagradáveis, e voltou à leitura. Uma repentina rajada de vento entrou pela janela e fez a luz da lamparina tremer e se apagar subitamente. Praguejando um pouco, ele procurou por palitos de fósforo tateando no escuro e queimando os dedos na mecha da lamparina. Achou um palito, reacendeu a lamparina e, ao dar uma olhada para a cama, teve um choque terrível. O rosto de Adam Farrel o mirava cegamente, os olhos mortos arregalados e vazios, emoldurados pelas feições cinzentas e retorcidas. Mesmo estremecendo instintivamente, a razão fez Falred conseguir explicar o aparente fenômeno: o lençol que cobria o cadáver havia sido estendido descuidadamente sobre o seu rosto, e a súbita rajada de vento o tirara do lugar, jogando-o para o lado. Mas havia algo sinistro naquilo, algo assustadoramente sugestivo — como se, sob o disfarce da escuridão, uma mão morta tivesse afastado o lençol, como se o cadáver estivesse querendo se levantar da cama...

Falred, um homem imaginativo, encolheu os ombros diante desses pensamentos sinistros e cruzou o quarto para recolocar o lençol no lugar. Os olhos mortos pareciam fitá-lo de modo malévolo, com uma maldade que superava o temperamento irascível do homem quando vivo. Falred sabia que aquilo era obra de uma imaginação fértil, e cobriu o rosto acinzentado, contraindo-se quando sua mão tocou a pele fria — lisa e pegajosa... o toque da morte. Estremeceu, com a repulsa natural dos vivos pelos mortos, e voltou para sua cadeira e sua revista.

Depois de algum tempo, sentindo-se sonolento, deitou-se em um divã que, por algum estranho capricho de seu dono original, fazia parte do escasso mobiliário do quarto, e se ajeitou para tirar uma soneca. Resolveu deixar a lamparina acesa, dizendo a si mesmo que era devido ao costume de deixar luzes acesas para os mortos; pois ele não iria jamais admitir para si mesmo que já estava ciente de não estar confortável em se deitar no escuro com o cadáver. Acabou cochilando e acordou sobressaltado. Olhou para a forma coberta pelo lençol, na cama. O silêncio reinava na casa, e lá fora estava muito escuro.

Já se aproximava da meia-noite, com a sua lúgubre influência sobre a mente humana. Falred olhou novamente para o leito onde jazia o cadáver e achou ainda mais repulsiva a visão do objeto coberto pelo lençol. Em sua cabeça havia nascido, e crescido, a ideia fantástica de que, embaixo do lençol, o mero corpo sem vida havia se tornado uma coisa estranha, monstruosa, um ser consciente e terrível que o observava com olhos que ardiam por trás do tecido. Ele explicava esse pensamento — uma simples fantasia, é claro — para si mesmo como uma referência às lendas de vampiros, mortos-vivos e coisas do gênero — os símbolos assustadores com os quais os vivos haviam mascarado os mortos por incontáveis séculos, desde que os homens primitivos reconheceram na morte algo horrível e dissociado da vida. O homem teme a morte, pensou Falred, e parte desse medo da morte é projetado nos mortos, então também eles passaram a ser temidos. E a visão dos mortos gera pensamentos terríveis, fazendo nascerem medos sombrios e de memória hereditária, espreitando-nos desde as frestas menos conhecidas do cérebro.

De qualquer forma, aquela coisa silenciosa e escondida estava lhe afetando os nervos. Ele pensou em descobrir o rosto, sob o princípio de que a familiaridade produz o descaso. Ele acreditava que a visão das feições, calmas e imóveis na morte, deveria afastar todas as terríveis conjecturas que o estavam assombrando, por mais que resistisse. Mas a ideia daqueles olhos mortos e fixos, à luz da lamparina, era intolerável; então acabou por apagá-la e se deitou. O medo havia tomado conta dele de uma forma tão traiçoeira e gradual que ele não percebera as dimensões que havia assumido.

Entretanto, com a ausência da luz, encobrindo a visão do corpo, as coisas assumiram seu real caráter e suas reais proporções, e Falred caiu no sono quase instantaneamente, tendo nos lábios um leve sorriso causado pela lembrança de sua tolice anterior.

Subitamente acordou. Não sabia quanto tempo havia dormido. Sentou-se, sentindo a pulsação acelerada e um suor frio brotando da testa. Soube na mesma hora onde estava e lembrou-se do outro habitante do quarto. Mas o que o havia despertado? Um sonho — sim, agora ele se lembrava —, um sonho terrível no qual o morto havia se levantado da cama e andado rigidamente em sua direção, cruzando o quarto, com olhos de fogo e uma contorção pavorosa e congelada nos lábios acinzentados. Falred não conseguia se mover, permanecia deitado, impotente; então, quando o cadáver estendeu a mão deformada e assustadora, ele acordou.

Esforçou-se para enxergar alguma coisa no escuro, mas o quarto estava envolto em trevas, e lá fora a noite era tão negra que nenhum raio de luz entrava pela janela. Falred estendeu a mão trêmula na direção da lamparina, mas de repente a recolheu como se fugisse de uma cobra escondida. Ficar ali sentado no escuro com um cadáver demoníaco era muito ruim, mas ele não se atrevia a acender a lamparina, temendo que sua razão fosse extinta como uma vela com o que ele poderia ver. O horror, a desolação e a irracionalidade haviam dominado por completo sua alma; ele não questionava mais os medos instintivos que cresciam nele. Todas aquelas lendas que já ouvira voltaram à sua cabeça e se tornaram críveis. A morte era uma coisa pavorosa, um terror de abalar a mente, concedendo a um homem sem vida uma malevolência horrorosa. Adam Farrel, quando vivo, havia sido um ser intratável, mas inofensivo; agora era o terror, um monstro, um demônio espreitando nas sombras do medo, pronto para saltar sobre os homens, com garras imersas profundamente na morte e na insanidade.

Falred sentou-se, com o sangue gelado nas veias, e travou sua silenciosa batalha. Débeis vislumbres de razão haviam começado a abrandar seu medo quando um som suave, furtivo, voltou a congelá-lo. Ele não o reconheceu como o sussurro do vento da noite passando pelo peitoril da janela. Sua imaginação delirante só o encarou como o ruído de passos da morte e do horror.

Saltou do divã e logo parou, sem saber o que fazer. Fugir era uma ideia, mas ele estava confuso demais até mesmo para formular um plano de fuga. Até o seu senso de direção estava comprometido. O medo havia desnorteado sua mente a tal ponto que ele não era capaz de pensar racionalmente. A escuridão se espalhava em longas ondas ao seu redor e suas sombras e vazio lhe tomaram o cérebro. Seus gestos eram apenas instintivos. Ele parecia preso por correntes apertadas; seus membros respondiam lentamente, como os de um retardado.

Um horror terrível cresceu nele e se transformou na sensação de que o homem morto estava atrás dele, vindo furtivamente em sua direção. Ele não pensou mais em acender a lamparina; não pensou em mais nada. O medo tomou conta do seu ser; não havia espaço para mais nada.

Falred retrocedeu devagar no escuro, estendendo as mãos para trás, sentindo o caminho instintivamente. Com um esforço sobre-humano, afastou de si parte das brumas de horror e, com o suor frio se espalhando viscosamente sobre seu corpo, lutou para se orientar. Não conseguia ver nada, mas a cama estava do outro lado do quarto, à sua frente. Ele estava se afastando dela. Lá era onde o homem morto estava deitado, de acordo com todas as leis da natureza; se estava atrás dele, como ele sentia, então as velhas histórias eram verdadeiras: a morte realmente introduzia em corpos sem vida uma animação sobrenatural, e os mortos de fato vagavam pelas sombras para lançar seus sinistros e demoníacos desejos sobre os homens. Então — ó, meu bom Deus! — o que era o homem senão uma criancinha assustada, perdida na noite e perturbada por coisas atemorizantes vindas de abismos negros e da terrível ausência de tempo e espaço? Ele não chegou a essas conclusões por um processo racional; já completamente desenvolvidas, elas tomaram seu cérebro aterrorizado de assalto. Falred retrocedeu lentamente, tateando no escuro, agarrando-se ao pensamento de que a morte tinha de estar à sua frente.

Então suas mãos estendidas para trás tocaram em algo — algo frio, liso e pegajoso, como o toque da morte. Um grito ecoou, seguido pelo barulho de um corpo caindo.

Na manhã seguinte as pessoas que entraram na casa do morto encontraram dois cadáveres no quarto. O corpo de Adam Farrel jazia imóvel sobre a cama, coberto pelo lençol, e do outro lado do quarto estava o corpo de Falred, caído ao chão, ao lado da estante onde o doutor Stein havia distraidamente deixado suas luvas... luvas de borracha, lisas e pegajosas ao toque de uma mão tateando no escuro — a mão de alguém fugindo do próprio medo —, luvas de borracha, lisas, pegajosas e frias, como o toque da morte.

OS FILHOS DA NOITE

Lembro-me que havia seis de nós no estúdio extravagantemente decorado de Conrad, com todas as suas estranhas relíquias do mundo inteiro e as longas fileiras de livros que iam da edição de Boccaccio pela Mandrake Press a um *Missale Romanum*, encadernado em tábuas de madeira de carvalho atarraxadas e editado em 1740, em Veneza. Clemants e o professor Kirowan haviam acabado de dar início a um debate antropológico um tanto acalorado: Clemants sustentando a teoria de uma raça alpina separada, distinta, ao passo que o professor afirmava que essa dita raça era meramente uma variação de uma linhagem ariana original — possivelmente o resultado de uma mistura entre raças do Sul ou do Mediterrâneo com os nórdicos.

— E como — perguntou Clemants — você explica a braquicefalia dos alpinos? Os mediterrâneos tinham a cabeça tão alongada quanto a dos arianos: como uma mistura entre duas raças dolicocéfalas poderia produzir um tipo intermediário, de cabeça mais larga?

— Condições especiais podem gerar mudanças em uma raça originalmente de cabeça alongada — respondeu Kirowan asperamente. — Boaz demonstrou, por exemplo, que no caso dos que emigraram para a América, com frequência as formações cranianas mudaram no espaço de uma geração. E Flinders Petrie mostrou que em alguns séculos os lombardos passaram de uma raça com cabeça alongada para cabeça arredondada.

— Mas o que causou essas alterações?

— Muita coisa ainda é desconhecida pela ciência — afirmou Kirowan —, e precisamos evitar o dogmatismo. Ninguém sabe, até agora, por que no distrito de Darling, na Austrália, as pessoas de ascendência britânica e irlandesa tendem se tornar extraordinariamente altas, a ponto de serem chamadas de "espigas de milho", ou por que a estrutura mandibular das pessoas dessa linhagem em geral se afina depois de algumas gerações na Nova Inglaterra. O universo é repleto de fatos inexplicáveis.

— E, portanto, desinteressantes, segundo Machen — riu-se Taverel.

Conrad balançou a cabeça.

— Devo discordar. O que mais desperta o meu fascínio é o incompreensível.

— O que sem dúvida explica todas as obras de feitiçaria e demonologia que vejo em suas prateleiras — disse Ketrick, com um movimento da mão na direção das fileiras de livros.

Permitam-me falar sobre Ketrick. Todos nós seis vínhamos da mesma raça — quer dizer, bretões ou americanos descendentes de britânicos. Quando digo britânicos, incluo aí todos os habitantes nativos das ilhas britânicas. Representávamos várias linhagens de sangue inglês e celta, mas no final essas linhagens eram basicamente a mesma. Mas Ketrick... para mim, aquele homem sempre parecera estranhamente diverso. No aspecto externo, essa diferença se manifestava em seus olhos. Eram de um tom âmbar, quase amarelo, e um pouco oblíquos. Às vezes, quando alguém olhava para o seu rosto de determinados ângulos, eles pareciam rasgados como os de um chinês.

Outros além de mim haviam percebido esse traço, tão incomum em um homem de ascendência anglo-saxônica pura. Os mitos usuais que atribuíam seus olhos rasgados a alguma influência pré-natal haviam sido colocados em discussão, e lembro-me de que o professor Hendrik Brooler uma vez observou que sem dúvida existia em Ketrick um atavismo, representando uma regressão da espécie às características de algum antepassado obscuro e remoto de sangue mongólico — um tipo estranho de regressão, uma vez que ninguém de sua família exibia tais traços.

Ketrick, entretanto, vinha do ramo galês dos Cedrics de Sussex, e sua linhagem estava registrada no *Livro dos nobres*. Lá é possível acompanhar a estirpe de seus ancestrais, que se estende ininterruptamente até os dias do rei Canuto. Na genealogia não havia nem o mais remoto traço de mistura com mongóis, e como essa mistura poderia ter acontecido na antiga Inglaterra saxônica? "Ketrick" é a forma moderna de

"Cedric", e ainda que esse ramo tenha escapado para o País de Gales antes da invasão dos dinamarqueses, seus herdeiros homens sempre se casaram com mulheres de famílias inglesas da área da fronteira, e assim preservaram a linhagem pura dos poderosos Cedric de Sussex — quase saxões puros. Quanto ao próprio Ketrick, esse defeito em seus olhos, se é que pode ser chamado de defeito, é sua única anormalidade, exceto por uma ligeira e ocasional sibilação na fala. Ele é um grande intelectual e um bom companheiro, a não ser por uma leve frieza e certa indiferença e dureza que talvez sirvam para mascarar uma natureza extremamente sensível.

Referindo-me à sua observação, eu disse, rindo:

— Conrad busca o obscuro e o místico assim como alguns homens buscam o romance; suas prateleiras estão repletas de prazerosos pesadelos de todos os tipos.

Nosso anfitrião concordou com um aceno de cabeça.

— Vocês encontrarão inúmeros pratos deliciosos: Machen, Poe, Blackwood, Maturin... Vejam, este é um banquete raro: *Mistérios terríveis*, escrito pelo Marquês de Grosse, na edição autêntica do século dezoito.

Taverel examinou as prateleiras.

— A literatura fantástica parece competir com obras sobre feitiçaria, vodu e magia negra.

— É verdade, historiadores e cronistas muitas vezes são aborrecidos, e os contadores de histórias, nunca. Os mestres, é claro — disse Clarence. — Um sacrifício vodu pode ser descrito de uma forma tão enfadonha que retirará dele todo o lado fantástico, restando apenas um assassinato sórdido. Admito que poucos escritores de ficção conseguem alcançar os verdadeiros ápices do horror; a maior parte de sua obra é concreta demais, usa formas e dimensões demasiado terrenas. Mas em histórias como *A queda da casa de Usher*, de Poe, *O selo negro*, de Machen, e *O chamado de Cthulhu*, de Lovecraft, para mim os três mestres das histórias de terror, o leitor é conduzido a regiões sombrias e *extremas* da imaginação.

— Mas vejam isto — continuou ele —, aqui, entre aquele pesadelo de Huysmans e *O castelo de Otranto*, de Walpole, está o *Cultos desconhecidos*, de Junzt. Esse é um livro que faz com que não se consiga dormir à noite!

— Eu li esse — disse Taverel —, e estou convencido de que o homem é louco. Sua obra é como a fala de um maníaco... segue com uma clareza espantadora por algum tempo e de repente mergulha em divagações vagas e desconexas.

Conrad balançou a cabeça.

— Você já pensou que talvez seja justamente a sua sanidade que o leva a escrever dessa forma? E se ele não se atrevesse a colocar no papel tudo que sabe? E se suas vagas suposições forem pistas obscuras e misteriosas, chaves de um enigma para aqueles que detêm o conhecimento?

— Bobagem! — interveio Kirowan. — Você está insinuando que algum dos cultos assustadores a que von Junzt se refere sobrevive até os nossos dias? Se é que eles algum dia existiram fora da mente atormentada de um poeta e filósofo lunático?

— Ele não foi o único a usar significados ocultos — respondeu Conrad. — Se você examinar várias obras de alguns grandes poetas, poderá encontrar duplos sentidos. Os homens já se depararam com segredos cósmicos no passado e deixaram pistas deles para o mundo, em linguagem cifrada. Você se lembra das alusões de von Junzt a "uma cidade no deserto"? E você o que acha destas frases de Flecker:

Não desçam lá! Dizem os homens que no deserto pedregoso ainda floresce uma rosa
Mas sem escarlate em suas pétalas... e de cujo botão nenhum perfume emana.

— Os homens podem se deparar com coisas secretas, mas von Junzt mergulhou fundo em mistérios proibidos. Ele foi um dos poucos homens, por exemplo, que conseguiu ler o *Necronomicon* na versão original em grego.

Taverel encolheu os ombros e o professor Kirowan, apesar de bufar e dar vigorosas baforadas em seu cachimbo, não deu nenhuma resposta direta, pois ele, assim como Conrad, havia se aprofundado na tradução latina do livro, e encontrado coisas que nem mesmo um cientista de sangue-frio poderia responder ou refutar.

— Bem — disse ele então —, vamos supor que admitamos a existência passada de cultos que girassem em torno de deuses e entidades inomináveis e assustadoras como Cthulhu, Yog Sothoth, Tsathoggua, Gol-goroth e outros. Não consigo fazer minha mente acreditar que ainda existam remanescentes desses cultos escondidos em cantos obscuros do mundo atual.

Para nossa surpresa, Clemants respondeu. Ele era um homem alto, magro, silencioso a ponto de ser taciturno, e sua luta feroz com a pobreza na juventude havia marcado o seu rosto, envelhecendo-o. Como muitos outros artistas, ele tinha uma vida literária completamente dupla, com seus romances sobre aventureiros para lhe fornecer uma renda generosa e sua atividade editorial na *The Cloven Hoof* propiciando-lhe uma expressão artística completa. *The Cloven Hoof* era uma revista de poesia cujo conteúdo extravagante havia muitas vezes despertado um chocado interesse dos críticos conservadores.

— Você vai se lembrar da menção de von Juntz ao que chama de culto Bran — disse Clemants, dando baforadas em seu cachimbo que continha uma mistura particularmente repugnante de tabaco forte picado. — Acho que ouvi você e Taverel discutindo sobre ele uma vez.

— Pelas indicações que ele fornece — disparou Kirowan —, von Juntz inclui esse culto particular entre os que ainda são praticados. Um absurdo.

Clemants balançou a cabeça.

— Quando eu era jovem, buscando meu caminho em uma certa universidade, tive como colega de quarto um camarada tão pobre quanto ambicioso. Se eu lhes contasse seu nome, vocês ficariam chocados. Embora ele viesse de uma antiga linhagem escocesa de Galloway, tinha um tipo nitidamente não ariano.

— Entendam que o que vou dizer é estritamente confidencial. Mas esse meu colega de quarto falava dormindo. Eu comecei a ouvir e a agregar seus resmungos desconexos. E nesses murmúrios ouvi pela primeira vez coisas sobre o culto antigo mencionado por von Juntz; sobre o rei que governa o Império das Trevas, que é um renascimento de um império mais antigo e mais terrível, datando da Idade da Pedra; e sobre a enorme e inominável caverna onde está o Homem das Trevas, a imagem de Bran Mak Morn, escavada à perfeição por uma mão de mestre quando o grande rei ainda era vivo, e até a qual todos os adoradores e adoradoras de Bran fazem uma peregrinação uma vez na vida. Sim, esse culto ainda está vivo entre os descendentes do povo de Bran; uma corrente silenciosa e desconhecida que flui no grande oceano da vida, esperando que a imagem de pedra do grande Bran respire e se mova em um súbito retorno à vida, e saia da grande caverna para reconstruir seu império perdido.

— E quem eram as pessoas desse império? — perguntou Ketrick.

— Pictos — respondeu Taverel. — Com certeza as pessoas conhecidas mais tarde como os selvagens pictos de Galloway eram predominantemente celtas, uma mistura de galeses, cymrics, aborígenes e possivelmente elementos teutônicos. Se tomaram seu nome de uma raça mais antiga ou emprestaram seu próprio nome a essa raça, ainda não se sabe. Mas quando von Junzt fala dos "pictos", ele se refere especificamente às pessoas de baixa estatura, pele morena, comedoras de alho, de sangue mediterrâneo, que trouxeram a cultura neolítica para a Grã-Bretanha. Na verdade, foram os primeiros colonizadores daquela área e deram origem às histórias de espíritos que vivem na Terra e de duendes.

— Devo discordar dessa última afirmação — disse Conrad. — Essas lendas atribuem uma aparência desfigurada e não humana a esses personagens. Não havia nada nos pictos que provocasse tanto horror e repulsa aos arianos. Acredito que os mediterrâneos foram precedidos por um tipo mongólico, muito baixo na escala do desenvolvimento, motivando essas lendas...

— É verdade — interrompeu Kirowan —, mas acho improvável que eles tenham vindo para a Grã-Bretanha antes dos pictos, como vocês os chamam. Encontramos lendas sobre duendes travessos e gnomos por todo o continente, e inclino-me a pensar que tanto os mediterrâneos como os arianos trouxeram essas lendas com eles. Esses mongólicos antigos deviam ter um aspecto extremamente não humano.

— Pois bem — disse Conrad —, aqui está uma marreta de pedra que um mineiro encontrou nas colinas do País de Gales e me deu, e que nunca foi completamente explicada. Ela com certeza não é um objeto comum do período neolítico. Vejam como é pequena, comparada à maioria dos instrumentos daquela época, quase como um brinquedo de criança. Ainda assim, é surpreendentemente pesada, e sem dúvida poderia desferir um golpe mortal. Eu mesmo encaixei um cabo, e vocês se surpreenderiam em ver como foi difícil entalhá-lo em uma forma e na proporção que correspondessem à cabeça.

Olhei para o objeto. Era bem feito, polido da mesma forma desconhecida que os outros vestígios do período neolítico que eu já havia visto, ainda que, como Conrad dizia, fosse estranhamente diferente. Sua pequenez era um tanto inquietante, pois, por outro lado, não parecia ser um brinquedo. Sugeria coisas tão sinistras como uma adaga de sacrifícios asteca. Conrad havia confeccionado o cabo de madeira de carvalho com grande talento e, ao entalhá-lo para encaixar na cabeça, conseguiu dar-lhe a mesma aparência extraordinária da própria marreta. Ele tinha até mesmo copiado o acabamento dos tempos primitivos, fixando a cabeça à fenda do cabo com couro cru.

— Minha nossa! — Taverel deu um golpe desajeitado em um antagonista imaginário e quase estilhaçou um caríssimo vaso da dinastia Shang. — A estabilidade desta coisa é toda fora de eixo; eu teria de reajustar todos a minha mecânica de firmeza e equilíbrio para conseguir manejá-lo.

— Deixe-me ver — Ketrick pegou o objeto e manipulou-o desajeitadamente, tentando descobrir o segredo de seu manuseio adequado. Depois de algum tempo, um tanto irritado, brandiu a marreta e desferiu um forte golpe em direção a um escudo pendurado na parede próxima a ele. Eu estava de pé ali perto; vi a marreta diabólica ondular em sua mão como uma serpente viva, e seu braço se torcer e deslocar de rumo; ouvi um grito de advertência alarmada... e depois somente a escuridão, com o impacto da marreta contra minha cabeça.

Fui retomando a consciência lentamente. Primeiro a sensação era de entorpecimento, cegueira e total desconhecimento de onde eu estava e de quem era; depois uma vaga compreensão de estar vivo e ser alguém, e de alguma coisa dura pressionando minhas costelas. Então a bruma se abriu e voltei a mim por completo.

Eu estava deitado de costas, com metade do corpo sobre um arbusto e a cabeça pulsando fortemente. Meu cabelo estava endurecido e coberto de sangue, pois o meu couro cabeludo havia sido muito ferido. Mas percorri com os olhos o meu corpo e os meus membros; estava vestido apenas por uma tanga de camurça e sandálias do mesmo material, porém não vi nenhum outro ferimento. O que estava pressionando tão desconfortavelmente as minhas costas era minha machadinha, sobre a qual eu havia caído.

Então um burburinho abominável chegou aos meus ouvidos e me atormentou tanto que retomei total consciência. O barulho era algo como uma linguagem, mas não as linguagens às quais os homens estão acostumados. Soava mais como um sibilar incessante de muitas serpentes enormes.

Olhei ao meu redor. Estava deitado em uma grande e sombria floresta. Havia uma clareira, mas muito sombreada, então mesmo durante o dia era bem escura. Sim, aquela floresta era escura, fria, silenciosa, gigantesca e absolutamente terrível. Então, olhei para a clareira.

Vi uma carnificina. Cinco homens jaziam ali — ou melhor, o que restara de cinco homens. Agora, enquanto observava as abomináveis mutilações, a minha alma se enojava. E ao redor se aglomeravam as... coisas. Eram humanos, ou algo parecido, embora eu não os considerasse como tal. Eles eram baixos e atarracados, com cabeças grandes demais para corpos tão pequenos. Seus cabelos eram enrolados, parecendo serpentes, e fibrosos; seus rostos largos e quadrados, com nariz achatado, olhos horrivelmente rasgados, um talho fino como boca e orelhas pontudas. Usavam peles de animais, como eu, mas as vestiam cruas. Carregavam arcos e flechas pequenos, com ponta de pedra, e facas e porretes também de pedra. Conversavam em uma língua tão assustadora como eles mesmos, uma fala sibilada, de répteis, que me causava medo e aversão.

Ó, eu os odiei enquanto estava deitado ali; minha mente ardia com uma fúria incandescente. Então eu me lembrei. Havíamos saído para caçar, nós, seis jovens do Povo da Espada, e perambulamos, adentrando muito pela floresta sombria que o nosso povo geralmente evitava. Fatigados pela caça, paramos para descansar; coube a mim o primeiro turno de vigia, pois naqueles dias nenhum sono era seguro sem uma sentinela. Foi então que a vergonha e a revolta abalaram meu corpo inteiro. Eu havia dormido: traíra meus companheiros. E agora eles jaziam cortados e dilacerados, massacrados enquanto dormiam por seres peçonhentos que nunca teriam se atrevido a surgir diante deles em pé de igualdade. Eu, Aryara, havia traído a confiança em mim depositada.

Então lembrei-me de que havia adormecido e de que no meio de um sonho sobre a caçada, fogo e fagulhas haviam explodido em minha cabeça e eu tinha mergulhado em uma escuridão mais profunda, onde não existiam sonhos. E agora a punição. Eles, que haviam se esgueirado pela floresta densa e me deixado inconsciente, não haviam parado para me mutilar. Considerando-me morto, tinham seguido apressadamente adiante para fazer seu terrível trabalho. Agora talvez tivessem me esquecido por algum tempo. Eu tinha ficado um pouco afastado dos outros e, quando fora golpeado, metade do meu corpo caíra sobre uns arbustos. Mas logo eles se lembrariam de mim. Eu não caçaria mais, não dançaria mais nas danças de caça e de amor e de guerra, não veria mais as cabanas de vime do Povo da Espada.

Mas eu não desejava escapar de volta para o meu povo. Deveria fugir e voltar com a minha história de infâmia e desgraça? Deveria ouvir as palavras de desprezo que a minha tribo lançaria contra mim, ver as moças apontando seus dedos desdenhosos para o jovem que dormira e entregara seus companheiros às facas dos seres peçonhentos?

As lágrimas arderam em meus olhos e o ódio foi tomando conta do meu peito e da minha mente. Eu nunca empunharia a espada que era a marca do guerreiro. Nunca triunfaria sobre inimigos respeitáveis, nem morreria gloriosamente sob as flechas dos pictos ou as machadinhas do Povo Lobo ou do Povo do Rio. Eu encontraria a morte nas mãos de uma turba repugnante, que os pictos haviam forçado a morar na floresta, entocados como ratos, muito tempo atrás.

E uma raiva enlouquecedora tomou conta de mim e secou as minhas lágrimas, deixando em seu lugar uma furiosa chama de vingança. Se répteis como aqueles iam causar a minha derrocada, eu faria com que fosse uma derrocada lembrada por muito tempo — se é que aqueles animais tinham memória.

Movendo-me cautelosamente, fui me tateando até minha mão alcançar o cabo da machadinha; então invoquei o deus Ilmarinen e levantei, saltando como um tigre. E como num salto de tigre caí entre meus inimigos e arrebentei um crânio chato como um homem esmaga a cabeça de uma cobra. Um súbito clamor selvagem de medo irrompeu de minhas vítimas e por um instante eles se fecharam em círculo à minha volta, tentando me golpear e esfaquear. Uma faca cortou meu peito, mas não dei atenção a isso. Uma névoa vermelha flutuava diante dos meus olhos, e o meu corpo e os meus membros se moviam em perfeito acordo com a minha mente guerreira. Rosnando, ferindo e golpeando, eu era um tigre entre répteis. Em um instante eles desistiram e fugiram, deixando-me rodeado por meia dúzia de corpos atrofiados. Mas eu não estava saciado.

Segui de perto o mais alto deles, cuja cabeça talvez batesse no meu ombro e que parecia ser o líder. Ele desceu correndo por um tipo de trilha, guinchando como um lagarto monstruoso, e quando eu estava quase tocando em seu ombro ele mergulhou nos arbustos como uma cobra. Mas eu era rápido demais para ele; arrastei-o de volta e o matei da forma mais sangrenta.

Através dos arbustos vi a trilha que ele estava tentando alcançar — um caminho sinuoso entre as árvores, quase estreito demais para permitir a passagem de um homem de tamanho normal. Cortei a cabeça de minha horrível vítima e, carregando-a na mão esquerda, segui pelo caminho serpenteante, com a machadinha vermelha de sangue na mão direita.

Enquanto avançava rapidamente pelo caminho, com o sangue gotejando da jugular do meu inimigo diante dos meus pés, a cada passo, eu pensava naqueles que havia matado. Sim, nós os tínhamos em tão baixa conta que caçávamos durante o dia na floresta que eles habitavam. Nunca soubemos o nome pelo que eles se chamavam, pois ninguém da nossa tribo jamais aprendera as malditas sibilações que eles usavam como fala; mas nós os chamávamos de Filhos da Noite. E eles eram de fato criaturas da noite, pois se esgueiravam pelas profundezas das florestas escuras e em moradias subterrâneas, só se aventurando nas colinas quando aqueles que os haviam subjugado dormiam. Era de noite que eles praticavam seus atos malignos — o voo rápido de uma flecha de ponta de pedra sobre uma rês ou talvez um humano notívago, ou o sequestro de uma criança que vagasse pela aldeia.

Contudo, nós lhes havíamos dado esse nome por mais do que isso; eles eram, verdadeiramente, seres da noite e da escuridão, antigas sombras repletas do horror de eras passadas. Essas eram criaturas muito velhas que representavam uma época extinta. Já haviam infestado e dominado estas terras, e tinham sido levados à fuga e à obscuridade pelos sombrios, ferozes e pequenos pictos com os quais agora nós lutávamos, e que os odiavam e combatiam tão selvagemente como nós.

Os pictos eram diferentes de nós na aparência geral, tendo uma estatura mais baixa e cabelos, olhos e pele mais escuros, ao passo que nós éramos altos e fortes, com cabelo loiro e olhos claros. Mas fosse como fosse, eles e nós havíamos sido feitos do mesmo molde. Já esses Filhos da Noite não nos pareciam humanos, com seus corpos encolhidos e deformados, sua pele amarela e seus rostos horrendos. Sim, eles eram répteis... seres peçonhentos.

Minha mente esteve a ponto de explodir de ódio quando pensei que era naqueles seres peçonhentos que eu iria fartar a minha machadinha e depois perecer. Bah! Não há glória em matar cobras ou morrer pela sua picada. Toda essa raiva e meu furioso desapontamento se voltaram para os objetos de minha ira, e enxergando a velha névoa vermelha novamente diante de mim jurei por todos os deuses que conhecia que iria provocar um massacre sangrento antes de morrer para deixar uma lembrança terrível nas mentes dos sobreviventes.

O meu povo não me glorificaria, pois desprezavam os Filhos da Noite; mas os Filhos que eu deixasse vivos se lembrariam de mim e tremeriam. E fiz esse juramento agarrado selvagemente à minha machadinha, feita de bronze, com cabo de madeira de carvalho e amarrada firmemente com couro cru.

Então ouvi à frente um murmúrio sibilante, repulsivo, e um mau cheiro horrível, humano, mas sub-humano, chegou até mim por entre as árvores. Alguns momentos mais e cheguei ao fim das sombras profundas, saindo para um amplo espaço aberto. Nunca tinha visto antes uma aldeia de Filhos da Noite. Havia um amontoado de construções em forma de cúpula, feitas de terra, com entradas baixas que afundavam no chão; moradas miseráveis, metade acima e metade abaixo da terra. E eu sabia, pelas histórias contadas por guerreiros antigos, que essas habitações eram conectadas por passagens subterrâneas, de forma que a aldeia inteira era como um formigueiro, ou um conjunto de buracos de cobras. Fiquei pensando se não haveria outros túneis que seguissem por debaixo da terra e saíssem muito longe das aldeias.

Um vasto grupo de criaturas estava aglomerado na frente das construções, sibilando e grasnando a todo vapor.

Eu havia acelerado o passo, e agora, que irrompia da floresta que me encobrira até então, corri com toda a velocidade dos de minha raça. Um clamor selvagem veio da turba quando eles viram o vingador, alto, manchado de sangue e com olhos de fogo saltar da mata, e eu gritei ferozmente, lançando a cabeça cortada entre eles e pulando bem no meio do grupo como um tigre ferido.

Ó! Não havia escapatória para eles agora! Poderiam ter entrado por seus túneis, mas eu os teria seguido, mesmo que fosse até as entranhas do inferno. Eles sabiam que precisavam me matar, e fecharam o cerco com a força de uma centena para fazê-lo.

Não havia nenhum brilho intenso de glória em minha mente, como haveria se o combate fosse contra oponentes mais meritórios. Mas o velho e frenético furor guerreiro de minha raça corria em minhas veias, e o cheiro de sangue e destruição estava em minhas narinas.

Não sei quantos matei. Sei apenas que eles se aglomeraram sobre mim em uma massa que se agitava e cortava, como serpentes sobre um lobo, e eu golpeei até que o gume da machadinha entortou e ela passou a ser apenas uma clava. Esmaguei crânios, parti cabeças, quebrei ossos, espalhei sangue e cérebros em um sacrifício sangrento a Ilmarinen, deus do Povo da Espada.

Sangrando por meia centena de cortes, cego por um talho nos olhos, senti uma faca de pedra mergulhar fundo em minha virilha, ao mesmo tempo em que um porrete abria um corte em meu couro cabeludo. Caí de joelhos, mas consegui me levantar, cambaleando, e vi por uma grossa névoa vermelha um grupo de rostos com olhos oblíquos, rasgados. Eu os golpeei como um tigre moribundo, e os rostos se romperam em uma destruição sangrenta.

Quando me curvei, desequilibrado pela fúria de meu golpe, uma mão com garras apertou a minha garganta e uma lâmina de pedra foi enfiada em minhas costelas e torcida malignamente. Sob uma chuva de golpes eu caí novamente, mas o homem com a faca estava atrás de mim e eu o alcancei com a mão esquerda e quebrei seu pescoço antes que ele pudesse escapar.

Minha vida estava se esvaindo rapidamente; em meio às sibilações e aos uivos dos Filhos da Noite eu podia ouvir a voz de Ilmarinen. E uma vez mais me levantei, obstinado, resistindo a um furacão de porretes e lanças. Eu não conseguia mais ver meus inimigos, nem mesmo por trás da névoa vermelha. Mas podia sentir seus golpes e saber que se movimentavam ao meu redor. Finquei os pés no chão, agarrei o cabo escorregadio da minha machadinha com as duas mãos e, clamando mais uma vez por Ilmarinen, ergui-a e desferi um último e terrível golpe. E devo ter morrido de pé, pois não senti a queda ao chão; soube, com uma derradeira vibração de selvageria, que havia matado, pois senti os crânios se arrebentando sob a minha machadinha. Mas então a escuridão chegou, e com ela o esquecimento.

De repente retomei a consciência. Estava semir-reclinado em uma grande poltrona e Conrad me respingava água. Minha cabeça doía e um filete de sangue já havia quase secado em meu rosto. Kirowan, Taverel e Clemants andavam para lá e para cá pelo aposento, ansiosos, enquanto Ketrick estava parado bem à minha frente, ainda segurando a marreta, seu rosto autoinstruído a mostrar uma perturbação cortês... que seus olhos não exibiam. E diante da visão daqueles olhos rasgados uma loucura sangrenta tomou conta de mim.

— Pronto — Conrad dizia —, eu disse para vocês que ele voltaria a si em pouco tempo; foi só uma pancada leve. Ele já recebeu outras mais fortes. Você está bem agora, não está, O'Donnel?

Ao ouvir isso eu os empurrei para o lado e com um grunhido de ódio me atirei sobre Ketrick. Pego de surpresa, ele não teve oportunidade de se defender. As minhas mãos se fecharam em sua garganta e nós caímos juntos sobre um divã, quebrando-o. Os outros gritaram de espanto e horror e correram para nos separar — ou melhor, para tentar me separar de minha vítima, pois os olhos rasgados de Ketrick já estavam começando a ficar saltados.

— Pelo amor de Deus, O'Donnel — exclamou Conrad, tentando soltar as minhas mãos da garganta de Ketrick —, o que está acontecendo com você? Ele não pretendia acertá-lo! Solte-o, seu louco!

Fui quase dominado por uma ira aterradora contra aqueles homens, que eram meus amigos, da minha própria tribo, e eu os xinguei, xinguei a sua cegueira, quando eles finalmente conseguiram retirar os meus dedos estranguladores da garganta de Ketrick. Ele se sentou, sufocado, e passou a mão pelas marcas azuis que meus dedos haviam deixado, enquanto eu me enfurecia e amaldiçoava, quase derrotando os esforços combinados dos quatro homens para me deter.

— Seus tolos! — gritei. — Soltem-me! Deixem-me cumprir o meu dever como membro da tribo! Seus cegos tolos! Eu não ligo a mínima para o golpe insignificante com que ele me atingiu. Ele e os seus já desferiram golpes muito mais fortes do que aquele contra mim, em eras passadas. Seus tolos, ele carrega a marca da besta, daqueles répteis, dos seres peçonhentos que nós exterminamos séculos atrás. Eu preciso esmagá-lo, exterminá-lo, livrar a Terra dessa contaminação maldita!

Então eu me enfureci, tentando me soltar. Conrad exclamou para Ketrick por sobre o ombro:

— Vá embora, rápido! Ele está fora de si! A mente dele está perturbada! Saia de perto.

Hoje eu me recordo das antigas pradarias do sonho e das colinas e florestas mais além e reflito. De alguma forma, o golpe daquele marrete primitivo e amaldiçoado me mandou de volta a outra época e a outra vida. Enquanto eu era Aryara, não tinha consciência de nenhuma outra vida. Aquilo não foi um sonho; foi um fragmento desgarrado da realidade em que eu, John O'Donnel, um dia vivi e morri, e na qual fui atirado de volta através dos abismos de tempo e espaço por um golpe do acaso. O tempo e as eras não são mais do que cremalheiras desencaixadas, girando sem tomar conhecimento umas das outras. Ocasionalmente — ah, raríssimas vezes! — as engrenagens se encaixam. As peças se juntam por algum tempo e permitem que os homens vejam além do véu dessa cegueira cotidiana a que chamamos realidade.

Eu sou John O'Donnel e fui Aryara, que sonhou com glórias em batalhas, caçadas e festins e que morreu sob uma pilha ensanguentada de suas vítimas, em uma época perdida. Mas em que época, e onde?

A última pergunta eu posso responder para vocês. As montanhas e os rios mudam seus contornos; as paisagens se alteram; mas *the downs*,[2] nem tanto. Eu as vejo hoje e me recordo delas, não apenas com os olhos de John O'Donnel, mas também com os de Aryara. A região mudou muito pouco. Apenas a grande floresta diminuiu e escasseou, e em muitos, muitos pontos, desapareceu por completo. Mas aqui, nestas mesmas colinas, Aryara viveu, lutou e amou, e na floresta mais além ele morreu. Kirowan estava errado. Os pequenos, ferozes e morenos pictos não foram os primeiros homens destas ilhas. Havia seres aqui antes deles — sim, os Filhos da Noite. Lendas... Ora, eles não nos eram desconhecidos quando viemos para o que hoje são as Ilhas Britânicas. Havíamos encontrado com eles antes, muitos séculos antes. Já tínhamos nossos mitos sobre eles. Mas os encontramos na Grã-Bretanha. Os pictos ainda não os haviam exterminado por completo.

E os pictos também não nos precederam aqui em séculos, como muitos acreditam. Nós os impelimos, fazendo com que seguissem em frente antes de nós, à medida que empreendíamos aquela longa jornada

---

[2] Cadeia de colinas baixas no sul da Inglaterra.

desde o Leste. Eu, Aryara, conheci anciãos que haviam participado daquela viagem secular, que haviam sido carregados nos braços de mulheres de cabelos loiros por incontáveis quilômetros de florestas e planícies, e que, quando jovens, haviam participado da vanguarda dos invasores.

Quanto à época, isso não sei dizer. Mas eu, Aryara, com certeza era um ariano, e meu povo era ariano: éramos membros de uma das centenas de migrações desconhecidas e esquecidas que espalharam tribos de cabelos loiros e olhos azuis por todo o mundo. Os celtas não foram os primeiros a vir para a Europa Ocidental. Eu, Aryara, tinha o mesmo sangue e a mesma aparência dos homens que devastaram Roma, mas a minha linhagem era muito mais antiga. Em relação à língua que falávamos, não há nenhuma lembrança na mente de John O'Donnel, mas sei que o idioma de Aryara era para os antigos celtas o que o celta antigo é para os galeses modernos.

Ilmarinen! Eu me lembro do deus que invoquei; um deus muito, muito antigo, que trabalhava com metais — na época, o bronze. Ilmarinen foi um dos deuses principais dos arianos, do qual surgiram muitos outros. Ele foi Weland e Vulcano, na Idade do Ferro. Mas para Aryara ele era Ilmarinen.

E Aryara... ele era um dentre muitas tribos e muitas correntes. O Povo da Espada não veio nem viveu sozinho na Grã-Bretanha. O Povo do Rio estava aqui antes de nós e o Povo Lobo chegou depois. Mas eles eram arianos como nós, de olhos claros, altos e loiros.

Nós lutamos contra eles, pelo mesmo motivo que as várias linhagens de arianos sempre lutaram umas com as outras, assim como os aqueus lutaram com os dóricos, assim como os celtas e os germânicos cortaram as gargantas uns dos outros; sim, exatamente como os helênicos e os persas, que um dia foram um povo só e de mesma linhagem, divididos em dois caminhos diferentes na longa viagem e que séculos depois se reencontraram e inundaram de sangue a Grécia e a Ásia Menor.

Agora entendam: eu não sabia de nada disso como Aryara. Eu, Aryara, não sabia nada sobre todos esses deslocamentos de minha raça pelo mundo. Sabia apenas que o meu povo era formado por conquistadores, que um século antes os meus antepassados haviam habitado as grandes planícies distantes ao leste, planícies densamente povoadas por pessoas violentas, de cabelos loiros e olhos claros como eu; que os meus ancestrais tinham vindo para o oeste em uma grande jornada; e que naquela jornada, quando os homens da minha tribo encontravam tribos de outras raças, eles os esmagavam, destruíam, e quando encontravam outras pessoas de cabelos loiros e olhos azuis, de linhagens mais antigas ou mais novas, combatiam selvagemente e sem misericórdia, de acordo com o velho e ilógico costume do povo ariano. Isso Aryara sabia, e eu, John O'Donnel, que sei muito mais e muito menos do que eu, Aryara, sabia, juntei o conhecimento desses dois "eus" distintos e cheguei a conclusões que espantariam muitos cientistas e historiadores famosos.

Mas este fato é bastante conhecido: os arianos rapidamente degeneraram em vidas sedentárias e pacíficas. Sua existência característica era nômade; quando se estabeleceram como agricultores, abriram caminho para sua queda; e quando se encerraram nas muralhas das cidades, selaram seu destino. Ora, eu, Aryara, lembro-me das histórias contadas pelos anciãos — como os Filhos da Espada, em sua longa jornada, encontraram aldeias de pessoas de pele branca e cabelo loiro que tinham ido para oeste séculos antes e deixado a vida nômade para habitar junto com pessoas morenas que comiam alho e sobreviver do que a terra lhes fornecia. E os anciãos contavam como eles eram delicados e fracos, e como caíam facilmente diante das lâminas de bronze do Povo da Espada.

Vejam: a história inteira dos Filhos Arianos não está descrita nestas linhas? Vejam quão rapidamente os persas sucumbiram aos medas; os gregos, aos persas; os romanos, aos gregos; os germânicos, aos romanos. Sim, e os normandos sucederam as tribos germânicas quando elas se tornaram fracas depois de cerca de um século de paz e inatividade, e as despojaram dos espólios que elas haviam tomado nas terras do sul.

Mas deixem-me falar de Ketrick. Ah, os pelos da minha nuca se arrepiam à mera menção de seu nome. Ele é uma regressão de espécie — mas não a espécie de algum chinês ou mongol puro de tempos recentes. Os dinamarqueses expulsaram seus ancestrais para as colinas do País de Gales; e lá, em que século medieval, e de que forma desonrosa, aqueles malditos aborígenes macularam o limpo sangue saxão da linhagem celta, para que ficasse adormecida por tanto tempo? Os celtas galeses nunca haviam se acasalado com os Filhos da Noite — e nem os pictos. Mas deve ter havido sobreviventes — seres peçonhentos que, naquelas colinas sombrias, sobreviveram ao seu tempo e à sua época. Quando Aryara vivia eles mal podiam ser considerados humanos. O que alguns milhares de anos de degeneração teriam feito à raça?

Que forma torpe se esgueirara pelo castelo dos Ketrick em uma noite de descuido, ou ressurgira das sombras para agarrar alguma mulher dessa linhagem que passeava pelas colinas?

Minha mente se enoja com essa imagem. Mas de uma coisa eu sei: com certeza existem sobreviventes daquela época dos répteis repugnantes, na qual os Ketrick foram para o País de Gales. Ainda existem. Mas essa criança nefasta, esse filho das trevas, esse horror que carrega o nobre nome de Ketrick... a marca da serpente paira sobre ele, e eu não terei descanso até que ele seja destruído. Agora que tenho conhecimento do que ele realmente é, ele polui o ar puro e deixa o muco das cobras no solo verde. O som de seu ceceio, a sibilação de sua voz enchem-me de um horror absoluto, e a visão de seus olhos incita minha ira.

E assim como os meus ancestrais, como eu, Aryara, destruí a escória que serpenteava sob nossos pés, também eu, John O'Donnel, exterminarei aquele ser peçonhento, o monstro nascido da mácula serpentiforme que dormiu por tanto tempo nas limpas veias saxônicas sem que ninguém suspeitasse, o vestígio dos seres-serpentes que restou para insultar os Filhos de Ares. Dizem que o golpe que recebi afetou a minha cabeça, mas eu sei que ele apenas serviu para me abrir os olhos. Meu inimigo desde a antiguidade costuma andar sozinho por regiões desertas, atraído, mesmo que talvez não saiba disso, por impulsos ancestrais. E em uma dessas caminhadas solitárias eu o encontrarei e, quando encontrar, quebrarei seu pescoço impuro com as minhas mãos, assim com eu, Aryara, quebrei os pescoços de impuras criaturas da noite, em tempos muito, muito distantes.

Então talvez eles me prendam e rompam o meu pescoço na ponta de uma corda, se assim o desejarem. Se os meus amigos estão cegos, eu não estou. E aos olhos do antigo deus ariano — ainda que não aos olhos cegos dos homens —, eu terei sido leal à minha tribo.

© *Copyright* desta tradução: Editora Martin Claret Ltda., 2013.
Título original: *Skull-face* e *The Children of the Night*.

Direção
MARTIN CLARET

Produção editorial
CAROLINA MARANI LIMA / MAYARA ZUCHELI

Direção de arte e capa
JOSÉ DUARTE T. DE CASTRO

Diagramação
GIOVANA GATTI LEONARDO

Tradução e notas
BÁRBARA GUIMARÃES

Revisão
PEDRO BARALDI

Impressão e acabamento
PAULUS GRÁFICA

A ORTOGRAFIA DESTE LIVRO FOI ATUALIZADA SEGUNDO O ACORDO ORTOGRÁFICO DA LÍNGUA PORTUGUESA DE 1990, QUE PASSOU A VIGORAR EM 2009.

Dados Internacionais de Catalogação na Publicação (CIP)
(Câmara Brasileira do Livro, SP, Brasil)

Howard, Robert E.
Rosto de caveira, Os filhos da noite e outros contos / Robert E. Howard; tradução Bárbara Guimarães. — São Paulo: Martin Claret, 2013. —
(Coleção contos; 7)

Título original : *Skull-face; The children of the night and other tales*.
ISBN 978-85-7232-974-3

1. Ficção de fantasia; 2. Ficção norte-americana
I. Título. II. Título: Os filhos da noite.

13-09072   CDD-813.5

Índices para catálogo sistemático:
1. Ficção de fantasia: Literatura norte-americana   813.5

EDITORA MARTIN CLARET LTDA.
Rua Alegrete, 62 — Bairro Sumaré — CEP: 01254-010 — São Paulo — SP
Tel.: (11) 3672-8144 — Fax: (11) 3673-7146
www.martinclaret.com.br / editorial@martinclaret.com.br
1ª reimpressão - 2015